약편

仙道 체험기

20

신선神仙되는 길이 보인다
경이적인 현상이 눈앞에 펼쳐진다!!
선도수련의 현장을 체험으로 파헤친 충격과 화제의 소설

글터
GEUL TEO

약편 선도체험기 20권을 내면서

『약편 선도체험기』20권은『선도체험기』89권의 현묘지도 수련 체험기 부분부터 93권까지의 내용에서 선별하여 구성하였다. 시기적으로는 2007년 8월부터 2009년 1월 사이에 일어난 삼공 김태영 선생님의 선도 체험 이야기, 수련생과의 수행과 인생에 대한 대화, 이메일 문답 내용이다.

출가하지 않고 일반인과 똑같이 생활하면서 수행을 함에 필요한 것은 관 혹은 관찰이라 할 수 있다. 이는 마음을 비우고 자기 자신을 객관적인 도마 위에 올려놓고 쳐다보는 것이다. 고정관념, 즉 편견이나 이기심을 내려놓고 있는 그대로 보는 것이라 할 수 있는데, 이 관하는 습관이 정착되면 수련이 일취월장하게 된다. 관련하여 본문에서 관에 관한 부분을 아래에 인용한다.

"구도자는 아무리 어려운 일을 당해도 불안해하거나 걱정 근심에 휘둘리지 않습니다. 왜냐하면 관(觀)을 통해서 불안, 걱정, 근심은 아무리 해 보았자 심신만 상할 뿐 보탬이 되는 것은 아무것도 없다는 것을 잘 알기 때문입니다.

문제는 언제나 지금입니다. 지금 닥친 일을 어떻게 하면 지혜롭게 헤쳐 나가느냐에 마음을 항상 집중해야 합니다. 이것을 관이라고 합니다. 오지도 않는 미래에 대해서는 그때 가서 대처해도 절대로 늦지 않다는 여유 있는 자세로 항상 임해 주시기 바랍니다. 그런 사람에게 하늘은 늘 가호를 아끼지 않습니다."

이번 20권에는 15번째부터 17번째 현묘지도 수련 체험기가 실렸다. 세 분의 수련 과정을 보면 각자 개성이 다르고 체험 내용도 다르다. 이를 통해 진리를 깨달아 가는 과정은 개인마다 다르니 남과 비교하지 말고 자신만의 길을 가야 함을 알 수 있을 것이다.

마지막으로, 이번 권을 준비함에 있어서 교열을 도와준 후배 수행자 일연, 따지, 별빛자 님들께 고마운 마음을 전하며, 『약편 선도체험기』를 발행은 물론 항상 호의를 베풀어 주시는 글터사 한신규 사장님에게도 감사의 인사를 드린다.

단기 4355년(2022년) 5월 10일
엮은이   조 광 배상

차 례

Contents

〈89권〉

현묘지도 수련 체험기 (15번째)

류 종 경

삼공재에서 현묘지도 1단계 화두를 받았을 때 마음은 그저 차분하였다. 집에 와서 수련을 너무 많이 하니 아내가 걱정이 되는 듯 조금씩 하라고 한다. 그러나 내 마음은 이미 확고했다. 이번 난관을 어떤 일이 있더라도 뚫고 나가겠다는 확고한 의지를 가지고 있었다. 화두를 받기 이전 어느 날 집에서 수련을 할 때 조문도석사가의(朝聞道夕死可矣)라는 말이 나왔는데, 이러한 일이 나에게 일어나면 저녁에 죽어도 좋을 것 같은 믿음이 있었다.

이 글을 읽는 분들을 위하여 저에 대한 소개를 하겠습니다. 저는 충북대학교 독어독문학과에 적을 두고 있으며 독어학을 가르치고 있습니다. 제가 마음공부에 관심을 가지게 된 것은 1985년에 우연히 옆집에 사는 교수의 소개로 국선도를 알게 되면서부터였습니다. 이분과 아침마다 뒷산에 올라가서 국선도를 약 3개월 했습니다.

그러나 그분은 이사를 가고 나 혼자 집에서 1년 6개월 정도 계속했습니다. 어느 날 새벽에 수련하는데 갑자기 진동이 왔습니다. 이사를 떠난 그

교수의 소개를 받아 어떤 수련장을 가 보았습니다. 이곳은 친척 몇 분을 중심으로 수련하는 단체였습니다. 이 수련장에서 여러 가지 많은 경험을 했습니다. 여기서는 화두를 암송하는 것이 아니라 큰소리를 내는 것입니다. 하단전에 기운을 쌓는데 소리를 내어서 기운을 모으는 것입니다.

11가지 호흡을 이 도장에서 일부는 익혔습니다. 인연이 없는지 개인적인 일로 방학 때마다 찾아가서 하루 8시간씩 수련하던 것을 그만두고 집에서 혼자 하게 되었습니다. 그러다가 보니까 미적미적 진전이 없었습니다.

『선도체험기』는 이미 처음 3권째 나올 때부터 읽고 있었고 그리고 생식도 중간에 몇 년간 하기도 했습니다. 장거리 등산과 아침 등산은 꾸준히 했습니다. 『선도체험기』에 나오는 내용의 80%는 이행을 하고 있었습니다. 저에게 백내장이 왔는데 무언가 이상하여 2005년 10월에 삼공재를 찾게 되었습니다.

두 달 정도 다니다가 12월에 백내장을 수술하면서 또 중단하게 되었습니다. 올해 초 그러니까 2007년 3월부터 이번 생애에 무언가 하나를 이루어 보자는 마음에서 다시 선생님을 뵙게 되었습니다.

2007년 8월 16일부터 10월 2일까지 47일 동안의 수련 과정을 기록하였습니다. 이 글을 보시는 분들에게 미력하나마 도움이 되었으면 하는 간절한 마음으로 저어 봅니다.

제1단계 화두 (2007년 8월 16일 ～ 22일)

2007년 8월 16일 목요일 15시 ～ 17시 : 오후 3시에 삼공재에 들렀다. 앉아서 수련하면서 선생님께 성당에서 교육을 다녀온 느낌을 이야기했다. 양손을 들고 기도하는 사이 많은 기운이 백회로 들어오는데 이것이 천주교의 힘인지 우리가 하는 선도수련의 힘인지 궁금하다고 여쭈었다. 나중에 우리가 하는 수련의 기운이라고 하셨다.

앉아서 소주천 모형도를 주시면서 기운을 임독으로 돌려 보라고 하셨다. 여러 번 돌렸다고 하니 한 번만 돌리라고 하시면서 선생님이 저와 마주 3미터 정도 떨어져 앉게 하셨다. 인당과 하단전으로 기가 이제부터 교류하는 것으로 생각하고 기운을 돌려 보라고 하셨다. 선생님 인당에서 내 인당으로, 내 하단전에서 선생님의 하단전으로 엄청난 힘이 돌아간다.

온몸으로 골고루 손끝과 발끝까지 골고루 돌아간다. 손끝에는 솜 같은 기운이 몽글몽글하다. 이러한 현상은 다른 수련장에서 수련할 때 여러 번 경험한 현상이다. 역으로 선생님의 인당 - 하단전 - 나의 하단전 - 인당으로 돌아가기도 한다.

대주천이 되었다고 하신다. 나도 그렇게 느꼈다. 그러고 나서 선생님이 벽사문을 달아 주겠다고 하신다. 백회의 구멍이 중지 크기로 열리면 말하라고 하신다. 어느 정도 지나니 무언가 작업이 되고 넓어진다. 선생님이 비행접시 같은 물체를 보내니 정확히 백회에 안착하는지 살피라고 하신다. 약간 왼쪽으로 기울었다고 하니 다시 정확히 장착시키신다.

선생님과 선계의 두 신명들이 합심하여 일을 했다고 하시면서 큰절을 3배하라고 하셨다. 진심으로 큰절을 3배하였다. 내가 백회를 열게 된 것이 440번째라고 하신다. 날은 더워 땀이 비 오듯 하였으나 마음은 편안하였다. 조금 있다가 현묘지도 1단계 화두를 주신다. 그저 마냥 편안하게 받았다.

1985년부터 시작했으니까 22년의 수련에 드디어 한 매듭이 지어졌다. 화두를 받아 수련하니 지금까지와는 다른 한 단계 높은 기운이 들어온다. 끝날 시간에 선생님이 수고했다고 하셨다. 감사합니다 하고 인사를 하고 삼공재를 나왔다.

8월 17일 : 날이 더워서인지 이웃집 사람들의 소리에 깨어서 수련을 했다. 삼공재에서 한 수련에는 힘이 많이 들어왔지만 여기서는 그저 편안하다. 기운의 힘은 강하지 않지만 차분해진 느낌이다. 오후 5~6시 사이에 수련 중에 화두(1단계)를 암송하니 하단전에 기운이 가득 모인다. 하단전이 가득하다. 지금까지와는 비교가 되지 않을 정도로 모여 있다. 태어난 것에 감사하고 가르쳐 주신 선생님들과 선계 스승님들께 감사할 뿐이다.

8월 18일 : 하단전을 충실히 다지는 시간이었다. 기운이 가득하다. 발가락 끝이 전기가 통하는 듯하다. 하단전을 쌓는 데 몰두하였다. 갑자기 백회에서 바늘로 꼭 찌르는 기분이다. 수련 중에 "나를 무엇으로 쓰시려고 합니까?"라는 말이 나온다. 작은 축소판 '화두'가 하단전으로 내려와 가득하게 쌓인다. 확실한 것은 아니고 느낌이다. 1단계 화두가 생각이 나지 않을 때가 많다. 아주 쉬운 단어인데 기억해 내지 못할 때가 며칠 동안 계속된다.

다른 단어를 비교하여 겨우 생각날 때가 많다. 화두를 받을 때는 간단한 단어였는데 말이다. 청주 집에 와서 아내가 나의 목 아래쪽을 보고 땀띠가 나 있다고 했다. 나도 살펴보니 붉은 것이 생겨 있었다. 삼공재에서 수련하는데 땀을 많이 흘려서 그런가 보다 생각을 했다. 그런데 나중에 다른 분들의 현묘지도 체험기를 보니 명현반응이라고 하였다.

8월 20일 4시 30분 ~ 5시 35분 : 수련 중에 하단전이 다져지다가 백회로 올라가서 하늘기운과 합쳐지면서 "불 법 성"이라는 말이 갑자기 나온다. "불 법 승"인지 헷갈리다가 불법... 불법... 불버 불버... 결국은 "不 法 性"으로 나온다.

16시 ~ 17시 : 수련 중에 하단전의 기운이 전신으로 돌고 나서 중단전으로 가는데 색깔이 자색(자주색)인 듯한 느낌이 들다가, 상단전으로 올라가서 백회로 내려오는 기운과 합쳐서 병아리털과 같은 노란색의 기운이 (몸이 좌우로 흔들리면서) 하단전으로 내려와 안착한다. "1단계 화두 수련이 끝이로다"라는 소리가 나온다. "끝이다"라고 한다. 처음이라 잘 몰랐는데 수련하면서 단계가 끝날 때면 영계에서 알려 주는 것 같다.

20시 30분 ~ 22시 수련 : 『천부경』과 『삼일신고』를 암송하면서 단전호흡을 하니, 이전과는 다른 기운이 하단전에 가득하다. 백회의 기운이 내리누른다. 백회와 하단전이 연결되어 힘이 넘친다.

8월 21일 2시 30분 ~ 4시 50분 : 다른 특이한 현상은 없고 대주천이 주로 계속된다. 2시간 20분 동안 자세를 바꾸지 않고 계속 수련했다. 하단전의 축기가 기본이다. 삼공 선생님께 그동안의 과정을 아침을 먹고

약편 선도체험기 20권

메일로 보냈다. 오후에 열어 보니 2단계 화두를 받으러 오라고 하신다.

8월 22일 3시 ~ 4시 20분 : 제1단계를 완성한 기분이 든다. 하늘의 기운은 백회로 하단전으로 교류하며 가득하다. 1단계 화두의 단어가 이제 생각이 잘 난다. 지금까지는 생각이 잘 나지 않았는데. "그대는 누구인가?, 너는 누구인가?"라는 말이 많이 나온다. "삼태극(三太極)이로소이다"로 끝이다.

제2단계 화두 (8월 22일 ~ 28일)

8월 22일 15시 ~ 17시 삼공재 수련 : 2단계 화두를 받았다. 『천부경』과 『삼일신고』를 암송하고 2단계 화두를 암송하였다. 1단계와는 다른 현상이 나타난다. 하단전의 기운이 상단전으로 올라가면서 인당에 색깔이 나타난다. 구멍에서 푸른빛이 갑자기 나타나더니, 차츰 엷어지면서 색깔도 붉은색은 아니고 엷은 나팔꽃처럼 생겼다. 상단전으로 기운이 올라갈 때마다 색깔은 조금씩 다르지만 자주 나타난다.

양옆으로 달린 뿔을 가진 소(전체 모습이 아니고 뿔이 두드러져 보인다), 살쾡이, 뱀 등 몇 가지 동물은 형체는 없고 생각만 나타난다. 끝나고 나서 삼공 선생님께서 화두를 함부로 아무에게나 알리면 큰일난다고 하신다. 그리고 수련을 열심히 하라고 하신다. 죽을 각오로 하겠다고 말씀드렸다. 지금 심정은 정말 죽더라도 밀고 나갈 마음이다.

8월 23일 3시 50분 ~ 5시 15분 : "유중미지(惟衆迷地), 승유지기(乘游至氣), 그대는 ○○○○○...(화두)." 어느 때는 화두를 암송하니 갑자기 귀가 웽 하고 소리 날 정도로 힘이 들어온다. 인당에서 약한 황토색의 빛이 나타난다. 순간적이다. 아침 식사 후에 화장실에 들어가는데 백회에서 기운이 많이 들어와 볼일을 마치고 좌정하여 수련하였다.

인당으로 올라온 기운이 어느 순간에 아침노을에 해가 뜨려는 상이 보인다. 어느 정도 수련을 계속하니 이번에는 해가 약간 절반쯤 뜨는 광경이 보인다. 다시 수련하니 저녁노을과 같은 장면이 나온다. 모두가 몇 초간으로 나타났다.

하단전에 글자도 순간적으로 보인다. 4개의 숫자를 한 조로 하여 3개가 언뜻 보이는데, 가운데 조의 숫자는 6524이다. 이것도 순간적으로 보였다. 복권번호 아닌가 생각이 들기도 하였다. 그러나 나에게는 전혀 관심 밖의 일이다. 복권이 문제가 아니고 나를 수련시키는 것이 과제이기 때문이다. 화두를 암송하니 임독맥 전신으로 돌면서 노래로 나온다. 기분이 마냥 좋다.

8월 24일 3시 50분 ~ 5시 15분 : 동전보다 약간 작은 크기의 단군 할아버지상이 하단전으로 내려오시면서 수련의 시작이다. "천지법을 다 바르게 하여라." 화두가 지금까지 한 수련 중에서 제일 잘되는 시간이다.

하단전에서 시작하여 오직 화두만 따라갔다. 승유지기(乘遊至氣), 연기화신(煉氣化神)이란 말을 실감하겠다. 용변부동본(用變不動本)이란 말도 나온다. 『천부경』을 암송하면서 기운이 전신으로 돌아간다. 이번 시간에는 백회에서 들어오는 기운은 못 느끼고, 오직 하단전에서 화두가

14

잡혀서 전신으로 돌아가는 시간이다. "천지법을 다 바르게 하여라"로 끝이 난 수련이다.

9시 45분 ~ 10시 55분 : 전신으로 기운이 돌아가면서 격렬하게 진동한다. 전신주천의 시간이다. 백회를 통하여 들어오는 기운을 합쳐서 주천(周天)을 할 때, 백회 위의 높은 곳에서 나를 지켜 주시는 분이 계신 것 같은 느낌을 받았다. 실제로 보이지는 않았지만.

14시 ~ 15시 : 진공묘유(眞空妙有)라는 말이 나온다. 포대기에 싸인, 머리카락이 까만 아기도 나온다. "법통을 받아라. 법도(法道), 도(道)도 도도." 하단전에 기운이 모이면서 손이 갑자기 격렬히 떨리기도 한다.

8월 25일 : 하단전에 기운이 가득히 모여서 임독맥을 따라 돌아가고 양다리를 통과하고 전신으로 돌아간다. 지금까지와는 다른 기운이다. 승유지기를 맛보았다. 1단계 수련에서는 기운이 거칠다고 한다면, 2단계에서 기운은 차원이 다른 것 같다. 가득한 기운이 하단전에 모여서 상단전으로 진공묘유가 올라가서 머리 전체에 가득하다. 처음 느끼는 현상이다.

8월 26일 4시 ~ 6시 : 하단전에 쌓인 기운이 온몸을 돌아간다. 코 안을 기운이 많이 돌아가서 코 안이 씰룩씰룩한다. 수련할 때마다 진전이 있다. 좌우로 흔들기, 목 흔들기, 갑자기 S자형으로 몸이 돌아가고, 앞뒤로 갑자기 솟구치는 힘으로 몸이 들썩들썩, 다양한 모양으로 기운이 돌아간다. 열한 가지 호흡 중에서 1, 2, 5, 6, 7, 8, 10, 11 현상인 것 같다. "천법(天法)이로다. 하늘 법을 바르게 하여라"라는 말이 나오고 수련이 끝이다. 백회에는 무엇인가 가득하다.

8월 27일 4시 ~ 5시 30분 : 고양이가 쥐를 잡듯이, 기운이 어디로 돌아가는지 확인하려고 노력을 많이 했다. 모기가 양 무릎 근처를 쏘고 있다. 모기가 피를 빠는 동안 그대로 두었다. 예전에는 손으로 탁 때렸는데. 피를 뽑기 위해 전력을 다하는 것도 배울 점이다. 간지러워도 그냥 두었다. 4방 헌혈.

어제 시작된 11가지 호흡 중에서 나오지 않았던 3의 호흡이 다시 나온다. 특히 머리 쪽으로 많이 돌아간다. 머릿속에서 뽀드득, 사그락, 딱, 삑 소리가 다양하게 난다. 입안에도 골고루 돌아간다. 씰룩쌜룩. 손끝까지 힘이 뻗어 나간다. "대조화의 세계를 한번 살아가 봅시다"로 수련이 끝이다.

(7월부터 아내와의 다툼이 오늘까지 4번이나 있었는데 한 번도 내가 성을 내지 않고 지나갔다. 확실히 화를 다스리는 마음이 자리를 잡은 것 같다. 예전 같으면 버럭 화를 내는 것이 다반사였는데 말이다. 정말 감사할 따름이다. 앞으로는 다투더라도 화를 내지 않을 것 같다.)

8월 28일 4시 ~ 5시 15분 : 하단전의 기운이 차츰 머리로 올라가서 어제보다 부드럽게 돌아다닌다. 쁘극, 빠극. 표현하기 어려운 소리다. 많은 소리가 난다. 열한 가지 호흡이 모두 일어난다. 그러고 나서 조용히 다시 하단전으로 기운이 내려와서 다시 돌아간다. "도통(道通)군자, 성통(性通)군자..." 하면서 돌아간다.

제3단계 화두 (8월 28일 ~ 9월 7일)

8월 28일 15시 ~ 17시 삼공재 수련 : 그동안의 경과를 보고 드리니 3단계 화두를 주신다. 『천부경』, 『삼일신고』, 대각경을 암송하니 기운이 하단전에 모인다. 3단계 화두를 암송하니 인당으로 엄청난 힘이 들어오며 내리누른다. 인당이 터질 듯하다. 주로 인당에 수련이 집중된다. 백회와 하단전이 연결되면서 인당으로 집중된다. 머리로 기운이 몰려서인지 머리 왼쪽 부분이 가끔 아프다.

8월 29일 5시 ~ 6시 10분 : 하단전에 기운이 편안하게 모이면서 쌓인다. 시외버스를 타고 청주로 오는 도중에 수련을 하니 우주 천체의 별이 빤짝이는 원구가 되어 나타난다. 원구의 둘레에 몇 개의 별이 2~3초 정도 빤짝인다.

15시 ~ 16시 : 수련 중에 하단전으로 잘 익은 홍시, 길쭉한 대봉 감 2개, 납짝한 감 3개가 자리를 차지한다. 계속 수련하니 인당에서 금강석과 같은 빛이 나는 물체가 3개 정도 잠시 보인다.

20시 10분 ~ 21시 30분 : 인당과 하단전 운기가 활발하다. 성모 마리아가 나타나고 독이 없는 기다란 뱀도 순간적으로 나타난다. 인당이 뻐근하다. 딱, 딱 소리도 난다. 목을 중심으로 어깻죽지와 등 쪽이 아프기도 하고 박하사탕처럼 시원하기도 하다.

8월 30일 : 하단전을 다지고 정리하는 시간이다. "마음을 깨끗이 바르게 하자"라는 말이 나온다. 하단전을 다지고 인당을 수련시키고 있다. 탑 모양의 물체가 언뜻 보인다. 3단계 화두와 더불어 하단전이 가득하다.

8월 31일 : 하단전으로 계속 기운을 쌓아서 전신으로 골고루 돌아간다. 등과 목 쪽으로도 돌아간다. "0로다, 0로다, 00. 0로다, 0로다." 00가 계속 나온다. 수련 중에 백회가 짜릿할 정도로 송곳이 찌르는 정도는 아니지만 아프다. 기운이 많이 들어온다. 인당으로 올라온 기운이 띵할 정도로 아프다. 삑 삑 소리가 난다. 인당과 하단전 수련이다. "달 달 무슨 달 쟁반같이 둥근 달, 어디 어디 떴나? 남산 위에 떴지"가 나온다.

인당으로 올라온 힘이 엄청나다. 인당이 빠개질 것 같다. 인당을 많이 단련시키고 마지막으로 중단전을 단련시킨다. 가슴을 쫘악 펴서 한동안 그대로 있다. "둥근 달이 떴다, 둥근 달이 떴구나!"라는 소리가 나온다. 처음으로 중단전 훈련이다. 허리를 최대한 쭉 펴서 넓힌다.

9월 1일 : 자고 있는 중에 코앞에 투명한 원구가 반짝이면서 잠시 머물다가 중단전으로 내려와서 들어간다. 원구는 탁구공보다 조금 크다. 원구 안에는 은하계와 같은 반짝이는 점들과 꽃의 수술 모양의 것(약간 노란색을 띤)이 들어 있기도 하다. 하단전에서 - 중단전 - 상단전으로 기운이 나선형으로 올라가고 내려온다. 누런 황소와 낙타가 잠깐 나타난다.

9월 2일 3시 30분 ~ 5시 : "인전지(人仝之) 물편지(物偏之) 만법귀일(萬法歸一)"이란 말이 나온다. 전신으로 기운이 골고루 돌아가는 수련 시간이다.

9월 3일 4시 ~ 5시 40분 : 수련 중에 하단전에서는 작은 원숭이, 상단
전에서는 작은 악어가 나타난다. 형체가 뚜렷하지는 않다.

13시 40분 ~ 14시 45분 : 하단전에 기운이 많이 쌓여서 중단전 - 상단
전으로 오르락내리락한다. 상단전에서 골고루 머리 안을 잘 돌아간다.
"생천 무천 천지천(生天 無天 天之天)"이란 말이 갑자기 나온다. "生天
無天 天之天 天之天"이 계속 입에서 나온다.
　(무언가 이상하여 인터넷에서 찾아보니 다음과 같은 경구가 나온다.『참
전계경』을 찾아보니 "제1장 성리훈 제1절, 경신 : 유형지천... 무형지천
위지 천지천(有形之天... 無形之天 謂之 天之天)"이었다.)
　18시 40분 ~ 19시 30분 : 화두를 암송하면 하단전에서 상단전으로 올
라온 힘이 엄청나다. 머리가 띵할 정도로 아프기도 하다. 백회는 무언가
앉아 있는 느낌이다.

9월 4일 : 골고루 돌아가는 시간이다. 하단전에서 올라간 기운이 백회
를 뚫고 올라가려는지 엄청난 힘이 나가려고 한다. 그러나 수련을 끝냈
는데도 머리가 아프지 않다.

9월 5일 4시 30분 ~ 5시 40분 : 전신으로 편안하게 기운이 돌아간다.
　9시 30분 ~ 10시 35분 : 하단전에서 상단전으로 계속 기운이 강하게
오르락내리락한다. 얼굴을 천으로 가린 여자인 듯한 모습이 부끄러운 모
습으로 잠시 나타난다. 까만 학생복을 입은 남학생 모습도 잠깐 나타난
다. 인당에서는 띡, 띡 소리가 난다. "법통을 받아라, 천통(天統)을 받아

라"라는 전언이 나온다.

17시 40분 ~ 19시 10분 : 하단전에서 올라간 기운이 백회를 뚫고 나가려는데 엄청난 힘이 소요되는 것 같다. 몇 번 시도하다가 백회를 뚫어 조금 올라가는 것 같다가 바로 내려온다.

21시 ~ 22시 : 백회로 빠져나간 기운이 머리 위에 머문다. 단군 할아버지상이 잠깐 나타난다. "단군 할아버지십니까?" 하고 물어보았다. 백회에서 빠져나가려고 할 때 머리가 텅 비는 것 같다.

9월 6일 : 기운이 오르락내리락 편안하게 교류한다. 백회를 기운이 빠져나가려고 시도하다가 그만둔다. 다시 기운이 백회를 나가려고 하는지 엄청난 힘이 머리 안에 전류 흐르듯이 올라간다. 나날이 힘이 부드러워지면서 백회를 뚫으려고 한다.

9월 7일 4시 10분 ~ 5시 30분 : 기운이 골고루 잘 돌아간다. 배꼽 위에서 하단전으로 쪼르륵쪼르륵 물이 내려가듯이 소리가 나면서 내려간다. 5번이나 소리가 난다. 설사 날 때의 창자의 소리와는 다른 것 같다. "도통군자, 성통군자"라는 말이 나온다.

제4단계 화두 (9월 7일)

9월 7일 15시 ~ 17시 : 삼공재에서 3단계의 경과를 보고 드렸다. 선생님께서 3단계가 끝났다는 신호는 없었느냐고 하신다. 내 기억으로는 없어서, 없었다고 하니까 앉아서 수련해 보라고 하셨다. 얼마간 수련을 하는데 "끝났나, 끝났나... 끝났다, 끝났다"는 말이 나온다.

선생님께 말씀드리니, 무념처삼매(無念處三昧) 11가지 호흡을 순서대로 하라고 하신다. 순서대로 하니 엄청난 힘이 돌아간다. 땀이 비 오듯 한다. 1시간 정도 지나 11가지 호흡을 다 마쳤다. 감사의 마음이 절로 나온다.

나를 낳아 주신 부모님께 감사드렸다. 이제부터 5단계 공처 수련이다. 5단계 화두를 주신다. 수련하니 지금까지와는 다른 차분한 기운이다. 11가지 호흡으로 몸이 격렬하게 진동하여 맥박은 빨랐으나 마음은 편안하다. 삼공재 수련을 마치고 시외버스를 타고 청주로 내려오면서, 지난 22년간의 시간이 주마등처럼 지나간다. 단전호흡을 시작한 해가 1984년 여름부터이다. 어떤 역경이 있더라도 현묘지도를 마무리할 것이다.

제5단계 화두 (9월 7일 ~ 14일)

9월 8일 3시 40분 ~ 5시 : 수련을 하니 하단전에서 기운이 모여서 상단전으로 그리고 하단전으로 되풀이되면서 기운이 가득하다. 하단전과 상단전을 수련하는 시간이다. 마음도 편안하고 기운도 가득하다. 지금까지의 기운과는 다른 차원이다. 하단전에 독수리 형상이 희미하게 보인다. "참으로 감사합니다. 이런 감사함이 어디 있습니까?"라는 말이 절로 나온다. 마음으로는 40여 분 한 것 같은데 1시간 20분이나 수련을 하였다.

20시 30분 ~ 21시 30분 : 성당에서 성지 도보 순례를 16km나 걸었다.

몸이 피로하다. 수련을 하는데도 피곤하고 도보 순례 때의 생각이 많이 난다. 색깔이 좋지 않은 복숭아와 포도송이가 나타난다.

9월 9일 4시 5분 ~ 5시 30분 : 하단전에 집중하면서 5단계 화두를 계속 암송하니 하단전에 기운이 가득 모이면서 "군령제철호시(群靈諸哲護侍)"라는 말이 나온다. 그러면서 내가, 나 자신이 곧 하느님이라고 한다. 내가 거만한 잘못된 생각을 가진 것 아니냐는 생각이 든다. 그러나 바로 그러한 생각이 잘못되었다는 것을 느꼈다.

"내가 하느님이다. 공처(空處)를 보았노라"라는 말이 나온다. 온몸으로 기운이 골고루 돌아간다. "나의 전생의 화면에 무얼 그렇게 관심이 많은가? 아무 쓸데없는 일인데"라는 말이 나온다. 그러나 마음으로는 보았으면 싶다.

14시 ~ 15시 30분 : 하단전에 기운이 가득히 모여서 상단전으로 그리고 전신으로 잘 돌아간다. 인당을 뚫으려는 듯 힘이 엄청나게 집중한다. 마지막으로 "하느님의 분신으로 뜬구름 같은 오감의 세계를 벗어나 하느님과 나, 남과 나, 우주와 내가 하나로 합쳐지는 대조화의 세계"라는 말이 나온다.

19시 40분 ~ 20시 30분 : 인당으로 엄청난 힘이 모인다. 하단전에서 올라온 기운이 인당으로 들어가 내리누른다. "섬진무루(纖塵無漏)"라는 말이 계속 나온다. 인당 수련이다.

9월 10일 4시 20분 ~ 5시 50분 : 하단전의 기운이 전신으로 돌아가면서 "군령제철호시(群靈諸哲護侍)"라는 말이 계속 나온다. 상단전과 중단전도 훈련시킨다. 마지막으로 중단전으로 올라온 기운이(가슴이 쫘악 펴지고 척추가 바르게 쭉 펴진다) 집중을 하다가 입으로 올라와 크게 벌리고 골고루 훈련시킨다. "큰일을 하여라"라는 말이 나온다. 내가 마치 큰 사자인 것 같다. 형체도 큰 사자 형체가 희미하게 보인다.

9시 ~ 9시 50분 : 마음속에 들어 있는 미움을 용서하는 시간이다. 이 사람 저 사람 개인적으로 가지고 있는 앙금을 털어 내는 시간이다. 허리, 척추를 쭉 펴서 하단전에 기운이 가득 모이는 수련이다.

13시 30분 ~ 14시 40분 : 기운이 하단전에 집중이 잘되고 상단전으로 해서 순환이 잘된다. "군령제철호시"라는 말이 계속 나온다.

20시 30분 ~ 22시 : 상단전과 백회 언저리를 훈련시키는 시간이다. 엄청난 힘이 상단전에 모인다. 목에서 머리로 올라가는 힘이 강해서, 부드러운 자갈 사이로 올라가는 듯 사그락사그락 소리가 난다. 상단전에서 갑자기 비몽사몽간에 잘 익은 노란색의 옥수수가 아래로 와락 무너지듯 흘러내린다.

약간 흰색의 덜 익은 옥수수도 있다. 수련 중에 고무신도 보이고, 사람도 여럿을 보았으나 순간적이고 희미해서 구별이 어렵다. '금선탈각(金蟬脫殼, 한자는 추후에 찾아서 적음. 뜻도 몰랐는데 이제야 알게 되었다)'이라는 글자도 보인다. 하단전에 커다란 둥기나무가 뿌리를 박고 수평으로 서 있는 (붙어 있다는 표현도 가능할 듯) 모습도 보인다.

9월 11일 4시 10분 ~ 5시 30분 : 하단전에 약간 태운 (낱알이 터진 것도 보임) 누르스름한 옥수수가 박힌다. 넓은 곳이 위로 좁은 곳이 하단전 쪽으로. 상단전에 잎사귀가 많은 이름 모를 나무에 녹색 열매가 여러 개 달려 있다.

조선 시대 여인들의 머리 모습을 한 여인이 옆모습으로 나타난다. 개량 한복 비슷한 모습이다. 인도인과 같은 색목인의 여자도 나타나는데 순간적으로 약간 원숭이 비슷한 형상으로 변한다. 상단전을 훈련시키느라 힘이 쓰여서 목덜미가 뻐근하다. 하단전에서 중단전 - 상단전으로 힘이 올라오면서 그 사이로 관이 만들어지는 듯하고 허리를 마음껏 펴게 한다.

10시 40분 ~ 11시 : 빨간 고추장 같은 것이 돌로 된 네모난 통에 들어 있다. 묵주인지 염주인지 낱알 몇 개가 하단전에 보인다. 여인이 어린 여자아이를 재빨리 데리고 나가는 것이 보인다.

13시 40분 ~ 14시 15분 : 60대 초반으로 보이는, 치마를 입고 가방을 든 아주머니와 70대 후반의 할머니가 나타난다. 눈이 뚱그런 남자도 잠깐 나타난다. 주먹만한 참외 모양의 노란 물체가 (처음에는 여러 개가 원을 그리듯 희미하게 보이다가) 하단전에 자리잡는다.

인당으로 독수리 형상의 희미한 물체가 밀어 들어오고 있다. 상단전을 훈련시킨다. 엄청난 힘으로 백회로 나가려고 한다. 그래서 내가 머리 위 한 길 정도를 올려다보았다. 상단전에 힘이 모여서 무언가 지렛대로 벌리는 듯, 파헤치는 듯 머리 가운데를 중심으로 약간 오른쪽으로 벌어진다. 얼마 후 상단전 가운데가 비워진 공간이 되고 그 둘레에는 힘이 모여 가득하다. 상단전에 엄청난 힘이 모인다.

9시 40분 ~ 10시 40분 : 수련 중에 서양의 마을에 건물들이 줄지어 서 있는 것이 보인다. 더벅머리 초등학교 4, 5학년쯤으로 보이는 시골의 아이들이 10여 명 보인다. 하단전에서 상단전으로 물이 올라가는 느낌이

24

들면서, "나는 물이로다. 물이로다. 물이 흐르듯이 사는 것이 좋은 것이다"라는 말이 여러 번 나온다. 그리고 물의 기운도 임독맥을 돌아간다. 초록색의 감나무에 감이 몇 개 달려 있다.

9월 12일 4시 ~ 5시 10분 : 11가지 호흡이 나온다. 골고루 기운이 돌아가고 하단전에 기운이 모이면서 "종 종 종... 황금 종아 울려라... 울려라... 황금 종이 울렸다... 빙빙 돌아간다... 빙글빙글 돌아간다. 천지인 법리화(法理化) 정중선(正中善) 황도봉공애호(黃道奉恭愛護)" 라는 말이 나온다. 기운이 온몸을 골고루 돌아간다. 색깔은 황금색이 아니지만 종 모양이 하단전에 가득하다. 종소리가 울려 퍼져 나가듯이 큰일을 하라는 신호로 생각이 든다.

9시 30분 ~ 10시 30분 : 이번 수련 시간은 11가지 호흡의 연장선상이다. 온몸 구석구석까지 기운이 돌아간다. 피부호흡이라 할까? 항문까지 돌아간다. 완전히 돌아가고 나서 (입안, 머리 안까지 최대한 돌아간다), "천지가 다 하나로다. 마음을 깨끗이 하여라. 공처를 보았노라... 공처를 보았습니까? 공처를 보았다. 천지가 다 조화로다. 천지가 다 하나로다. 마음을 깨끗이 하여라"라는 말이 나온다. 그저 감사할 따름이다. 감사합니다.

19시 ~ 19시 30분 : 하단전에 모인 기운이 천천히 올라간다. 아주 천천히 엄청난 힘으로 상단전으로 아주 느리게 올라갔다가 아주 서서히 내려와 하단전에 모인다. 지금까지 처음 있는 현상이다. 마음도 느긋해진다.

21시 40분 ~ 22시 40분 : 하단전에 기운이 모이면서 정적의 시간이 얼마간 지속된다. 만사가 조용하다. 하단전에서 천천히 인당으로 올라간다. 동백나무 비슷한 잎이 무성한 나무가 보인다. 따개비(조개 종류), 이구아나, 두꺼비가 보인다. 화포(조선 시대 비격진천뢰(飛擊震天雷) 모양)도 보인다.

9월 13일 : 11가지 호흡을 완숙하게 하는 날이다. 아주 잘 돌아간다. 편안하게 골고루 돌아간다. 백회로 기운이 엄청나게 내려와 누른다. 상단전에 힘이 가득하다. 하단전에서 올라온 힘이 인당으로 모여 다이아몬드의 하얀 광채가 나는 물체가 나타나서 하단전으로 내려간다. 상단전으로 올라온 기운이 불꽃이 터지듯이 퍼져서 내려간다. 수련 중에 파(뿌리도 포함), 사람(남녀)이 많이 있는 그림, 가로수 길을 따라 걸어가는 도복을 입은 아이 등이 나타난다.

9월 14일 3시 55분 ~ 5시 25분 : "공(空)공공공 공이로구나. 천지가 다 하나로다. 하늘 기운이 다 바르게 돌아가는구나. 모든 것이 다 하나로다. 공으로 모든 것이 돌아간다. 공으로 모든 것이 이루어졌다. 감사합니다." 11가지 호흡이 되면서 나온 말이다. 몸이 비워지고 깨끗해진다. 기운이 귀의 고막까지 돌아간다. 귀에서도 소리가 난다. 머리 안에서는 끼르륵 끼르륵 소리도 난다.

제6단계 화두 (9월 14일 ~ 21일)

9월 14일 15시 ~ 17시 : 6단계 화두를 받다. 화두를 암송하니 상단전으로 기운이 엄청나게 들어온다. 하단전으로 내려와서 다시 상승한다. 기운의 교류가 약간 진동이 오며 교류한다. 인당을 뚫으려는 듯 엄청난 힘으로 압력을 가한다. 하늘의 별이 들어온다.

9월 15일 4시 5분 ~ 5시 35분 : 화두를 암송하니 11가지 호흡이 나온다. 지금까지의 호흡을 더 깊이, 동작을 더 크게 한다. 온몸의 기운을 정화시킨다. 하품이 여러 번 나온다. 탁기를 모두 빼내는 것 같다. 힘이 빠진다. 몸이 깨끗해지고 맑아진다.

다시 기운이 시작된다. 하단전에 기운이 인당으로 올라가 기운이 보충되면서 하단전으로 다시 내려와 기운이 가득해진다. 오늘은 집중이 더잘된다. 마음도 크게 되고 넓어지는 것 같다. (아내가 나에게 간섭을 하는 것도 감사하게 여겨야 되겠다는 생각이 들었다. 지금부터 출퇴근을할 때는 꼭 안아 줘야 되겠다는 생각이 들었다.) 근래에는 핀으로 찌르듯이 따끔한 곳이 이곳저곳에 나타난다. 모기가 있는가 오해하기도 한다.

8시 50분 ~ 10시 : 하단전에서 기운이 모여서 온몸으로 돌아간다. 마치 리듬체조 선수가 리본을 돌리는 것같이 구석구석 회전하면서 자유자재로 돌아간다. (나선형으로 많이 돌아간다.) 머리 몸통 다리 3부분으로 분리되어 떨어져서 몸이 수평으로 움직인다.

그리고 상단전으로 올라간 기운이 모여서 깔때기에 모래를 넣어 뒤집어 놓듯이 기운이 아래로 내려와 하단전에 모인다(목욕탕 사우나의 모래시계처럼). 온몸을 구석구석 돌아 머리로 올라간 기운이 마디마디로 돌아간다. 머리 안에 이렇게 뼈가 많이 있는지 몰랐다. 딱 딱 쌔록 소리가 연속으로 난다. 잇몸 이빨에도 돌아간다.

21시 40분 ~ 22시 30분 : 사과나무에 사과가 빨갛게 달려 있고 감나무에도 홍시가 달려 있다. 인당으로 기운이 올라갈 때마다 사람들이 무리를 지어 나타난다. 너무 많아서 모습을 다 기억할 수는 없다. 많은 사람들이 교체하면서 다양하게 나타난다.

9월 16일 4시 10분 ~ 5시 40분 : "몸과 마음의 고향이다"라는 말과 더불어 하단전으로 기운이 모인다. 화두를 암송하니 "나는 무엇으로 사는가, 무엇으로 사는가?"라는 말이 계속 나온다. 11가지 호흡이 되면서 부채춤이나 바다의 큰 가오리가 헤엄치듯 너울너울 기운이 돌아간다. 마치 내가 가오리인 듯 그리고 가오리가 나타난다.

15시 20분 ~ 16시 20분 : 수련을 하는데 사람이 계속 나타난다. 형체를 많이 알아볼 수 있다. 그런데 조금 기분 나쁜 모습도 있다. 인상이 별로다. 귀가 비정상적으로 크고 얼굴도 이상하다. 섬뜩하지는 않지만 그래도 약간 기분이 별로다. 마지막에 나온 사람도 다른 모습이지만 약간 기분이 좋지 않다. 여러 사람이 나왔다. 6단계 화두를 계속 암송하니 답이 나왔다. 1단계 화두, 답이 맞느냐 하니 확실하다고 한다.

19시 45분 ~ 21시 45분 : 11가지 호흡이 완숙된 시간이다. 화두를 암송하니 이번에는 답이 나오지 않는다. 11가지 호흡이 완전히 되는 것이 답인 것 같다. 열심히 수련을 하라는 신호로 생각이 된다.

9월 17일 4시 10분 ~ 5시 30분 : "나는 보석이어라." 11가지 호흡이 더 깊어진다. 온몸 곳곳 피부까지 퍼진다. 반가부좌를 풀고 발을 펴고 만질 수밖에 없다. 화두를 암송하니 답이 나오지 않다가 겨우 "우주다"라는 말 이상 진전이 되지 않는다. 계속 화두를 찾아야 되겠다. 하품이 많은 수련이다. 마른 하품까지 나온다. 탁기인 것 같다. 마지막으로 나온 말이 "나는 보석이어라"였다.

9시 ~ 9시 50분 : "엄마 배 속이다... 배 속이다"라는 말이 나온다. 스님의 반들반들한 뒷머리 모습도 나온다. 인당에는 진한 청색 빛이 나온다.

14시 ~ 14시 40분 : 하단전에서 상단전으로 기운이 교류만 한다. 화두를 계속 암송해도 답이 나오지 않는다.

15시 50분 ~ 16시 20분 : "가는 것이 오는 것이로다, 오는 것이 가는 것이로다, 모든 것이 다 허무로다, 모든 것이 무(無)로다. 무로다 무로다...(10여 분 계속), 천지가 다 무로다"라는 말이 나온다.

19시 30분 ~ 21시 40분 : 인당과 상단전으로 기운이 엄청나게 동시에 밀려들어 온다. 도로에 차가 불이 나서 소방대가 불을 끈다. 육감적인 글래머가 황인종보다 더 검은 모습으로 나타난다(좋은 현상인지?).

21시 40분 이후 수면 중에 나온 현상 : 아내의 탈을 쓴 여자가 내가 누워 있는데 몸 위에 올라와 압박한다. 유방이 거의 드러나 있다. 가슴이 답답하여 왔다. 숨을 고루 쉬면서 『천부경』을 외우니 사라졌다. 얼마 후에 자는데 갑자기 하단전에서 중단전 - 상단전으로 무언가 찌릿한 기운이 올라온다. 온몸이 열로 가득하다. 무언가 이상한 느낌이 들어서 『천부경』을 외웠다. 마찬가지로 사라졌다. 지금까지 수면 중에 없었던 현상이다.

9월 18일 3시 50분 ~ 5시 30분 : "만법귀일, 대조화의 세계 하나로다, 하나로다, 하나로다, 하나로다... 이렇게 다 하나로 통합되었노라." 11가지 호흡도 부드럽게 나온다.

7시 40분 ~ 8시 20분 : 하단전을 다지는 시간이다. 상단전과 백회에는 기운이 모여 있다. 4, 5살 되어 보이는, 자세가 반듯하고 순하고 머리카락이 까만 얼굴로 둥그런 귀공자 모습의 사내아이가 중단전에 연한 분홍색 옷을 입고 나타난다(참으로 내 마음에 드는 아이였다). 서양 신식 건물도 많이 보인다. 글자와 숫자도 여러 번 나타난다. "병충해 피해" 등.

16시 30분 ~ 17시 40분 : 하단전을 다지고 올라간 기운이 배를 주걱으로 힘껏 젓고 머리로 올라가 곳곳으로 훈련시킨다. "대도무문(大道無門), 나는 대도무문이다"라는 말도 나온다.

19시 ~ 19시 40분 : 상단전으로 올라간 기운이 백회를 빠져나가 버섯 모양으로 머리에 떠 있는 기분이다. 나의 몸이 내가 앉아 있는 앞에 약간 키가 작게 앉아 있는 모습이 보인다. 색깔이 다양한 붉은색의 옷을 입은 사람들이 많이 보인다.

9월 19일 4시 10분 ~ 5시 10분 : 온몸으로 기운이 돌아갈 때 하품이 가끔 나오다가 마지막으로 마른 하품이 나오고 말이 나온다. "나는 우주이다. 자연의 조화로다. 천지가 다 조화로다, 마음의 조화로다. 나는 우주로다, 우주로다." 슬프지는 않은데 눈물이 나온다(왼쪽이 더 많이).

9시 30분 ~ 11시 : 수련 시간은 잘 지나가는데 현묘지도 수련을 하면서 제일 진도가 나가지 않는 시간이다. 무언가 막혀 있는 기분이다. 하단전에서 기운이 올라오는데 빈 것이 올라오는 기분이다. 백회로는 기운이 들어오는데... 이상하다. 무언가 방해를 받고 있는 것 같다. 그 이유를 관찰해 봐야겠다.

14시 ~ 15시 : 하단전에 기운이 많이 모여서 상단전으로 백회로 나가서 어느 정도 공중으로 올라가는 듯하다가 다시 빨리 내려와 하단전으로 왔다가 다시 올라가기를 반복한다.

16시 ~ 17시 : 백회를 뚫어 나가려고 시도를 몇 번 하였다. 거의 나가기는 했으나 바로 들어온다. 15세 정도 되어 보이는 체육복을 입은 소년이 보인다.

21시 40분 ~ 23시 : 기운이 백회를 뚫어 나가서 어느 정도 올라가서는 다시 내려온다.

9월 20일 4시 15분 ~ 5시 25분 : 하단전을 다지고 인당으로 올라가서 다시 하단전으로 돌아오는 수련이다. "귀한 몸이어라, 천지조화로다"라는 말이 나온다. 자세도 더 바르게 취하게 된다.

8시 45분 ~ 9시 45분 : 기운이 상단전으로 올라가서 머무르고 다시 보강을 하여 백회에서 머물고 다시 보강하여 머리 위에 머무른다. 얼마간 머물다가 천천히 내려온다. 내가 멋있는 존재로 보인다.

14시 ~ 14시 45분 : "오리무중(五里霧中), 장유유서(長幼有序), 불꽃이 우루루 떨어져라." 이번 시간은 인당을 훈련시키는 시간이다.

16시 45분 ~ 17시 20분 : "천통 법통 법말 법말..." 인당과 상단전의 기운이 아래로 사정없이 내리누른다. 그리고 하단전으로 힘이 모인다(처음 있는 현상이다).

20시 50분 ~ 22시 40분 : 기운이 하단전에서 상단전으로 다시 하단전

으로 골고루 돌아간다. 2424라는 숫자도 보인다. 자성에게 물어보니 금
요일에는 6단계가 통과된다고 한다. (취침 중에 꿈결에 "상사화(相思花)
가 피었구나"가 계속 나온다. "군령제철호시(群靈諸哲護侍)"도 나온다.)

9월 21일 4시 30분 ~ 5시 40분 : 상단전에 모인 힘이 아래로 내리누르
며 하단전으로 내려간다. 이 힘이 차츰 중단전으로 가서 다시 보충하고
모인다. 그리고 상단전으로 올라간다. 백회를 나가 어느 정도 올라가다
가 다시 내려온다. "나는 무엇으로 사는가?"라는 말이 계속 나온다.

9시 45분 ~ 10시 30분 : 중년 여인, 남자(후세인과 닮은 군복을 입은
사람이 비스듬히 앉아 있는 모습) 등 한 사람 한 사람 차례로 나타난다.
상단전과 중단전 사이에서 기운이 꽈배기처럼 오르락내리락한다. 하단
전에서는 기운을 빨아들이는 호스처럼 기운을 빨아들인다.

제7단계 화두 (9월 21일 ~ 27일)

9월 21일 15시 ~ 17시 : 삼공재에서 그동안의 경과를 삼분의 일 정도
보고를 드리지도 않았는데 6단계가 끝났다고 하신다. 진도가 참 빠르다
고 하신다. 7단계 화두를 받았다. 화두를 암송하니 엄청난 힘이 백회를
내리누른다. 하단전으로 기운이 들어와 서서히 중단 - 인당으로 다시 하
단전으로 돌아간다. "촛불이어라, 허무, 무로다 무로다." 유체이탈은 너
무 하지 말라고 하신다.

9월 22일 4시 20분 ~ 5시 50분 : 7단계 화두를 암송하니 기운이 하단전으로 모여서 온몸으로 돌아가는데 지금까지와는 다른 흐름이다. 마치 대관령 굽이굽이를 큰 물결이 돌아가듯이 이리 출렁 저리 출렁 마음대로 너울너울 돌아간다. 내 몸은 뼈만 남고 살은 없는 듯하다. "참으로 맑아라"라는 말이 나온다.

9시 50분 ~ 10시 50분 : 화두를 암송하니 기운이 돌면서 남자, 여자들이 한 사람씩 몇 명이 나타난다. 스님이 옆모습으로 지나간다. 수박이 3개가 바구니에 담겨 있다. 하단전에서 모인 기운이 상단전까지 사막의 회오리바람처럼 돌아간다. 온몸으로 돌아가면서 큰 소나기가 와서 계곡에 물이 거세게 흐르듯이 콸콸 넘치고 튀고 요란하다. 온몸으로 끝까지 돌아 머리로 올라와서 구석구석 돌아간다.

때로는 힘차게 때로는 부드럽게 완급이 조절된다. 강할 때는 강하고 부드러울 때는 아주 부드럽게 곳곳을 돌아간다(처음 있는 현상이다). "나는 하늘이다"라는 말이 계속되면서 기운이 돌아간다. 하늘의 변화처럼 기운도 돌아가는 것 같다.

19시 50분 ~ 20시 50분 : 하단전에서 기운이 상단전으로 올라가서 엄청난 힘이 압박을 가한다. 다시 하단전 - 상단전으로 되풀이하면서 "참으로 깨끗하여라"라는 말이 계속 나온다.(『선도체험기』 15권을 읽으니 기운이 백회로 해서 상단전을 엄청난 힘으로 내리누른다. 대단한 힘이다. 왼쪽 손바닥도 찌르르하다.)

9월 23일 4시 10분 ~ 5시 30분 : 기운이 온몸으로 골고루 돌아간다. 처음에는 좀 거칠게 돌아가다가 태풍의 눈과 같은 점이 하단전에서 올라가 인당으로 해서 온몸으로 돌아가면서 아주 부드럽게 학이 춤을 추듯이, 비구니가 승무를 추듯이 돌아간다. "참으로 아름답구나, 참으로 부드럽구나"라는 말이 계속 나온다.

"참으로 평화가 가득하구나"라는 말이 나온다. 기운이 편안하게 하단전에 모이니 지금 죽어도 여한이 없을 것 같다. 역지사지를 생각하면 아들, 딸과 아내를 두고 갈 때는 아직은 아닌 것 같다. 여하튼 마음이 편안하다. "이렇게 평화가 가득한 내 마음이 언제부터 거칠어지게 되었나"라는 생각이 든다.

간밤 꿈에 아내가 수련을 너무 많이 한다고 잔소리를 하여, 내가 소리를 질렀다. 20년 이상이나 수련을 하다가 이제 완성해 보려는데 왜 그러냐면서 화를 내었다. 죽음이 오더라도 나는 이 공부를 마치겠다고 열변을 토해 내었다. 깨보니 꿈이었다. 허망하다. 아직도 수련이 멀었구나. 꿈에서라도 화를 내지 않아야 하는데 말이다. 기분이 좋지 않았다. 현묘지도를 하면서 한 달 이상 아내가 시비를 걸어도 화를 내지 않았는데, 꿈에는 그동안 쌓인 것을 그대로 이야기하는 것 같다.

8시 15분 ~ 9시 : 기운이 돌아가는데 접시돌리기 하듯이 수평으로 7~8개 겹쳐서(사이는 공간이 있고) 돌아가듯이 뱅글뱅글 돌아간다. 그리고 양어깨로 나간 기운이 손으로 돌면서 떡가래가 나오듯이 기운이 돌아간다(마치 새끼를 꼬는 기계에서 새끼줄이 나오듯이). 사람의 형상은 없고 눈만 2개가 잠깐 나타나기도 한다.

15시 30분 ~ 16시 30분 : 하단전을 중심으로 자동차 라이닝이 여러 개가 돌아가듯이 양다리 쪽으로 돌아간다. 푸른 사과 몇 개와 빨간 사과 여러 개가 보인다. 머리를 감아 올린 통통한 여인도 보인다. 흰 머리카락을 길게 늘어뜨려 산발한 노인도 보인다. 노인들이 집단으로 있는 곳을 어떤 여자가 안내한다.

19시 40분 ~ 22시 50분 : 11가지 호흡이 되면서 중단전을 많이 훈련시킨다. "진리이다, 진리이어라"라는 말이 계속 나온다. 나의 분신이라 느껴지는 4사람이 한 줄로 수평으로 나타난다. 어린아이가 커다란 다랑어 고기를 가슴에 안고 있다. 어린 치어(稚魚)들이 나타나고, 꽃이 지고 난 뒤 동그란 모양의(과꽃 모양의 형태로) 씨들이 총총 붙어 있는 모습도 보인다. 많은 씨들이 흩어진다.

9월 24일 4시 5분 ~ 5시 15분 : 화두를 암송하니 11가지 호흡이 나오면서 어제저녁 수련 후에 생각이 나지 않았던 말 "영이로다(제로), 영이로다"가 나온다. 계속해서 "선한 국민이어라, 선한 분이로다. 하늘이어라, 천이로다, 귀한 몸이로다"라는 말이 나온다. 11가지 호흡이 온몸 곳곳으로 돌아가면서 양발 끝까지도 펴서 주무르지 않는 곳이 없다. 결국은 일어나서 춤을 추었다. "가벼워라, 새털처럼 가벼워라. 우주가 한 몸이어라, 우주가 하나로다"라는 말이 나온다. 나의 자성에게 진심으로 감사하는 마음이 생긴다(이런 수련을 하게 해 주어서). 7단계 수련을 하면서부터 백회로 기운이 엄청나게 내리누르는 것이 특징이다.

9시 30분 ~ 10시 35분 : 11가지 호흡이 계속된다. 대추와 피자보다 큰 과일 3개가 보인다.

19시 30분 ~ 20시 30분 : 사과나무, 은행나무, 뱀, 지렁이, 오소리, 너구리, 사자, 표범, 스컹크, 기린, 악어, 코모도, 노루, 사슴, 멧돼지, 고래, 펭귄, 늘보 등이 나타난다. 온갖 동식물이 나타나는 것을 보고 모든 것이 하나라는 것을 느끼겠다. 만법귀일이라는 생각이 든다. "두문불출(杜門不出) 생사여탈(生死與奪), 생사여탈 두문불출"이라는 말이 계속 나온다. 왜 내가 눈이 나쁘게 태어났는가를 자문해 보고 관을 해 보고 있다.

21시 30분 ~ 22시 35분 : 온갖 생물들이 너무 많이 나와서 기억이 나지 않는 것도 있다. 소나무, 도토리나무, 논고둥, 소라, 오징어, 해삼, 연꽃, 옥수수, 꿩, 사마귀, 메뚜기, 갈치, 매미, 제비. "섬진무루(纖塵無漏) 소소영령(昭昭靈靈)"이란 말이 나온다. 모든 세상사가 빈틈이 없는 것 같다. 인당과 상단전을 엄청나게 압박한다. "두문불출 생사여탈"이란 말이 계속 나온다. (수면 중에 기운이 돌아가면서 2547이라는 숫자가 적혀 있는 막대기 판이 보였다.)

9월 25일 4시 5분 ~ 5시 45분 : 기운이 온몸으로 돌아간다. 수련 시간마다 다른 느낌이다. 기운이 온몸 구석구석 심지어 피부를 지나 털까지도 숨을 쉬는 느낌이다. 기운이 돌아가는 것이 자연의 모든 생명체와 관련이 있는 듯한 느낌이다. 인간에게 쓸데없다고 생각되는 구더기, 모기, 족제비 등도 자연으로는 필요하다는 느낌이다.

기운이 구더기처럼 너울너울, 모기처럼 잽싸게, 족제비처럼 쏜살같이 온몸을 돌아간다. "자애자중, 대자대비, 하나, 자연조화, 황홀"이라는 말이 절로 나온다. 왜 눈이 나쁜가에 대해 관을 하는데 아직 답이 나오지 않는다.

9시 20분 ~ 10시 15분 : 두 살 정도 되어 보이는 여자아이가 빨간 치마와 노랑 윗옷을 입고 예쁘게 나타난다. 11가지 호흡을 아주 부드럽게 하면서 앉아서 춤을 추었다. 너울너울 아주 부드럽게 아주 부드럽게 장엄하게 돌아간다. 누에로 말하면 고치를 지으러 올라가는 기분이 든다.

16시 30분 ~ 17시 15분 : 굵직한 삶은 감자 5~6개, 당근, 밤, 대추, 도토리, 파닥파닥 물 튀기는 미꾸라지들, 새우, 노란색 거미, 스님의 옆머리 얼굴(얼굴이 네모나고 큰)도 나타난다.

9시 40분 ~ 21시 10분 : 머리로 올라간 기운이 세로로(수직으로) 뱅글뱅글 돌아간다. 인당을 많이 압박한다. 마지막으로 아주 순하고 인자하고 기품이 있는 여인(30대)이 사진 액자에서 나와서 나에게로 가까이 온다. 검은 옷을 입고 상반신만 보이는데 머리카락도 검다.

9월 26일 4시 ~ 5시 25분 : 지금까지 7단계 화두를 암송하면 백회에서 상단전과 인당을 그렇게도 엄청나게 압박하던 기운이 오늘은 조용하다. 11가지 호흡이 되면서 지금까지 7단계 화두수련에서 나온 말들이 회상된다. "참이로다, 진리로다. 하나로다, 하늘이로다." 이러한 말들이 계속 나오다가 "우뢰와 같아라... 우뢰로다..."라는 말과 더불어 기운이 온몸으로 돌아간다. 다시 하단전으로 기운이 내려오면서 오늘로써 7단계는 끝이 났다고 자성의 소리가 들려온다. 그리고 기운이 편안해지면서 다시 하단전에서 상단전으로 전신으로 돌아간다. "공이로다... 우주와 같아라... 우주로다..." 이렇게 수련이 끝이 났다.

7단계 화두를 받고 수련하면서 처음 며칠은 화두 생각이 잘 나다가 날이 갈수록 화두 생각이 나지 않을 때가 많다. 어제저녁 수련에는 최고조에 달했다. 생각이 잘 나지 않아서 여러 번 다시 확인하곤 했다.

오늘 아침은 화두 생각이 잘 난다. 7단계 수련을 하면서 느낀 점은 현묘지도가 막바지에 도달하면서 힘이 부치면 통과하기 어려울 것 같다.

체력전이라는 것이 실감이 난다. 체력이 없으면 고비를 넘기기가 힘들지 않나 생각이 든다. 그래서 삼공 선생님께서 조깅을 하고 등산을 하라고 하시는 이유를 새삼 절감하게 된다.

내가 눈이 왜 나쁘게 태어났을까에 대한 관을 하고 있는데 아직도 풀리지 않고 있다. 계속 관을 해 봐야겠다.

9시 50분 ~ 11시 15분 : "물로써 불로써 깨끗하게 되었다." 내가 왜 눈이 나쁘게 태어났을까를 관을 하고자 『천부경』을 계속 외우니 어느 정도는 진전이 되는 것 같으나 아직 숙제로 남아 있다. 11가지 호흡이 일어나면서 발끝부터 올라가면서 마치 접시가 수평으로 돌아가듯이 머리, 백회까지 수평으로 뱅글뱅글 돌아간다.

그리고 머리를 다시 수직으로 마치 옛날 탈곡기에 볏단을 올려놓으면 돌아가듯이 오른쪽 귀에서 왼쪽 귀까지 돌아간다. 11가지 호흡이 완성되는 것이라 한다. 8단계를 가기 전에 모든 것을 점검하는 듯하다.

"깨끗한 도를 이루어라"라는 말이 나오면서 기운이 아주 가볍게 편안하게 수평으로 수직으로 온몸으로 돌아간다. 처음에는 물로써 깨끗하게 하고 그다음에는 불로써 온몸을 태운다고 한다. "물로써 불로써 깨끗하게 하여라"라는 말이 나오면서 온몸을 골고루 기운이 돌아간다. 마지막으로 "물로써 불로써 깨끗하게 되었다"고 한다. 머리 위에서 지켜 주시는 것 같다. 나의 자성에게 감사하는 마음으로 크게 합장을 하고 고개를 숙였다.

15시 ~ 15시 55분 : "오옴 진리로다, 완성품이다." 11가지 호흡이 진행되면서 지금까지는 주로 뱅글뱅글 돌아갔는데(수평으로 수직으로) 이제는 격자 모양으로 자유자재로 돌아간다. 머리 안에서도 자유자재로 돌아간다. 그러면서 "오옴 진리로다..." 라는 말이 나온다. 그래서 이상하다. 일본의 옴 진리교가 생각이 난다. 그래도 계속 이 말이 나온다. 또한 헤르만 헤세의 작품에서도 오옴은 진리를 깨달을 때의 말이다.

그리고 다시 하단전으로 모인 기운이 천천히 돌아가면서 "완성품이다"라는 말이 나온다. 이제 신형차를 한 대 만들어낸 기분이다. 이 차를 어떻게 운행해야 되는지가 지금부터의 과제라고 생각이 된다. 기운이 천천히 온몸을 돌아가는데 몸 가득히 기운이 앉아 있는 모습 전체로 상서로운 기운이 가득하다. 처음 있는 현상이다. 후광과는 다른 것 같다.

9월 27일 4시 ~ 5시 20분 : "발대신기(發大神機) 성통공완(性通功完)." 11가지 호흡을 하면서 일어나 춤을 추게 되었다. 어제저녁보다는 더 부드럽게 돌아간다. 그러나 내 마음에 흡족하지는 않았다. 춤도 별로라고 하면서 앉아서 단군 할아버지가 계시는 곳을 가 보자면서 백회를 빠져나가는 기운을 따라가 본다.

어느 정도 가다가 바로 다시 내려온다. 하단전으로 다시 기운이 모인다. 한인, 한웅 할아버지와 단군 할아버지가 계시는 삼태극성으로 올라가 보자 한다. 그러나 자성의 소리는 "그런 데 너무 관심을 가지지 말라"고 한다.

"내 마음 속에 다 계시는데 무슨 그런 것에 관심이 많으냐?" 한다. 그러나 내 마음은 "그래도 한 번이라도 가봐야 되지 않겠느냐?"고 한다. "그러면 가 보자"고 하면서 올라가다가 결국은 내려와서 "그런 것은 다 쓸데없는 짓이다"라고 한다. 그러면서 "성통공완..."이 계속 나온다.

하단전의 기운이 차차 몸에서 없어지는 기분이다. 하품도 나오고 힘이 차츰 빠져나간다. 허리도 굽어지고 거의 다 빠져나간 기분이다. 그러면서 "발대신기 성통공완"이라는 말이 나온다. 백회로부터 기운을 받아 차츰 힘이 생겨난다. "발대신기 성통공완"이라는 말이 계속되면서 하단전에 기운이 가득하고 수련이 끝났다. 감사의 합장을 공손히 하였다.

제8단계 화두 (9월 27일 ~ 10월 2일)

9월 27일 15시 ~ 17시 : 삼공재에서 그동안의 수련을 보고하고 8단계 화두를 받고 암송하였다. 차분한 기운이 하단전에서 상단전으로 인당으로 돌아간다. 특히 인당을 많이 압박한다. 기운을 웅장하다고 표현할 수 있다. 편안하다. 하단전과 상단전을 압박하더니 정적이 감돈다. 적정이라고 할까? 아주 조용하다.

9월 28일 4시 10분 ~ 5시 40분 : 8단계 화두를 암송하니 하단전으로 기운이 고요히 모였다. 인당으로 가서 조용히 모여 있다가 다시 하단전으로 중단전으로 다시 인당으로 올라간다. 11가지 호흡이 나오면서 "하늘과 같아라..."라는 말이 나오고, "진공묘유, 허허공공"도 나온다. 그러고는 "하늘이어라, 하늘이로다"가 나온다. 온몸으로 기운이 돌아간다.
다시 온몸의 기운을 하단전으로 모은다기보다는 버리는 기분으로 기운이 내려온다. "진공 진공, 공이로다, 공 공 공이로다"라면서 온몸으로 돌아간다. 다시 하단전으로 모인 기운은 인당으로 올라가서 곳곳을 돌아간다. "탁탁탁탁 탁이로다, 탁이로다 탁탁탁탁"이라는 말로 수련이 끝났

다(수련 중에 용천이나 발끝이 찌릿찌릿할 때가 많으며, 코 안에 냄새가
나고, 슬프지도 않은데 마른 눈물이 많이 나온다. 마른 하품도 나온다).

7시 55분 ~ 8시 55분 : 『천부경』과 『삼일신고』를 암송하는데 중간에
전혀 생각이 나지 않고 멍한 상태가 몇 번 지속된다. 지금까지와는 다른
현상이다. 8단계 화두를 암송하니 11가지 호흡이 되면서 일어나 춤을 추
게 되었다. 처음에는 뻣뻣하고 거칠게 하다가 차츰 부드럽게 아주 자연
스럽게 나오기도 하고 태권도 자세도 약간 나오고 아주 다양하게 춤을
춘다. 그리고는 앉아서 다시 하단전에 기운이 내려오고 어느 순간에 목
덜미에서 뻐근하더니 상단전으로 올라간 기운이 힘이 나오면서 "천리전
음을 받아라, 함부로 말하지 말고 마음으로 새겨야 한다. 입안을 훈련시
킨다. 천리전음이어라."

얼마 후에 기운이 다시 하단전에 모여서 돌아가면서 화두에 대한 답
으로 "참이어라"라는 말이 나온다. (수련 중에 4~5세 되어 보이는 어린
아이가 불그레한 승복을 입고 나타나서는 옷 색깔이 희미해지면서 사라
진다. 11~12세 되어 보이는 여자아이가 물이 졸졸 흐르는 시냇가에 발
을 담그고 찰방이다가 사라진다.)

15시 50분 ~ 16시 55분 : 하단전에서 상단전으로 다시 하단전으로 내
려와서 고요하게 무언가 쪼록 소리가 나더니 갑자기 격렬하게 진동이
온다. 팔을 펼치고 몸이 격렬하게 움직인다. 저절로 일어나서 태권도를
하게 되었다. 발차기, 전굴 자세에서 팔과 주먹으로 앞으로 내밀기, 이단
옆차기 등 아주 발끝과 손끝까지 엄청난 힘이 뻗친다.

누가 맞으면 큰 타격을 받을 것 같다. 한참을 태권도 연습을 하였다.
다시 기운을 가라앉혀 앉아서 있으니, 내가 왜 눈이 나쁘고 소변이 잘

나오지 않는가를 며칠 전부터 생각하고 관을 하였는데 이제야 답이 나온다. 태권도로 상대방의 눈 주위를 많이 차고 나의 하복부(낭심)를 많이 맞아서 그런 것이라는 답이 나온다. (시합에서조차 남에게 피해를 주면 그것이 나에게 이어 오는구나 생각을 하니 정말 지금부터라도 나의 행동거지에 대하여 잘해야 되겠다는 생각이 든다.)

다시 화두를 암송하니 하단전으로 기운이 모여서 상단전으로 입으로 올라가면서 천리전음을 한 번 해 보라고 한다. 오늘부터 천리전음을 받아서 잘 사용하여야 한다고 한다. 항상 바른 마음, 깨끗한 마음, 맑은 마음으로 살아가기로 더 다짐했다. "법리화 정중선 황도봉공경애호"(다른 수련장에서 수련할 때 받은 화두)로 수련이 끝났다.

20시 30분 ~ 21시 40분 : 하단전에서의 기운이 격렬하게 움직이면서 일어나 성난 사자와 같은 입모습으로 포효하며 격렬하게 움직였다. 사나운 운동을 하고서 진정을 한 후에 앉아서 조용히 마음을 가라앉히니 기운이 온몸으로 편안하게 돌아가면서 팔도 부드럽게 돌아간다. "신선이 따로 있나, 내가 신선이다"라는 말이 절로 나온다.

9월 29일 4시 ~ 5시 20분 : 이번 시간은 처음에 화두를 암송하였지 그 다음부터는 화두 암송 없이 수련이 계속되었다. (이런 수련은 처음이다.) 여러 가지 현상들이 많아서 일일이 기억하지는 못하겠다.

"법을 받아라. 법설을 한번 해 보라. 크게 잘 사용해야 한다." "참이라, 진리라, 법이라, 마음이라. 우주로다, 천지로다, 조화로다, 자연의 조화로다" 등의 말이 많이 나온다. 11가지 호흡이 되면서 기운이 한 차원 다르게 돌아간다. 입안을 엄청나게 훈련시킨다. 최대한 벌리게 한다. 무릎,

허리, 어깨, 목 부분이 분리되어 약간 떨어져 나간 채 기운이 돌아간다. 삼태극의 모양으로 몸이 되어 기운이 뱅글뱅글 돌아간다. 마지막으로 "몰락 놓아라"라는 말이 계속되면서 끝이 났다.

9시 45분 ~ 10시 30분 : (아침에 산을 오르면서 화두를 암송하니 "몰락 놓아라"는 말이나 "탁 놓아라"는 말이나 같은 것이라 여겨진다. 어제 아침에 "탁탁탁탁 탁이로다"가 나온 것이나 오늘 아침에 "몰락 놓아라"는 말이나 같은 것이라 생각된다). 화두를 암송하니 온몸으로 기운이 돌아가면서 손으로 펼쳐 내는 모양이 나온다. 버린다는 표현이 올바른 것 같다. 지금까지의 모은 것을 버리는 수련인 것 같다. "놓아라. 놓아라. 탁탁 놓아라"가 계속 나오는 시간이다. 온몸에서 털어 내는 시간이다.

15시 45분 ~ 17시 5분 : 화두를 암송하는데 힘이 빠지고 무력감에 들어간다. 쉬고 싶은 마음이 굴뚝같다. 그래도 힘을 다하여 해야 한다고 마음을 먹었다. 지금까지의 수련 시간 중에 제일 어려운 시간인 것 같다. 기운이 다 빠진 듯하더니 갑자기 양손이 머리 위로 급하게 힘없이 올라간다. 그러다가 다시 내리고 또 급하게 올라가기를 여러 번 반복하면서 차츰 힘이 다시 생기기 시작한다.

화두를 계속 암송하니 여러 가지 말이 나오고 "마음"이라는 말이 나온다. "내 마음은 보석이어라…"라는 말이 계속 나온다. "내 마음은 찬란한 보석이어라"라고 연속된다. 그러다가 "법통을 이어받아라, 천통을 받아라"라는 말도 나온다. 갑자기 상단전으로 올라간 기운과 더불어 입이 최대한 벌어지며 숨을 일시에 확 뿜어낸다. "파하하하" 다른 소리도 난다. 방언도 나온다.

"상상 송송 싱싱" 등, "법통을 받아라, 천통을 받아라"라는 말이 나오면서 양손을 머리 위의 기운을 받아서 하단전으로 내려온다. 선녀들이 춤을 추는 기분이 든다. 기분이 좋아서 나도 덩달아 일어나서 춤을 추었다. "너울너울 춤을 추시는군요" 하면서 기분 좋게 추었다. 앉으니 "천지법통을 다 바르게 하십시오"라고 한다. 그런데 내 마음은 그저 덤덤하다. 백회는 상서로운 기운이 감돈다.

20시 30분 ~ 21시 30분 : 수련할 때 『천부경』, 『삼일신고』, 대각경을 항상 암송하고 화두를 암송한다. 이번 시간에는 화두를 암송하기 전에 벌써 힘이 솟는다. 화두를 암송하니 온몸 곳곳으로 부드럽게 돌아간다. 화두를 놓지 않고 계속한다. 기운이 빨리 돌아가도 거기에 맞추어 화두도 빨리 암송한다. 오랫동안 화두에 대한 답이 나오지 않는다. 그래도 기운은 온몸으로 잘 돌아간다. 양손이 하늘을 향하여 뻗으며 기운을 받아 하단전으로 내려오더니 답이 나온다.

"하늘이다, 하늘이다..." 화두를 암송한 시간만큼이나 계속 이 말이 나온다. 아주 부드럽게 기운이 돌아간다. 손 모양도 아주 다양하게 돌아간다. 중간중간에 백회로 기운이 보충되면서 기운도 다르게 들어온다. 마침내 일어나서 아주 부드러운 춤을 추었다. "8선녀가 춤을 추시는군요"라는 말이 나온다.

9월 30일 4시 ~ 5시 25분 : 화두를 암송하면서 기운이 풀려나가는 것 같다. 힘이 빠지고 하품이 몇 번 크게 나온다. 계속 화두를 암송한다. 답이 나오지 않는다. 그러나 11가지 호흡은 계속 잘된다. 이윽고 답이 나온다.

"천통(天統)을 받아라, 하늘 기운 받아라"라는 말이 나오고, "천통을 받으시오, 하늘 기운 받으시오", "하늘 기운 받았다, 천통을 받았다"라는 말이 나온다. 그리고 "하늘이 다 나로구나"라는 말이 계속 나온다. 실감은 나지 않고 그저 담담하다. 계속 수련을 하니 "지금까지는 물과 불로써 깨끗하게 했지만 이제는 마음으로 털어 내야 한다"면서 "마음으로 탁탁, 탁탁탁탁" 하면서 기운이 돌아간다. (어제는 여러 가지로 과식을 하였는지 밤에 몇 번이나 일어나 화장실을 갔다. 내장에 있는 모든 것을 비워낸 듯하다. 아침 수련 후에도 또 갔다. 아내가 주워 온 밤을 많이 먹은 데다가 다른 음식도 많이 먹었는지 잘 모르겠다. 그리고 어제와 그저께 격렬하게 태권도 모양의 수련과 격렬한 수련 동작으로 몸이 뻐근하다. 상당히 힘든 상태이다. 내장이 비니 배는 고파도 기분이 좋다. 환골탈태의 과정 중의 하나인 것 같다.)

9시 45분 ~ 10시 45분 : 지금까지의 8단계 수련은 화두를 암송하면 11가지 호흡으로 아주 격렬하게도 또는 자연스럽게도 진행하였다. 그런데 이번 시간에는 화두를 암송하니 조용히 하단전으로 기운이 모여서 소주천만 진행되면서 "천지기운 내 기운, 내 마음의 도로다"가 한동안 계속된다. "편안하다"가 나올 때는 역으로 즉 뒤로 해서 앞으로 소주천을 한다.

"항상 마음과 몸을 깨끗이 하여라"라는 말과 더불어 "몸과 마음을 깨끗이 한다." 다시 하단전으로 기운이 모여서 인당으로 올라간 기운이 "인당 뚫기" 공사를 한다. 계속 압박만 하다가 기운이 다시 입으로, 목으로 해서 몸 가운데로 해서 하단전으로 내려오기를 반복한다.

15시 10분 ~ 16시 20분 : 화두를 암송하니 조용히 하단전으로 기운이 모여서 인당으로 올라간다. 인당을 엄청나게 압박한다. 다시 하단전으로 내려와서는 인당으로 올라가 압박하기를 되풀이한다. 어느 정도 시간이

지나서 인당에서 큰 악어(큰 악어가 입을 크게 벌리고 몸을 휙 도리질을 한다. 꿈틀댄다. 내 몸도 악어처럼 왼쪽에서 오른쪽으로 용틀임한다), 들소(야생들소가 뿔을 양쪽으로 크게 하고 사납게 흔든다), 고래(하늘을 향해 입을 크게 벌리고 요동친다. 나도 입을 벌리고 몸을 흔든다. 처음에는 상어인 줄 알았는데 자세히 보니 고래다), 펠리컨은 처음에는 황새인 줄 알았다. 고기들을 잡아먹는데 부리와 목의 색깔을 보고서 알 수 있었다.

노루(수사슴인지 수노루인지 뿔이 크게 달려 있는데 확실하지는 않다), 장수풍뎅이(아프리카 동물로서 입을 크게 벌리고 몸을 쫙 펴서 다리를 180도로 벌리고 걷는 도롱뇽, 일종의 재빠른 동물인데 이름은 아직도 모르겠다. 이 동물이 차츰 장수풍뎅이 모습으로 변한다), 사마귀(눈을 굴리는 모습과 머리 모양을 보고 알 수 있다), 북극곰(곰처럼 포효하는 모습과 목소리를 나도 같이 낸다. 불곰인지 약간 아리송하다), 이상의 동물들이 인당에서 나타나서 사라진다. 그러고 나서 "천하가 다 바르게 둥글어진다", "하늘과 땅과 마음이 하나로 합치되었습니다"라는 말도 나오면서 수련이 끝났다.

18시 45분 ~ 19시 45분 : 쉬고 있는데 갑자기 인당을 누르는 기운이 들어와서 앉아서 수련을 하였다. 나팔꽃이 희미하게 보이고 거북이도 잠깐 나타나더니, 큰 구렁이(천년 묵은 구렁이라고 한다), 코브라(혀를 날름거리는데 나의 혀도 날름한다), 노란 뱀과 일반 땅색의 뱀(서로 입을 합쳐서 싸우고 있다)이 아주 분명하게 보인다. 그러고 나서 "성령이다, 불같은 성령이다. 성령을 버려라, 탁탁 떨쳐 버려라." "둥글어지고 둥글어지고 둥글어져서 하나의 법이 되었노라." "만법귀일." "둥근 달이 되었노라. 법을 바르게 하였노라. 물과 불과 마음으로 깨끗이 하여 법을 바르게 하였노라"라는 말이 나온다.

21시 30분 ~ 22시 25분 : 기운이 돌아가면서 "천지가 다 창조되고 마음이 다 창조되었도다"라는 말이 나온다. 다시 기운이 용솟음치면서 온몸으로 묵직하게 돌아간다. 일어나서 힘있게 웅장하게 기운을 돌렸다(부드럽게 춤을 춘 것이 아니고). 온몸이 기운으로 가득하다.

하늘로 올라간 양손이 힘을 백회로 받아들여 중단전, 하단전까지 시험관 모양으로 기둥이 만들어진다. 위는 넓고 아래는 약간 좁다. "자성구자(自性求子) 강재이뇌(降在爾腦)"라는 말이 나온다. "3년간은 몸을 다스리며 편안하게 기다려라. 몸과 마음을 잘 다스리고 있어라. 기다려라"라는 말로 수련이 끝이다.

10월 1일 4시 ~ 5시 20분 : 11가지 호흡이 나오면서 하품도 많이 나온다. 수련 중에 어느 사이에 화두가 생각이 나지 않고 몸이 정비되는 것 같다. 몸에 있는 모든 것이 나오는 것 같다. 마른 하품이 계속된다. 지난 시간에 나온 구렁이 등이 모두 연소되어 회오리바람처럼 사라진다. 발끝까지 기운을 모두 내보내는 것이다.

온몸을 머리에서 발끝까지 골고루 손으로 주물러 주면서 모든 것을 내보내었다. 입으로도 바람을 불어 낸다. "완성된 작품으로 나가고 있습니다. 완성된 작품이 되었습니다." "천지를 바르게 하여라. 천지를 바르게 하였노라"라는 말이 나오면서 수련이 끝이다.

수련 중에 어느 때인가 화두가 생각이 나지 않고 몸이 정비되는 것 같다. 화두를 잃어버린 시간은 8단계 수련을 하면서 이번이 처음이다.

9시 10분 ~ 9시 45분 : 조용히 화두를 암송하는데 말이 나온다. "법은 법이요, 마음은 마음이로다." "마음을 버려라, 버려라, 버려라, 마음을 버려라." "천지법을 버려라, 천지도를 버려라, 다 털어 버려라." 11가지 호흡을 하면서 하품도 나오고 입에서 바람도 내불었다. 속에 있는 모든 것을 불어 뱉어 낸다.

기운은 온 곳곳을 돌아다닌다. "이렇게 몸과 마음을 툭툭 털어 버렸습니다. 법을 바르게 하였습니다. 마음을 바르게 하였습니다. 다 바르게 하였습니다"라는 말로 수련이 끝났다. 천지가 다 감사합니다.

13시 ~ 14시 10분 : 하단전으로 기운이 모여서 인당으로 올라간 기운이 돌면서 큰 호랑이(입을 크게 벌리고 어흥 하고, 나의 손도 할퀴는 모습을 한다), 펭귄(큰 펭귄이 뒤뚱뒤뚱 걸어가는 모습, 새끼들이 어미 품에 들어앉아 있는 모습. 어미는 털을 고른다. 나도 입 모양을 그대로 하고 있다), 코끼리(귀를 펄럭이며 소리를 지르고 코를 들어올린다), 또 큰 호랑이(대호)가 갑자기 나타나서 으흥 하면서 입을 최대한 벌린다.

그런데 목이 아프다고 한다. 내가 입을 크게 벌리고 목에 걸려 있는 것을 빼내려고 용을 쓴다. 코에서 냄새도 난다. 안간힘을 쓰면서 목에 걸린 것을 빼내려고 온힘을 다했다. 정말 힘들었다. 왜 그런가?

그 이유는 내가 전생에 강계 포수였다고 한다. 그래서 호랑이 목에 활을 쏘아 죽였다고 한다. 그 원혼이 아직도 한을 가지고 있다고 한다. 그래서 내가 어릴 때부터 목이 좋지 않은 것 같다. 어릴 때 기침을 하면 목이 제일 아팠다. 내 아들도 호랑이라는 이름을 붙인 이유도 그러하다고 한다.

내가 잘 키우겠다고 약속했다. 그리고 크게 잘못을 빌었다. 어떻게 속죄해야 하느냐고 했더니 앞으로 좋은 일을 해야 한다고 한다. 마음으로 사죄했다. 눈물이 났다. 섬진무루(纖塵無漏) 소소영령(昭昭靈靈)이 마음에 와닿았다(내가 잘못한 일이 자식에게도 영향이 간다는 것을 실감하고 큰 충격을 받았다).

정말 착하게 살아야겠다고 다짐하고 또 다짐했다. 그다음에 산토끼(팔딱팔딱 뛰는 동작과 입을 오물오물 거리면서 풀을 먹는 모습, 나도 그렇게 동작을 한다), 기린(목을 쭈욱 빼들고 걷는 모습, 그리고 입으로 나뭇잎을 먹는 모습)이 나타난 시간이었다.

18시 10분 ~ 19시 40분 : 여전히 하단전에서 인당으로 다시 전신으로 몸동작이 나온다. 한참을 기묘하게 기운을 돌린다. 다시 인당에 힘이 모이면서 입이 최대한 크게 벌려진다. 그리고 칵칵 뱉어 낸다. 목에 있던 가래를 뱉어 내었다(옆방에서 아내가 서울에 있는 딸과 전화를 하는데 딸이 엄마! 아빠가 무슨 소리를 하는데? 하니까 아내는 딸의 말을 듣고 호호 웃는다).

지난 시간의 속죄(내가 전생에 강계 포수로서 화살을 쏘아 큰 호랑이를 죽인 일)가 이제 결과로 나오는 것 같다. 속이 후련하다. 목이 후련하다. 몇십 년 묵은 체증이 가라앉는 것 같다. 감사하다.

21시 10분 ~ 22시 30분 : 아직도 털어 낼 것이 있었다. "이 녀석이 뭐야?" 하면서 손으로 털어 내는 시늉을 한다. 몸에 붙어 있는 찌꺼기는 모두 털어 낸다.

10월 2일 4시 20분 ~ 5시 10분 : 어제의 수련에서 몸을 최대한 움직이고 입을 엄청나게 크게 벌려서 모든 것을 다 뱉어 내어서 그런지 몸이 뻐근하다. 『천부경』 3번, 『삼일신고』 1번, 대각경 1번. 내가 들은 전음을 암송하고 8단계 화두를 암송하니 그동안 몸과 마음에서 모든 것을 털어 내고 또 털어 내었다.

이제는 다시 받아들여야 한다고 한다. 처음에는 의아하게 생각했으나 역시 맞는 말이다. 받아들여서 물, 불과 마음으로써 다시 태워 정화시켜야 하는 것이다. 이 세상 모든 것을 받아들여서 바르게 해야 되는 것이다. 다시 받아들였다.

입을 크게 벌려 힘있게 "흐읍" 하면서 여러 번 숨을 받아들였다. 그리고는 온몸으로 돌린다. "천지가 다 바르게 둥글어지고 법리화가 둥글어진다. 법력을 한 번 둥글어 보십시오. 천지가 내 마음, 내 마음은 천지기운. 둥글어졌네, 둥글어졌다. 천지가 다 둥글어졌다. 법리화가 둥글어졌네. 이 세상의 모든 것이 다 하나로 둥글어졌네. 얼쑤 좋다." 이렇게 모든 것이 둥글어지고 나니 천지기운 내 기운, 나의 마음 천지 마음. 한없는 기쁨이 나온다. 법열이다.

"법력으로 한 번 둥글어 보십시오. 천지가 다 한마음으로 돌아갔습니다. 만법귀일(萬法歸一)이 되었습니다. 만법귀일이라, 천지의 기운이 다 하나로 돌아갔습니다. 천지가 다 하나가 되었습니다. 만법귀일. 수련이 끝났습니다." 8단계 수련이 끝이다.

지난 22년간 참으로 수고가 많았습니다. 감사합니다. 너무나 감사합니다. 이제부터는 보림 공부를 열심히 하십시오. 이제부터가 시작입니다. 먼저 돌아가신 부모님께 감사드립니다. 합장을 하여 3배를 정성을 다하여 드리고, 다음은 나의 자성에게 깊이 3배를 드렸다. 그러니 춤이 둥실둥실 저절로 난다. 선계의 스승님들도 기뻐서 같이 추는 듯하다.

같이 춤을 추고는 영계의 스승님들께 감사의 합장을 하였다. 삼공 선생님께는 나중에 하기로 하였다. 일어나서 춤을 추었다. "천지기운 내 기운, 내 기운 천지기운, 천지인 법리화 정중선 황도 봉공경애호" 하면서 춤을 추었다.

아침부터 기분이 아주 좋다. 밥을 먹을 때도 아내를 볼 때도, 그리고 출근을 하여 걸어가면서 보는 것마다 모두가 아름답다. 지나가는 학생들, 온갖 동식물들이 그저 보기만 해도 마음이 기쁘다. 편안하다. 발걸음도 가볍다. 어제까지만 해도 아직 마음이 조급했다. 8단계를 끝내야 한다는 욕심이었다.

오늘은 느긋하다. 새벽 수련을 끝내고 삼공 선생님께 메일을 보냈다. 오늘 새벽의 수련 결과를 그대로 보내 드렸다. 출근을 하여 메일을 열어 보니 8단계를 다 마쳤다고 축하한다는 답장을 보내 주셨다. 정말 감사합니다. 확신은 섰지만 삼공 선생님의 확인을 받으니 더욱 기쁘다. 앉아서 있으니 그저 기쁘다. 법력을 받았으니 이보다 더 기쁜 일이 있겠는가! 감사합니다. 천지를 다 바르게 하고 살아가야겠다는 마음이 한결같다. 항상 마음을 바르게 하고 살아가야겠다. 모든 사람의 모범이 되어야겠다.

【필자의 논평】

2005년 11월 5일부터 2007년 10월까지 총 29명의 수련자에게 현묘지도를 전수했지만 류종경 씨를 포함하여 15명이 이 수련을 마치고 수련

체험기를 써냈다. 1953년생으로서 금년 55세인 그는 지금 충북대에서 독어 교수로 재직 중이다. 1985년부터 선도수련을 시작하여 22년 만에 그의 수도생활에 한 획을 긋게 되었다.

그의 체험기를 읽노라면 거대한 도(道)의 흐름이 거침없이 도도히 흘러가는 느낌이다. 지금의 이 시점은 그에게는 하나의 종착점이자 새 출발점이기도 하다. 류종경 씨 자신도 그것을 잘 알고 있는 일이어서 더이상 언급을 자제하려고 한다. 선호는 도류(道流).

〈90권〉

다음은 단기 4340(2007)년 6월 19일부터 단기 4341(2008)년 3월 31일 사이에 있었던 필자의 수련 과정과, 필자와 수련생들 사이에 오고 간 수련과 인생에 대한 대화 그리고 필자와 독자 사이의 이메일 문답을 수록한 것이다.

통찰력을 갖는 비결

우창석 씨가 또 물었다.

"선생님, 저도 선생님과 같은 통찰력을 가져 보았으면 하는데 무슨 비결이라도 있으면 가르쳐 주시겠습니까?"

"언제나 마음을 텅 비우고 자기 자신을 객관적인 도마 위에 올려놓고 관찰하는 습관을 들이면 편견이나 이기심에 빠지지 않는 공정한 통찰력을 얻을 수 있습니다."

"선생님 말씀을 들을 때는 저도 곧바로 그렇게 할 수 있을 것 같은데도 막상 해 보면 그렇게 되지 않습니다. 무엇 때문일까요?"

"아직 관이 잡히지 않았기 때문입니다."

"관이 잡힌다는 것은 무슨 뜻입니까?"

"관법(觀法)이 본궤도에 오르지 않았기 때문입니다."

"관법은 또 뭡니까?"

"자신과 사물을 관찰하는 방법을 말합니다."

"어떻게 하면 관법이 제 궤도에 오를 수 있겠습니까?"

"우창석 씨는 아직도 공력(功力)이 한참 더 깊어져서 적어도 한소식해야 합니다."

"한소식이 무엇입니까?"

"득도(得道)의 경지에 올라야지요."

"득도(得道)라니요?"

"글자 그대로 도(道)를 얻는 것을 말합니다."

"도가 무엇입니까?"

"도가 바로 진리요 하나요, 하느님이요 하나님이요, 니르바나요 하늘나라요, 피안이요 천국이요 극락이요, 부모미생전본래면목(父母未生前本來面目)이요, 시간도 공간도 삶도 죽음도 초월한 절대의 경지요 우주의식(宇宙意識)을 말합니다."

"도를 얻은 사람과 도를 얻지 못한 사람은 무슨 차이가 있습니까?"

"겉으로 보아서야 아무 구분도 할 수 없죠. 누구나 눈, 코, 입, 귀에 사지가 다 멀쩡하니까요. 그러나 죽음에 임박해서는 그 구분이 뚜렷해집니다."

"어떻게요?"

"도를 얻지 못한 사람은 아무리 제왕이요 대통령이요, 대영웅이요 대스타라고 해도 죽음 앞에서는 두려워하고 슬퍼하거나 위축되거나 회한에 잠깁니다. 그러나 도를 얻은 사람은 마치 죽음을 건너방에서 안방으로 들어가듯, 그리고 외출하려고 겉옷 하나 갈아입듯 지극히 자연스럽게 받아들입니다."

"그 이유가 어디에 있습니까?"

"득도(得道)한 사람은 원래 생사(生死)가 존재하지 않는다는 것을 일상적으로 체감(體感)하고 있기 때문입니다."

"결국은 거짓 나를 버리고 본래의 참나로 되돌아가야 한다는 말씀이시군요."

"그렇습니다. 『삼일신고』에 나와 있는 대로 지감조식금촉(止感調息禁觸) 하여 일의화행(一意化行) 반망즉진(返妄卽眞)해야 할 것입니다. 쉽게 말해서 마음공부, 기공부, 몸공부를 함으로써 하나의 큰 뜻을 행동에 옮기어 거짓 나를 버리고 잃었던 참나를 되찾아야 할 것입니다."

법(法), 재(財), 지(地), 려(侶)

우창석 씨가 말했다.

"오늘 아침 신문에서 한 칼럼을 보니까 예부터 도를 닦으려면 네 가지 조건을 갖추어야 한다고 했습니다. 그 네 가지 조건을 갖추지 못하면 도 닦기가 어렵다고 했습니다. 그럼 네 가지가 무엇인지 선생님께서 좀 설명해 주시겠습니까?"

"법(法), 재(財), 지(地), 려(侶)입니다. 제일 첫째가 법입니다. 법이란 진리의 길로 인도하여 주는 스승을 말합니다. 도가(道家)에서는 이러한 안내자를 명사(明師)라고 하는데, "눈 밝은 스승"이란 뜻이죠. 기독교에서는 목사(牧師) 또는 목자(牧者)라고도 말합니다.

도의 길로 인도하는 선생을 잘 만나는 것이 무엇보다도 중요한 것은 두말할 필요도 없습니다. 강아지를 따라가면 뒷간으로 가고, 거지를 따라가면 거지굴로, 도둑을 따라가면 도둑의 소굴로, 아편쟁이를 따라가면 아편굴로 간다는 속담이 있습니다.

지도자를 잘못 만나면 신세 망치는 것을 비유해서 한 말입니다. 국민은 국가의 지도자를 잘못 만나면 나라와 신세를 망칠 수도 있습니다. 스승이나 지도자는 구도자나 국민에게는 그만큼 중요한 것입니다.

그러나 좋은 스승을 만나기는 그리 쉬운 일이 아닙니다. 옛날과는 달라서 현대 사회에서는 올바른 스승을 만나기란 하늘의 별 따기처럼 어려운 것이 사실입니다. 특별히 순진무구(純眞無垢)한 구도자를 노리는 가짜 스승인 사이비들이 날뛰는 세상에서는 스승을 구한다는 것 자체가 하늘의 별 따기요 모험입니다.

그래서 생각해 낼 수 있는 것이 책이나 테이프나 영상물입니다. 책은 거짓말을 못 하기 때문에 속을 염려가 없다고 생각할지 모르지만 그렇지 않습니다. 책을 읽고 그 속에서 진리를 깨달았다면 그것으로 그쳐야지 꼭 그 저자를 찾아갈 때는 신중을 기해야 합니다. 사이비 스승들은 책으로도 구도자를 유혹하기 때문입니다. 책을 많이 낸 라즈니쉬 같은 사이비가 그 좋은 예입니다.

그러나 조금만 주의하면 가짜와 진짜를 구분할 수 있습니다. 책을 읽는 도중에 성 개방을 주장한다든가 성행위를 구도의 방편으로 은근히 권장하면 그것은 틀림없는 가짜입니다. 부부 이외의 섹스는 구도자에게는 자멸의 함정은 될지언정 결코 구도의 방편이 될 수 없기 때문입니다.

실제로 사교(邪敎)나 사이비 종교의 교주는 거의 예외 없이 지독한 엽색한(獵色漢)들입니다. 1930년대에 판쳤던 백백교(白白敎) 교주 전용해도, 1950년대와 60년대에 날뛰었던 용화교의 서해월 교주도 신도들로부터 금품을 갈취하는 것 외에 지독한 엽색한(獵色漢)으로서 처녀를 비롯하여 수많은 여자들을 자신의 성욕의 노리개로 삼았습니다.

훌륭한 스승을 만나기란 그만큼 어려운 일입니다. 그러나 전도유망한 제자가 생겨나면 그를 위한 스승도 미리 장만해 놓은 것이 어김없는 하늘의 이치요 섭리입니다. 중요한 것은 제자의 마음가짐입니다. 마음이 바르고 착하고 슬기로운 제자가 나타나 구도에 지극정성을 다한다면 하늘이 먼저 감동하고 이에 합당한 스승을 보내게 되어 있습니다.

만약에 그렇게 훌륭한 제자를 가르칠 만한 스승이 당장 준비되지 못한다면 하늘은 그 제자의 마음을 무한히 넓혀서 자연의 순환과 이치, 예컨대 하늘에 떠다니는 구름 한 점과 길가의 풀 한 포기를 보고도 진리를 스스로 깨닫게 해 줍니다.

두 번째가 재(財) 즉 재물입니다. 돈이 있어야 도를 닦을 수 있다는 것입니다. 아니 도를 닦는 데 무슨 돈이 필요하단 말인가 하고 의아해 할 사람이 있을지 모르지만 실상은 그렇지 않습니다.

왕조 시대에도 도를 닦으려는 뜻을 품었던 사람들의 계층을 분석해 보면 중산층이 압도적이었습니다. 돈이 너무 많으면 엽관(獵官)이나 주색잡기(酒色雜技)에 빠져 버려 도 닦을 생각을 하지 않습니다. 그와 반대로 돈이 너무 없으면 입에 풀칠하기에도 바빠서 도 닦을 엄두를 내지 못합니다.

그래서 적당히 돈도 있고 학문도 있는 계층에서 도를 닦으려는 사람들이 많았습니다. 더구나 도를 닦는 동안에는 돈벌이를 할 수 없으므로, 가족의 생계를 걱정하지 않을 만큼의 재력이 축적되어 있어야 합니다. 도 닦는 동안에 돈 문제로 시달리게 되면 정신이 산란해져서 집중도 몰입도 안 됩니다.

그렇다면 마음이 바르고 정성이 지극한 구도자가 있는데도 단지 돈이 없어서 도 닦는 일을 포기해야만 했을까요? 그렇지는 않습니다. 그러한 참된 구도자에게는 하늘이 미리 알아서 돈 문제로 시달리지 않게 조치를 해 준다는 것을 알아야 합니다. 그의 부모나 아내가 재복(財福)이 있어서 돈 걱정 없이도 도를 닦을 수 있는 환경을 만들어 주게 됩니다. 그렇지 않으면 그에게 남다른 특별한 재주가 있어서 그것으로 생계의 수단으로 삼아 도를 닦을 수 있게 해 줍니다.

세 번째가 지(地) 즉 적절한 수도처(修道處)가 있어야 합니다. 수도처라면 도 닦기에 알맞게 주위 환경이 조용하고 안정되고 공기 좋은 토굴(土窟)이나 암자(庵子) 같은 것을 말합니다.

옛날에는 "공부하기 좋은 터를 하나 잡으면 공부의 반은 끝난 것과 같다"고 할 정도로 알맞은 공부 터 잡는 것이 중요했다고 합니다. 바위가 어느 정도 있어야 땅 기운도 있고, 주변에 냇물이 휘감아 돌거나 호수 같은 것이 있어서 수기(水氣)를 공급해 주는 터가 있으면 더 안성맞춤입니다. 이러한 터를 하나 장만하는 데 보통 10년, 20년 이상 걸렸다고 합니다.

그러나 이것은 다 옛날 한가할 때 얘깁니다. 요즘은 명상에 침잠하여 삼매지경에 들 수 있는 조용한 서재라도 하나 장만할 수 있으면 됩니다. 도를 닦으려는 마음이 중요한 것이지 터가 중요한 것은 아니기 때문입니다. 도는 수행자의 마음속에 있는 것이지 장소 같은 데 있는 것은 아니기 때문입니다. 부모나 아내나 자식들이 수련을 못 하게 방해나 하지 않는 것으로 만족해야 할 것입니다.

네 번째가 려(侶) 즉 도반(道伴)입니다. 도 닦는 친구가 있어야 한다는 말입니다. 공부하다가 자기도 모르게 게을러진다든가 남모르는 고민이 생겼을 때는 아무래도 스승보다는 스스럼없이 상담할 수 있는 도우가 있어야 한다는 말입니다.

그러나 수련이 깊어지면 도반이 없어도 조금도 허전하지 않을 때가 반드시 올 것입니다. 수행자는 적어도 이 정도의 경지에는 도달해야 할 것입니다. 극단적으로 말해서 사막에 홀로 떨어져도 고독을 느끼지 않을 정도가 되어야 한소식했다고 말할 수 있습니다.

우울증에 걸린 도인

1995년부터 2000년까지 삼공재에 열심히 드나들면서 일요일이면 나와 함께 등산도 같이 한 일이 있는 오한익이라는 40대 초반의 수련자가 8년 만에 찾아와서 말했다.

"선생님께서 아무 말 없이 사라졌다가 8년 만에 다시 찾아온 저와 같은 불성실한 제자를 이렇게 다시 받아 주시니 뭐라고 그 고마움을 표시해야 할지 모르겠습니다."

"나야 원래 가는 사람 잡지 않고 오는 사람 막지 않는 것이 내 생활신조이니 그 점은 조금도 고마워하지 않아도 됩니다. 오한익 씨는 8년 만에 다시 돌아왔지만 어떤 사람은 삼공재에서 대주천 수련까지 하던 중에 말 한마디 없이 사라졌다가 15년 또는 10년 만에 다시 찾아와서 현묘지도 화두수련까지 마친 수련자도 있습니다."

"언제나 여여하신 선생님께서 그렇게 배신했던 제자들을 내치시지 않고 소탈하게 받아 주시니 정말 몸 둘 바를 모르겠습니다."

"뭐 그렇게까지 겸손해하지 않아도 됩니다. 그건 그렇고 어떻게 해서 나를 다시 찾게 되었습니까?"

"제가 삼공재를 8년 전에 떠난 후 운선재(雲仙齋)에 갔었다는 것은 선생님께서도 알고 계셨을 것입니다."

"오한익 씨가 운선재라는 곳에 가 있다는 소식은 가끔 들어서 알고 있었습니다. 그럼 오한익 씨는 언제 그곳에서 나왔습니까?"

"그곳에 들어간 지 꼭 5년 만인 3년 전에 나왔습니다."

"왜요?"

"아무래도 제가 가야 할 바른길이 아닌 것 같아서요. 사실은 그곳에 들어간 지 1년 만에 그것을 깨달았는데도 당장 결행하지 못한 것은 이왕이면 삼공재에서 수련하다 그곳에 가서 핵심 간부로 있는 많은 선배들과 같이 나오려고 했기 때문인데, 그것이 제 오판이라는 것을 뒤늦게야 깨닫고 저 혼자 나오게 되었습니다. 그래서 다소 시간이 지체되었습니다.

제가 그들 선배들과 같이 나오려고 했던 것은 유유상종(類類相從)의 이치를 미처 몰랐던 저의 오판이었습니다. 저는 구도자는 진리를 위해서만 모이는 것으로 알고 있었는데 알고 보니 진리 외에도 비슷한 성향과 취미를 가진 사람들끼리도 서로 모인다는 것을 알아냈습니다."

"그건 그렇고 도대체 그곳에서 나오게 된 이유가 단지 바른길이 아닌 것 같다고 막연하게 말했는데 좀더 알아듣기 쉽게 구체적으로 하나하나 실례를 들어 가면서 말해 보세요."

"저는 처음에 운선재도 삼공재처럼 같은 선도수련하는 단체이므로 수련이 계속 향상될 줄 알았는데 그렇지 않았습니다. 저는 선생님한테 대주천 수련을 받고 나서 임독맥은 물론이고 12정경과 기경팔맥까지 기운이 자유롭게 유통이 되었습니다.

그런데 그곳에 들어가서는 얼마 안 되어 임독이 도리어 꽉 막혀 버렸습니다. 저만 그런 것이 아니고 삼공재에서 대주천 수련하다가 그곳에 들어가 핵심 요직을 맡고 있던 선배들도 모두 마찬가지였습니다."

"그럼 수련이 도리어 퇴보했다는 말입니까?"

"말하자면 그렇게 된 것이죠. 말로는 자력(自力) 수행을 강조하고 맹종자가 되지 말라고 훈계하지만 실은 타력(他力) 수행을 부추기고 실제로는 맹종자가 되기를 은근히 요구하고 있었습니다."

"내가 알고 있는 고용훈 선생은 그럴 사람이 아닌데."

"그분은 지금은 선생님이 옛날에 알고 계셨을 때하고는 하늘과 땅의 차이가 있는 것 같았습니다."

"왜 그렇게 생각하십니까?"

"무엇보다도 운선재 내에서는 고용훈 선생의 저서 외에는 다른 책은 일절 읽지 못하게 합니다. 『선도체험기』도 못 읽게 합니다."

"그럼 오한익 씨도 그동안 『선도체험기』를 못 읽었습니까?"

"아뇨. 저는 운선재 안에서는 『선도체험기』를 못 읽었지만 시내에 나올 때 책방에서 읽곤 했습니다."

"책방에서 오래 책을 읽으면 책방 주인이 싫어했을 텐데."

"그래서 저는 『선도체험기』를 여러 권 사다가 아예 책방 서가에 꽂아 놓고 읽었습니다. 『선도체험기』를 한두 권도 아니고 많이 사서 그곳에 쟁여 놓고 읽으니까 싫어하지 않는 눈치였습니다."

"그럼 『선도체험기』는 몇 권까지 읽었습니까?"

"87권까지 읽었습니다."

"그렇게 꾸준히 『선도체험기』를 읽었으니까 운선재에 대해서 객관적이고 비판적인 안목을 유지할 수 있었군요. 그래 고용훈 선생은 요즘 어떻게 지내십니까? 건강에는 이상이 없습니까?"

"벌써 3년 전 얘기입니다. 요즘은 어떤지 모르지만 그때만 해도 심한 우울증에 시달리고 있었습니다."

"그걸 어떻게 알았습니까?"

"삼공재에도 한때 열심히 다니시던 환갑이 넘은 한의사인 유동인 씨가 그곳에서 고용훈 선생의 주치의 노릇을 했었거든요."

"그랬어요? 금시초문이네."

"좌우간 그곳에서 핵심 역할을 하는 요인들은 거의 다 삼공재 출신들입니다."

"그럼 유동인 씨는 지금도 그곳에 있습니까?"

"아닙니다. 지금은 미국으로 이민을 떠난 걸로 알고 있습니다."

"아니 그분은 왜 또 그곳을 떠났습니까?"

"고용훈 선생과 뜻이 맞지 않아서 퇴출당한 것이죠."

"그래요? 그건 그렇고 그럼 고용훈 선생은 우울증 외에는 다른 이상은 없었나요?"

"그렇지 않습니다."

"그럼 무슨 다른 병도 있었습니까?"

"위암 수술을 받았다고 합니다."

"위암이라는 것은 어떻게 알았습니까?"

"그것 역시 유동인 한의사가 알아냈습니다."

"그러니까 유동인 한의사는 한때 고용훈 선생의 최측근이었군요."

"그렇습니다. 제가 알기로는 약 3억 정도 운선재에 투자한 걸로 알고 있습니다."

"그 밖에 고용훈 선생은 건강상의 다른 이상은 없었습니까?"

"성형 수술도 한 것으로 알려지고 있습니다. 갑자기 한 달 이상 모습을 통 보이시지 않았었는데 그때 박피(剝皮) 수술을 했다고 합니다. 삼공 선생님의 기준으로 보면 도인이 우울증에 걸린다든가 위암 수술을 한다든가 박피 수술을 한다는 것은 있을 수 없는 일이 아닌가요?"

"물론입니다. 기공부가 제대로 진행되어 수승화강(水昇火降)만 정상적으로 진행되어도 우울증이나 위암 수술 따위는 하지 않아도 됩니다. 왜냐하면 수승화강이 인간의 신체가 가지고 있는 자연치유력을 최고도로 발휘하게 하니까요. 고용훈 선생은 나와 함께 수련할 때만 해도 자기는 위장병을 앓은 일이 없고, 언제나 무슨 음식이든지 소화를 잘 시킨다고 자랑했었습니다.

그렇다면 그동안 수련이 향상된 것이 아니고 퇴보했다는 말인지 얼른 이해를 할 수 없습니다. 그러했던 고영훈 선생이 돈 있고 여유 있는 탤런트나 무명중생(無明衆生)들이나 열심히 하는 박피 성형 수술을 했다니 도저히 상상을 할 수 없는 일입니다."

"저도 하도 창피해서 그런 말은 더 하고 싶지도 않습니다. 그런데 선생님 우울증은 왜 생깁니까?"

"욕구불만이 그 원인입니다."

"욕구불만이라면 일종의 스트레스가 아닙니까?"

"정확합니다."

"『선도체험기』에 따르면 적어도 견성(見性)한 도인이라면 욕구불만이나 스트레스에 시달린다는 것은 도저히 있을 수 없는 일이 아닙니까?"

"물론이죠. 수련을 제대로 한 구도자라면 우울증이나 스트레스 따위에서는 일찍이 벗어났어야 합니다. 운선재는 고정 회원수가 얼마나 됩니까?"

"처음에는 450명 정도 되었는데 제가 나올 때는 200 내지 250명 정도로 줄어들었습니다."

오행생식을 하면 위가 오그라들까?

"수련원 수는 얼마나 됩니까?"

"그것도 제가 들어갔을 때는 50개 정도 되었는데 제가 나올 때는 12곳으로 축소되었습니다. 그리고 해외 지부가 두 곳 있습니다."

"해외 지부는 어디에 있습니까?"

"미국 뉴욕에 하나 있는데 현지인(現地人)은 하나도 없고 한국인만 서너 명이 상주하고 있는 것으로 알고 있습니다. 다른 한 곳은 남아공에 있습니다. 거기에는 현지인도 20명 정도 있다고 합니다."

"외국인은 어떻게 운선재를 알게 되었습니까?"

"고용훈 선생이 쓴 '구세 성인과의 대화'라는 책이 영어로 번역되었는데 그걸 보고 모여든다고 합니다."

"들려오는 소문에 따르면 고용훈 선생은 그동안 축재를 하여 빌딩이 여러 채 있다고 하는데 그게 사실입니까?"

"제가 알기로는 사실이 아닙니다. 개인 소유의 빌딩 같은 것은 없습니다."

"그럼 운선재 수입금은 어디에 주로 사용됩니까?"

"수련원 건물 짓는 데 쓰고 그 나머지는 주로 고용훈 선생 해외여행에 쓰이고 있습니다. 추위와 더위를 유달리 많이 타시어 추울 때는 따뜻한 곳으로, 더울 때는 시원한 곳으로 여행을 자주 하십니다. 지금쯤은 남아공에 가 계실 겁니다.

그리고 고용훈 선생은 오행생식원에서 교육까지 받고 한때는 오행생식을 열심히 실천한 일도 있었건만 지금은 오행생식을 하면 위가 오그라들어 오래 못 산다고 늘 말했습니다. 그리고 음식에 대하여 굉장히 까다로운 분이십니다. 말하자면 미식가(美食家)라고 할까요? 이런 것들도 『선도

65

체험기』의 기준에 따르면 도인이 취할 바 태도가 아니지 않습니까?"

"물론입니다. 먹는 것과 입는 것, 잠자리나 기후 따위에 유달리 까다로운 것은 선비나 도인이 취할 바 태도가 아닙니다."

"삼공 선생님과 고용훈 선생은 한때 가까운 도반이셨던 때도 있지 않았습니까?"

"맞습니다. 상부상조했던 때가 있었죠."

"그럼 지금은 두 분 사이에 아무런 연락도 없습니까?"

"없습니다. 전화도 안 되고 연락할 길이 없습니다. 혹시 그분의 전화번호나 이메일 주소라도 알고 있습니까?"

"극비 사항이 되어서 저도 알 길이 없습니다."

"나는 내 이메일 주소를 최근에 나오는 『선도체험기』 서문에 발표하고 있습니다. 이것을 이용해서 운선재 수련자들 중에 고용훈 선생에 대한 정보를 제보하는 일이 자주 있었습니다. 나를 보고 고용훈 선생에게 잘 좀 말해 달라는 것이었습니다. 그래서 그분과 의사소통을 하려고 해도 할 방도가 없습니다. 어쨌든 간에 그분에 관한 좋은 소식 대신에 우울한 소식만 들려오니 듣는 나도 기분이 썩 좋지는 않습니다."

"그럼 두 분이 도반으로서 서로 다른 길을 가시게 된 것은 무엇 때문입니까?"

"자력 구도(自力求道)냐 타력 구도(他力求道)냐의 차이입니다. 나는 끝까지 자력을 선택하였는데 그분은 선계의 스승들의 힘을 빌리는 타력 구도 쪽을 택한 것 같습니다. 그래서 그런지 그분은 내가 구도자로서 내 독특한 목소리를 내기 전의 『선도체험기』 14권까지만 읽고 그 이후는 일체 읽지 않았다고 합니다.

구도자는 자기 스스로 변해서 거짓 나에서 벗어나 참나를 회복하고 반망즉진(返妄卽眞)하여 우주의식으로 탈바꿈해야지, 남의 힘을 빌려서는 아무리 수련에 올인한다고 해 보았자 결국은 그 타력(他力)의 노예로 전락하는 것이 고작이기 때문입니다. 그곳에서 삼공재에 있던 수행자들이 수련 중에 열렸던 임독이 막히는 것이 그것을 입증해 주는 것입니다."

"제가 그곳에 가서 1년 동안 수련에 올인하는 동안 절실히 깨달은 것이 바로 그것입니다. 저도 오래간만에 선생님과 마주 앉아 대화를 하는 동안에 이미 막혔던 임독이 확 뚫려 버렸습니다."

이렇게 말하면서 그는 손과 팔을 기묘하게 흔들어 대면서 끊임없이 진동을 하고 있었다.

벗과의 마지막 이별

2008년 1월 23일 수요일 -2~1 해

아침 8시 반경 나는 집을 나섰다. 이 세상을 떠나는 친구와의 마지막 작별을 하기 위해서다. 어제저녁에 장준호 형이 타계했다는 전화 연락을 받았다. 그는 고향에 아내와 아들이 살아 있는 북한군 중위 출신이므로 가족에게 위해가 될 우려가 있다고 자기 이름이 활자화될 때는 가명을 고집해 왔는데, 이젠 그런 염려는 하지 않아도 되는 곳으로 영영 가 버린 것이다.

보라매공원 근처에 있는 보라매병원에 유해가 안치되어 있다고 했다. 강남구청역에서 7호선 전철에 올라 보라매역까지 가기로 했다. 출근 시간이라 전철 안은 승객들로 붐볐다.

내가 선도수련을 하기 시작한 1986년 전까지만 해도 설날이면 아내와 아이들을 데리고 꼭 김기웅 선생 댁을 거쳐서 찾아가곤 하던, 나보다 여섯 살 손위의 형뻘 되는 친구인데 향년 83세를 일기로 결국은 어제 세상을 등진 것이다.

여기서 내가 말하는 친구란 적어도 평생 변하지 않고 우정을 나눌 수 있는 사람을 말한다. 그러한 친구로서 나는 포로수용소에서 만난 두 사람을 들 수 있다. 그중 한 사람인 나보다 한 살 위인 이인재 형은 이미 15년 전에 인천 송도에서 타계했고, 이제 마지막 남은 장준호 형이 떠난 것이다. 거제도 포로수용소에서 우연히 만난 우리 세 사람은 마치 삼총

사처럼 어울려 다녔었다. 그중에서 장준호 형은 언제나 나에게는 큰형뻘 이었다.

만약에 거제도 포로수용소에서 인민군 출신 포로들에 대한 분리심사 수용 때 장준호 형의 강력한 충고가 없었더라면 철없는 나는 그때 부모 형제가 그리운 나머지 북한으로 돌아갔을지도 모른다.

그때 만약 내가 북한으로 돌아갔다면 어떻게 되었을까? 그때 북한으 로 넘어간 북한군 출신 포로들에 대한 소식에 따르면, 고작 탄광에서 중 노동을 하든가 정치범 수용소에 갇혀 있다가 벌써 세상을 등졌을지도 모른다. 요행 그것을 면했다고 해도 그 신세가 암담하기는 별 차이가 없 었을 것이다.

이러한 장준호 형은 거제도에서 일시 헤어졌다가 다른 수용소에 수용 되어 1953년 6월 18일 육지에 분포되어 있던 3만 5천 명의 반공포로 석 방 때 나오지 못한 8천 명의 포로들과 함께 중립지대까지 가서 인도군의 관리하에서 송환 반대 투쟁을 벌이기도 했었다.

그도 나도 남한 땅에 정착했지만 우리는 석방 경위가 달라 어쩔 수 없 이 헤어졌다가 1960년대 말경에 우연한 기회에 서울 길거리에서 다시 만나게 되었다. 그가 쓴 당시의 중립지대에서의 상황을 묘사한 기록물은 나의 3부작 장편소설『인민군』중 마지막 편인 「중립지대」를 집필할 때 소중한 자료가 되었다.

적어도 일 년에 한 번씩은 설날에 가족끼리 만나곤 했던 우리 사이가 뜸해진 것은 내가 선도수련에 본격적으로 뛰어든 1986년 이후였다. 그 의 부인이 독실한 기독교 장로인데 나만 보면 기독교 신도로 끌어들이 려고 온갖 정성을 다하는가 하면, 장준호 형 역시 선도수련을 하는 나에게 무조건 단군을 폄하하는 발언을 하는 통에 서로 뜨악해진 것이다.

나는 2십 대에 이미 기독교 장로회 교회에서 세례까지 받은 일이 있었다. 한 3년간 교회에 다니면서 내가 느낀 것은 다음과 같은 것이었다.

가령 어떤 사람이 기독교 가정에서 태어나 유아세례를 받고 일단 신도가 되면 비록 중간에 집사나 장로가 되는 일이 있다고 해도 대부분이 평신도로 생을 마치게 된다는 것이다. 젖먹이가 기독교도가 되면 늙어 죽을 때까지 평신도로 일관하게 되어 있는 것이다. 물론 목사가 되기 위해서 신학교를 택하는 특이한 예가 있기는 하지만 대부분의 신도들은 그렇다.

사람은 어머니 배 속에서 태어나면 젖먹이, 유아기, 소년기, 사춘기, 청년기를 거쳐 결혼을 하고 경제적으로 독립을 하여 한 가정의 가장이 되기도 하고, 각자 자기 분야에서 승급을 하다가 늙으면 일선에서 은퇴하여 황혼기를 맞는다.

그러나 기독교에서는 일단 신도가 되면 늙어서 눈을 감는 그 순간까지 평신도로 시종일관한다. 80세 된 노인이 되어서도 손자뻘밖에 안 되는 목사의 설교를 듣는 것을 당연한 것으로 알아야 한다. 일단 한 번 신도가 되면 주일마다 목사의 설교를 늙어 죽는 순간까지 들어야 한다. 젖먹이도 들어야 하는 설교가 젖이라면 90 노인도 어김없이 그 젖을 먹어야 한다. 성장이 멈추어진 영적 유아(乳兒)로서 한평생을 보내야 하는 것이다.

마치 우리 안에 갇힌 가축과 같이 영적인 성장과 진화는 멈추어진 채 평생 동안 다람쥐 쳇바퀴 돌듯 교회에 오가면서 죄를 짓고는 회개하고 기도하는 것을 되풀이하는, 평생 교회 다니는 사람(life-time church-goer)

이 되는 것이다.

이것이 나에게는 지극히 부자연스럽고 답답하건만 사람들은 일단 신도가 되면 길들여진 가축처럼 그것을 당연지사로 알고 순순히 따라가는 것이다. 신도를 위하여 교회가 있는 것이 아니라 교회 조직을 지탱하기 위하여 신도가 있는 것이다.

이러한 교회 조직은 세속 정권과 유착되면 막대한 정치 권력화하여 과거에는 십자군 전쟁과 같은 종교전쟁이나, 서세동점(西勢東漸) 시기에 서구 제국주의 국가들의 외국 침략의 선봉 역할을 함으로써 기독교도가 아닌 원주민들을 짐승처럼 대량 학살하는 것을 당연지사로 여겨 왔다. 그리하여 남북 미대륙의 원주민들은 씨가 마를 지경이 되었다.

어쨌든 자연스러운 성장이 멈추어지고 길들여진 가축과도 같은 신도가 되지 않기 위해서 나는 교회를 떠났건만, 그러한 속사정도 모르고 나에게 교회에 들어오라고 해 보았자 먹힐 리가 없었던 것이다. 그렇지만 그 후에도 그들 내외는 우리집에 방문한 일도 있고 적어도 일 년에 한두 번씩은 서로 연락을 하곤 해 왔다.

그는 어쩌다 전화 통화가 되면 늙어서 움직이기 어렵기 전에 자기 고향인 신의주 대안인 단동을 거쳐 백두산까지 가는 관광여행이나 다녀오자고 여러 번 권했었다. 그러나 어쩐지 나는 선뜻 내키지 않아 미적대기만 해 왔는데 그는 결국은 그 소원을 안은 채 유명을 달리한 것이다.

전철 탄 지 한 30분쯤 후에 보라매역에 도착했다. 보라매역에서도 근 20분 이상을 택시로 달린 후에야 병원 영안실 근처에 도착했다. 오전 9시 반경이라 아직 조문객은 없었다. 고인의 부인은 보이지 않고 40대의 외아들 내외와 손자, 다섯 딸들과 사위들이 나를 맞이해 주었다.

깡마른 80객의 장준호 형의 영정을 마주하고 기독교식으로 묵도를 했다. 나는 이왕에 조문을 할 바에는 상가(喪家)가 기독교 집안이면 기독교식으로 조문을 하고, 종교가 없는 평균적 한국 가정이면 우리 민족의 재래식 예법으로 조문을 한다.

특히 기독교 상가에 가서 재래식으로 꿇어 엎드려 큰절을 하는 것은 어울리지 않는다. 상주 역시 거북하게 여길 것이다. 상주가 당연한 것으로 아는 방식을 조문객이 따르는 것이야말로 가장 바람직한 조문 방식이라는 것을 나는 체험으로 알고 있었고 그것을 그대로 실천했다. 이렇게 묵도를 한 뒤에 상주에게 인사를 하자 한국노총에서 국장으로 일하고 있다는 아들이 담담하게 말했다.

"아버님께서는 14일 전에 심한 감기로 이 병원에 입원하셨습니다. 처음에는 전에도 흔히 있었던 일이라 심상하게 생각했었는데 입원하신 김에 정밀 검사를 해 보니 담배를 계속 피우셔서 그런지 심한 폐기종(肺氣腫)에다가 전에 앓아 오시던 당뇨와 고혈압이 악화되어 어제 오후에 결국은 갑자기 숨을 거두셨습니다."

나는 상주와 마주 앉아 잠시 얘기를 나누다가 헤어져 밖으로 나왔다. 보통 사람이 기독교도가 되면 피우던 담배는 끊는 것이 정상이건만 그만은 철저한 크리스천인 아내와 결혼을 했는데도 담배만은 끊지 못했다. 그 후 장로가 되었고 전우신문 기자 편집부에서 퇴직한 후에는 바둑에만 취미를 붙이고 바둑집에 오가는 것이 유일한 일과였다.

나는 그를 만날 때마다 건강을 위해서 단전호흡과 걷기와 달리기, 등산을 입이 닳도록 권했건만 우이독경(牛耳讀經)이요 마이동풍(馬耳東風)이었다. 자기 고집을 버릴 수 없었던 것이다. 결국 사람은 누구나 자기 생긴 대로 살다가 한세상을 마치게 되어 있는 것이다. 그리고 그가 아내를 따라 크리스천이 된 것도 예수처럼 큰 깨달음을 얻어 하나님의 아들이 되기 위해서가 아니라 단지 생활의 한 방편으로 그리 되었을 뿐이었다.

그가 만약에 진정한 예수의 제자가 되어 "하나님 나라는 바로 네 안에 있느니라"(누가 17 : 20-21)고 한 예수의 말을 깊이 깨달았더라면 그의 생활은 크게 달라졌을 것이다. 그러나 그는 그러한 영적 진화에는 애당초 관심이 없었던 것이다.

결국 그는 그저 그렇고 그런 무명중생(無明衆生)으로서의 한평생을 평범하고 무난하게 살다가 떠난 것이다. 그가 마지막까지 품었던 유일한 소망은 죽기 전에 고향 신의주를 찾아가는 것이었건만 끝내 이루지 못한 한으로 남겼다. 그의 소망이 그런 이상 다음 생에는 틀림없이 신의주 고향 땅에 태어나 금생과 비슷한 그렇고 그런 평범한 한생을 그는 또 한 번 되풀이할 것이다.

그러나 누가 뭐라고 해도 그는 나에게는 큰 은인이다. 거제도 수용소에서의 남북 분리 심사 때 그가 아니었더라면 나는 북한에 갔을 것이고 그랬더라면 남한에서 장편 시리즈인 『선도체험기』 작가가 되지도 못했을 것이고 지금과 같은 구도생활과는 인연이 없는, 독재자를 입이 닳도록 찬양해야만 겨우 생존할 수 있는 북한에서의 암담한 한생을 이어 갔을 것이고 아마도 지금쯤은 일찌감치 그 생을 마친 상태일 것이다.

그렇게 되지 않도록 내 인생의 갈림길에서 나를 이끌어준 그의 은혜만은 언제까지나 잊을 수 없다. 다만 그를 위해서 크게 아쉬운 것은 지금 내가 향유하는 생사일여(生死一如)의 경지를 내 은인인 그와는 끝내 함께할 수 없었다는 어쩔 수 없는 한계 상황이다. 다음 어느 생에든지 그와 다시 만나게 된다면 나의 이 절실한 소망이 달성될 수 있기를 바랄 뿐이다.

내세의 약속은 유효한가?

우창석 씨가 말했다.

"선생님께서는 혹시 SBS에서 내보내는 사극 '왕과 나'라는 월화 드라마를 보십니까?"

"네, 보고 있습니다."

"그럼 지난 월요일(2008년 1월 28일)에 방영된 것 중에서 어우동이 처형에 앞서 성종에게 내생에는 이렇게 왕과 불륜녀로 만나지 말고 평범한 남녀로 만나 아들딸 낳고 남처럼 알뜰살뜰하게 한평생 풍파 없이 살아 보자는 약속을 요구했고 성종은 그것을 수락했는데 그런 게 과연 유효할까요?"

"『조선왕조실록』에는 성종과 어우동의 연애 사건은 어디에도 눈에 띄지 않습니다. 순전히 극적인 효과를 위해서 시나리오 작가가 창작한 것입니다. 어쨌든 간에 어우동이 그런 요구를 했고 성종이 그 요구를 받아들였는데 그것이 그들 남녀의 진지하고 간절한 바람이라면 그대로 이행될 것입니다."

"정말 그럴까요?"

"그렇고말고요."

"전 아무래도 믿어지지 않습니다."

"그것이 어우동이 죽음까지도 무릅쓸 만큼 간절한 소망이고 두 사람 사이에 합의된 것이라면 반드시 실현될 것입니다. 만약에 그들 남녀 중

누구도 인륜을 저버린 끔찍한 범죄를 저질러 인간으로 다시 태어나지 못할 인과를 저지르지 않고 다시 인간으로 태어난다면 그들은 다음 생에 반드시 다시 만나서 부부의 연을 맺게 될 것입니다."

"그것은 무슨 이치에 해당합니까?"

"마음의 법칙이 그렇게 되어 있기 때문입니다. 마음이 한 번 목표를 정하고 그것을 실천하겠다는 한결같은 의지가 있는 한 이 세상에 이루지 못할 일이 없기 때문입니다. 일체유심소조(一切唯心所造)요 삼계유심소현(三界唯心所現)입니다. 모든 일은 마음먹기에 달려 있고 삼계(三界)는 오직 마음이 만들어낸 현상에 지나지 않기 때문입니다. 그러나 그들 남녀가 겨우 내세에 부부 인연을 맺는 데 그런 큰 서약을 하다니 좀 아쉬운 생각이 듭니다."

"그럼 어떤 서약이 바람직하다고 보십니까?"

"결과가 빤히 내다보이는 부부 인연을 맺어 보았자 생로병사의 윤회를 한 번 더 늘리는 것밖에 무슨 유익한 일이 있겠습니까? 지루한 윤회의 꿈에서 이젠 벗어나 차라리 그 꿈을 뛰어넘어 다시는 윤회에 휘말리지 않는 쪽을 택하는 데 큰 서약을 걸었어야 의미가 있지 않을까요?

그것은 바로 도를 이루는 것입니다. 아침에 도를 이루면 저녁에 죽어도 여한이 없겠다고 공자가 말한 바로 그 도를 위해서라면 얼마든지 큰 서약을 해도 좋을 것입니다. 다시 말해서 이왕에 큰 서약을 할 거면 윤회 쪽이 아니라 그것을 벗어나는 영원한 자유 쪽에 서약을 걸었어야 할 것입니다."

"선생님, 윤회에서 벗어날 수 있는 지름길은 무엇입니까?"

"마음속에서 일체의 유한(遺恨)을 말끔히 털어 버리면 됩니다. 재욕,

권세욕, 성욕, 명예욕, 소망, 원망, 희망, 미움, 질투, 사기, 복수심, 승부욕(勝負慾) 그리고 그 밖의 오욕칠정(五慾七情) 따위를 완전히 마음속에서 비워 버리면 더이상 윤회할 필요는 없어지게 될 것입니다.

인간에게 지구는 어찌 보면 하나의 거대한 자동 세탁기와도 같습니다. 유한(遺恨)이라는 때가 완전히 빠질 때까지 세탁기 내에서 돌아가야 하는 것이 인간의 피할 길 없는 운명입니다. 그러나 때가 말끔히 빠져 버린 세탁물은 더이상 세탁기 안에서 때 빼느라고 시달릴 필요가 없어집니다. 그와 마찬가지로 세상에 아무런 유한이 없는 사람은 더이상 윤회를 하고 싶어도 자동적으로 제외될 수밖에 없게 됩니다."

"그러면 붓다나 예수와 같은 성인은 무엇 때문에 윤회를 자청하여 지구상에 태어났을까요?"

"그들은 지구인들이 더이상 윤회에 휘말려 돌아가지 않게 하려는 거룩한 소망 때문이었습니다. 인간의 본바탕이 원래 니르바나요 하나님이라는 것을 깨닫게 하기 위해서 그들은 여인의 자궁을 빌려 지구상에 태어나는 수고로움을 자청한 것입니다."

바보가 되어야 할 이유

우창석 씨가 말했다.

"선생님께서는 늘 말씀하십니다. 주변 사람들과 사이좋게 원만한 관계를 유지하려면 항상 바보가 되어야 하고 그러자면 늘 이쪽에서 먼저 양보해야 한다고 말씀하셨는데 그 이유가 무엇입니까?"

"우리는 구도자입니다. 그리고 우리 주변 사람들은 대체로 무명중생(無明衆生)들입니다. 도 닦는 사람은 아무래도 보통 사람들보다는 진리에 조금이라도 더 눈이 떠졌을 것입니다. 가령 눈뜬 사람이 길을 가다가 장님을 만났다고 합시다. 장님은 지팡이를 열심히 두드리면서 눈뜬 사람 앞으로 맞바로 돌진해 들어올 경우 눈뜬 사람은 어떻게 해야 합니까?"

"얼른 길을 피해 주어야겠죠."

"바로 그겁니다. 눈뜬 사람이 장님에게 길을 양보해 주는 것은 당연한 일이 아니겠습니까? 그걸 보고 보통 사람들이 바보라고 한다고 해서 장님과 충돌하여 그를 쓰러뜨리고 앞으로 나아가야 하겠습니까?"

"그럴 수는 없겠죠."

"그렇습니다. 이때 주변 사람들은 누구의 눈에도 완연한 시각 장애인을 눈뜬 사람이 피해 주는 것은 당연한 일이라고 간주할 것입니다. 그러나 그 사람이 장님이 아니라 남들과 똑같은 눈을 뜬 멀쩡한 사람인데도 구도자가 늘 양보만 할 경우 사람들은 그를 보고 바보라고 합니다.

그러나 이 세상에는 눈뜬장님도 얼마든지 있을 수 있습니다. 구도자

가 볼 때는 생리적인 시각 장애인이나 마음의 눈이 멀어 버린 시각 장애
인이나 같은 대상으로 보입니다. 구도자는 이 둘을 구분하지 않습니다."

"그래서 바보 소리를 들어 가면서도 양보를 하는군요."

"남에게 양보를 잘하는 것은 부자나 유력한 자선가만이 할 수 있는 일
은 아닙니다. 부유한 사람이 아니라도 마음에 여유가 있다면 아무리 가
난한 사람이라도 얼마든지 할 수 있습니다. 콩나물 노점상으로 평생 모
은 돈 5천만 원을 대학교 재단에 기부하고 세상을 떠난 무의무탁 할머니
는 돈이 많아서가 아니라 마음에 그만한 여유가 있었기 때문에 그런 일
을 할 수 있었던 것입니다. 이 할머니야말로 부정한 수단으로 재산을 모
으고도 불우이웃 돕기에 인색한 대재벌 이상으로 마음이 열린 사람이라
고 아니할 수 없을 것입니다.

기부는 일종의 양보 행위입니다. 그런 양보를 하는 사람을 바보라고
한다면 그런 바보야말로 위대한 바보라고 아니 할 수 없을 것입니다. 남
에게 양보 많이 하는 사람은 남을 미워하거나 원망하지 않습니다.

그런 사람은 틀림없이 범사에 감사하는 생활을 하는 사람입니다. 역
경(逆境)이든 순경(順境)이든 매사에 감사할 줄 아는 사람은 이미 마음
이 풍요한 사람입니다. 마음이 풍요하지 않은 사람은 매사에 감사하는
마음을 낼 수 없습니다. 마음이 풍요한 사람은 자기 주변에 풍요한 기운
을 불러모으게 되어 있습니다."

"그건 왜 그렇습니까?"

"그것이 바로 마음의 법칙이기 때문입니다. 풍요한 마음이 거대한 자
석이 되어 그의 주변에 있는 쇠붙이들을 끌어모으듯, 풍요를 끌어모으게
되어 있습니다. 유유상종(類類相從)의 법칙이 적용되는 것입니다. 이것

이 바로 마음의 법칙입니다. 착한 마음이 착한 마음을 부르고 도둑놈 심보가 도둑을 부르는 것과 같습니다."

"그럼 평생 모은 5천만 원을 학교 재단에 기증하고 세상을 떠난 콩나물 장사 할머니는 어떻게 된 거죠?"

"이 세상에서의 그 할머니의 수명은 그것으로 끝났지만 다음 생에는 기필코 큰 자선가가 되어 가난하고 불우한 사람들을 위하여 큰일을 하게 될 것입니다."

"그걸 어떻게 믿을 수 있겠습니까?"

"인과응보의 법칙은 느슨한 것 같지만 그 실은 물샐틈없을 만큼 완벽하기 때문입니다. 가난한 사람의 이타행은 부자의 이타행보다 이루 헤아릴 수 없이 더 많은 공덕을 쌓는 것이 됩니다. 콩나물 장사 할머니의 5천만 원은 대재벌의 5천억 원보다 더 큰 공덕을 쌓게 된다는 것을 알아야 할 것입니다."

생업과 수련

수의사로 일하는 유인하라는 수련자가 물었다.

"선생님, 저는 수의사로 일하다가 보면 고객과의 상담이나 요구에 따라 본의 아니게 애완견의 성대를 절제한다든가 불임 수술을 하는 경우가 있습니다. 요즘은 대부분의 고객들이 아파트 생활을 하므로 이웃의 불편을 예방하려고 그런 수술을 원하는 고객들이 많습니다.

동료 수의사들은 그런 일이 없어서 못 하는 판인데도 저는 수련하는 사람의 입장에서 이런 일이 자연의 순리를 역행하는 짓이고 동물 학대에 해당되는 것 같아서 마음이 괴롭습니다. 그렇다고 해서 현실을 외면하고 고객들의 요구를 거절한다면 수입이 줄어들어 한 가정의 가장으로서 생계에 위협을 느끼지 않을 수 없습니다.

그래서 언젠가 선생님께 저의 이런 사정을 메일에 담아 보냈더니 그렇게 갈등을 느낀다면 직업을 바꾸면 되지 않겠느냐는 회답을 보냈습니다. 그러나 배운 도둑질이라고 저도 이미 지천명(知天命)의 나이인 50이 코앞인데 이제 와서 가리늦게 직업을 바꾸는 것이 결코 쉬운 일이 아닙니다. 그렇다고 해서 지난 10년 동안 제 나름대로 열심히 하여 온 수련을 이제 와서 그만둘 수도 없는 일이고 하여 고민과 갈등이 이만저만이 아닙니다."

이렇게 말하는 그를 무심코 쳐다보니 얼굴에 잔뜩 서려 있는 수심이 꼭 먹장구름과 같았다. 잠시 생각을 가다듬고 나서 내가 말했다.

"우리나라가 산업화 이후 생활환경이 아파트 주거 방식으로 급격히 바뀌는 바람에 일어난 부작용입니다. 원래 수의사를 직업으로 택했을 때는 아마도 그런 부작용까지는 미처 생각지 못했을 것입니다."

"그럼요."

"그러나 냉정하게 생각해 보면 애완견과 사람이 아파트라는 주거 공간에서 함께 살아가기 위한 일종의 자구책이기도 하니 너무 자책할 필요는 없다고 봅니다. 그리고 유인하 씨가 수의사로서 지금 하는 일이 취미나 오락으로 하는 것이 아니고 포수나 도축업자처럼 살생을 하는 생업은 아닙니다. 원래 동물의 병을 고치는 직업이니 필요 이상으로 자책하지 않아도 될 것입니다.

이웃을 위하여 개 짖는 소리를 없애려고 성대 수술을 하고, 지나친 번식을 줄이려고 피임 수술을 하는 것은 구석기 시대로부터 인간과 같이 살아온 개와의 아파트 생활에 적응하기 위하여 어쩔 수 없는 선택이라고 생각됩니다. 수의사가 아니면 누가 그 일을 하겠습니까?"

"혹시 이것이 업장이 되어 수련에 지장을 받는 것은 아닌지 모르겠습니다."

"생업을 위하여 어쩔 수 없는 것이라고 생각하면 됩니다. 개의 신체의 일부를 변형하는 것일 뿐 분명 살생은 아니지 않습니까? 그렇게라도 해서 사람에 의해 양육당하는 것을 개는 피하려 하지는 않을 것입니다. 만약에 개가 그런 수술을 받고는 사람과 같이 살려고 하지 않았다면 요즘 도시에서 급격히 늘어나고 있는 도둑고양이처럼 도망을 쳤을 것입니다. 그러니까 사람과 개가 아파트 생활에 적응하기 위한 고육지책(苦肉之策)으로 생각하면 될 것입니다.

또 이렇게 생각할 수도 있습니다. 도축업자와 엽사(獵師)가 생업을 위해서 살생을 하는 것에 비하면 별거 아니라고 생각하면 될 것입니다. 네팔과 티베트 같은 고지대 주민은 양을 주식으로 삼고 있고, 북극의 에스키모들은 생선을 주식으로 하고 있습니다. 그곳에선 먹을 것이라곤 그것밖에 없기 때문입니다. 생존을 위해서는 어쩔 수 없는 일입니다. 네팔과 티베트 주민이나 에스키모들 중에 구도자가 있다면 그들 역시 육식을 주식으로 삼지 않을 수 없을 것입니다. 실제로 티베트 고승들도 양을 주식으로 삼고 있습니다.

원래 사람에게는 지금도 견치(犬齒)가 아래위 네 개가 있습니다. 견치는 육식을 위해 있는 것입니다. 사람의 치아가 32개임을 감안하면 네 개의 견치는 우리가 먹는 식물의 12.5프로는 육식을 하기 적합하게 되어 있음을 말해 주고 있습니다. 만약에 네팔과 티베트인 구도자가 육식하는 것을 자책한다면 수련을 할 수 없을 것입니다."

"그러니까 선생님 말씀은 생업과 생존을 위해서라면 개의 성대 수술이나 피임 수술도 그리고 육식도 불가피하다는 말씀이시군요."

"그렇습니다. 특히 유인하 씨의 경우 생업을 가지고 너무 자책하지 말라는 겁니다. 지난 18년 동안 삼공재에 찾아오는 빙의된 수련자들을 상대하면서 인상에 남는 것은 생업이 아니라 순전히 취미 생활이나 오락을 위해서 낚시나 사냥을 하다가 물고기나 호랑이, 늑대, 곰, 멧돼지 같은 짐승의 영에게 빙의되어 고생하는 경우였습니다.

그리고 임신 중절한 여성들 대부분이 태아 영에게 빙의되어 무척 고생하고 있었습니다. 이것을 보아도 낙태는 일종의 살인 행위로서 태아의 원한을 산 것입니다. 이때 낙태당한 태아는 자신을 수술로 제거한 산부

인과 의사가 아니라 산모에게 원한을 품은 것을 알 수 있습니다. 의사는 돈을 받고 산모의 의사를 대행했을 뿐입니다.

그래서 나는 찾아오는 수련자들에게 오락과 취미를 위한 사냥과 낚시는 하지 말고 낙태는 하지 말 것을 간곡하게 권합니다. 사냥과 낚시는 자기 자신뿐만 아니라 그의 자손에게까지도 병약하게 만듭니다. 또 낙태한 산모는 그것 때문에 임맥(任脈)이 상하여 건강을 잃는 경우가 있습니다. 나는 비록 채식을 권하기는 하지만 지나친 완벽주의에 집착하지 말라고 권합니다."

"지나친 완벽주의란 무엇을 말합니까?"

"가령 채식을 한다고 해서 자장면을 물로 씻어 먹는다든가, 배추국에 멸치가 들어갔다고 해서 배추 건더기를 씻어 먹는다든가, 버터와 계란이 들어갔다고 해서 과자를 들지 못하고, 새우젓이 들어갔다고 해서 김치를 씻어 먹는 것과 같은 까다로운 행위를 말하는 것입니다.

그렇게 동물성 음식에 대해서 신경과민이 되어 유난을 떨기보다는, 배속에서 거부 반응이 오지 않는 한 사람 먹으라고 만든 음식은 적당히 먹어 가면서 일반 사람들과 함께 어울려 살아가야 할 것입니다.

그런 데 까다롭게 굴거나 신경을 쓰기보다는 그 시간에 수련에 집중하는 것이 백번 더 낫습니다. 나 자신의 개인의 이익보다는 고객이나 이웃을 위하여 내가 할 수 있는 일이 무엇인가를 알아내어 실천하는 것도 마음공부에 큰 보탬이 될 것입니다.

이웃을 위하여 좋은 일을 하다가 보면 나도 이웃도 함께 즐거워지고 그만큼 마음도 넓어지고 풍요롭게 될 것입니다. 그러한 이타행(利他行)을 계속 밀고 나가다가 보면 마음은 점점 더 넓어져서 마침내 그 마음속에 우주 전체를 포용할 수 있는 경지에까지 이르게 될 것입니다.

마음이 그쯤 넓어지면 온갖 세속적인 집착에서도 벗어나는 고차원의 경지에 도달할 수 있게 될 것입니다. 온갖 집착에서 해방이 되면 우주와 내가 결국은 하나라는 것을 깨닫게 될 것입니다. 나 자신은 우주의 일부이면서도 우주가 내 속에 있다는 깨달음에 도달하는 날이 반드시 오게 될 것입니다."

"선생님, 그건 저에게는 아직은 아득한 꿈같은 얘기인 것 같습니다."

"나는 지금 꿈이 아니라 실체를 말하고 있습니다. 우리들 각 사람의 내부에는 이러한 우주의 실체가 누구에게나 빠짐없이 들어 있습니다. 꿈같은 얘기라고 말하지 말고 자기 자신 속에 있는 우주를 거머잡을 수 있다는 확신을 갖는 것이 더욱더 중요합니다.

유인하 씨는 애완견의 성대 수술이나 피임 수술 같은 직업적인 일에 그렇게까지 골똘하게 몰입할 것이 아니라 자기 안에 있는 참나에 눈을 뜨라는 얘기입니다. 유인하 씨를 찾는 고객들 중에는 성대와 피임 수술 외에도 병난 동물을 안고 오는 사람들도 있을 것입니다. 그들을 치료해 주는 데 한층 더 정성을 다하면 될 것입니다.

그리고 달리기, 등산, 도인체조를 열심히 하여 더욱더 건강해지고 기 공부를 계속 진전시켜 소주천, 대주천, 현묘지도 수련을 받도록 하여 초견성의 경지를 뚫도록 해야 할 것입니다. 그리고 가능하면 유인하 씨도 금생에 수련을 열심히 하여 윤회를 마치기를 바라지만 만약에 그렇지 못할 경우 다음 생에는 수의사 아닌 다른 직업을 택하면 될 것입니다."

"꼭 그렇게 할 겁니다. 다음 생에는 절대로 수의사 아닌 다른 직업을 택할 것입니다."

이렇게 말하는 그의 어조에는 단단한 결의가 실려 있었다. 동시에 그의 얼굴 전체에 서려 있던 먹장구름도 많이 엷어져 있었다.

5차원 세계로 변하는 지구촌

오정호라는 40대 중반의 수련자가 말했다.

"선생님, 요즘은 우리가 사는 지구촌이 이산화탄소의 증가로 인한 기후 변화와 지각 변동 등으로 점점 변하고 있습니다. 수많은 생물들이 사라지고 새로 태어나기도 합니다. 지금 지구의 자전축이 진북(眞北)에서 23.5도 기울어져 있는데 그것은 지구 전체에 대규모 홍수가 일어났던 5천 년 전에 일어난 일이라고 합니다. 지질학자들의 말을 들어 보면 자전축이 기울어지지 않았던 때가 더 많았다고 합니다.

그런데 지금은 여러 가지 징후로 보아 지구의 자전축이 원래대로 0도로 되돌아가고 있다고 합니다. 그 때문에 레무리아 대륙이 가라앉았을 때의 20만 년 전과 아틀란티스 대륙이 침몰할 때인 1만 2천 년 전의 모습으로 되돌아갈 공산이 크다고 합니다. 지구의 자전축이 0도로 회복되면 지구촌은 지금의 3차원 세계에서 5차원 세계로 상승되어 용화(龍華)세계와 같은 지상천국이 열린다고 합니다.

그런데 이러한 지구촌의 변화는 보다 고차원의 시리우스와 같은 다른 별에서 온 존재들에 의한 지구 프로젝트의 일환으로 지금 한창 진행되고 있다고 합니다. 한국에도 이러한 존재들과의 의사소통이 가능한 사람이 있는데 이들을 채널러(channeller)라고 합니다. 이러한 채널러들이 지구 프로젝트에 대한 책도 펴내고 동조자들을 모아 동호회를 조직하고 수련도 시키고 있는데 전국에 70개소나 된다고 합니다. 선생님께서는 이것을 어떻게 생각하십니까?"

"그 동호회에서는 무슨 수련을 합니까?"

"채널러가 회원들에게 백회로 지구 프로젝트에 참가한 존재나 신명들의 기운을 넣어 주기도 하고 앞으로 변화하는 지구촌의 미래에 대비하여 사전 준비를 한다고 합니다."

"앞으로 세상이 변한다는 예언은 불경, 성경, 동서양의 각종 예언서, 노스트라다무스, 『정감록』, 『격암유록』 같은 데도 나와 있습니다. 그러나 내가 보기에는 유위계(有爲界), 상대세계라는 시간과 공간과 물질이 지배하는 비닐하우스 안에서의 일입니다. 이것을 우리는 뜬구름 같은 속계(俗界)라고도 말합니다.

구도자가 지향하는 목표는 이 생로병사의 윤회가 지배하는 속계를 벗어나자는 것입니다. 그런데 고작 5차원의 세계에 관심을 갖는다는 것은 우리 구도자를 계속 이 속계에 묶어 두자는 것밖에는 아무것도 아닙니다.

지구 프로젝트에 참가한 다른 성좌에서 온 존재나 신명이라고 해도 속계의 일이라는 것에서는 벗어날 수 없습니다. 생사에서 벗어난 영원과 무한의 자성(自性)과 참나를 회복하는 것이 급선무지 5차원 아니라 9차원 세계라 해도 그러한 현상계가 중요한 것이 아닙니다."

"역시 구도자가 볼 때는 몽환포영로전(夢幻泡影露電)에 지나지 않는 하나의 속사(俗事)에 지나지 않겠죠?"

"잘 알고 계시는군요. 5차원 세계보다는 각자가 자기 존재의 실상을 깨달아 생멸(生滅)의 공포와 불안에서 벗어나는 일보다 더 중요한 것이 무엇이겠습니까?"

【이메일 문답】

억누르기

삼공 선생님 전 상서

늘 가르쳐 주심에 깊은 감사를 드립니다. 그동안 사모님과 함께 선생님께서는 안녕히 계셨는지요. 또 염치 불고하고 오랜만에 메일을 올리게 되니 송구스런 마음이 앞섭니다. 지난번의 연정화기에 대한 메일을 올린 후 3개월여가 지난 듯하나 큰 이벤트 없는 나날이었습니다. 물론 그간 느슨한 생활을 한 탓이니 반문의 여지가 없는 일이지만, 한 1개월 전쯤부터는 삼공 공부에 빠져들고 있습니다.

심기일전하여 새벽 4~5시경에 꼬박꼬박 조깅을 하고 조석으로 생식과 점심에는 요구르트로 대신하고 있습니다. 그리고 즐기던 맥주 등 주류를 일체 마시지 않고 있습니다. 물론 술을 마신다고 직장생활이나 일상생활에 악영향을 주는 것이 아니나, 우선 지금 하고 싶은 생각이 드는 일을 우선 참고 지그시 바라보는 연습을 하다 보니 자연히 술에 대한 생각이 바뀌었기 때문입니다.

적어도 얼마 전까지는 술이 연결 고리가 되어 타국인이지만 끈끈한 관계를 유지하고 있는 2~3명의 동료가 있어 생활의 활력소가 되었고 여러모로 도움이 되었던 것만은 사실이지만, 억누르기 생활을 하면서 이것이 결국은 욕심을 죽이고 없애는 것이라는 느낌이 들면서 이성보다 감

89

성이 앞서는 연결 고리들은 별 의미가 없다는 생각이 들었습니다.

결국 한 삶을 살면서 이해타산 따지지 않고 맹목적일 수도 있는 관계는 최소한 부모와 자식과 형제지간에서만 성립이 되는 것이 아닌지요? 물론 이러한 것들도 대상에 따라 판이하게 다르지만은 적어도 돈맛을 알기 전까지는 말입니다.

그러나 간혹 스승과 제자 사이에도 볼 수는 있으나 거의 대부분의 경우에 있어서는 주종관계요 목적이 앞서가는 관계가 되어 버린 것 또한 현실이요 피부로 느껴왔던 점입니다. 물론 이런 것들이 서로 엉키고 설켜 끈적한 관계가 되어 싸우고 지지고 볶고 하는 것이 사는 맛이라고는 하나 적어도 구도자로서의 자세는 아닌 듯합니다.

그리고 저 또한 교육자의 신분이지만 가르치고 배우는 일이라고 하는 것을 가감 없이 그냥 본모습으로 보면, 배우는 사람이 지불한 수업료를 받아 생활하는 값으로 가르치는 것이니 당연한 의무인 것인데 그리고 단지 먼저 속세에 환생했을 뿐인데 이것이 대단한 양 온갖 특권을 누리려는 마음이 진리의 거울을 가리고 있다는 생각이 듭니다.

우리가 이러한 사소하지만 작은 것부터 바르게 볼 수만 있어도 우선 그만큼 자유로워지는 것을 느끼고 있습니다. 그리고 지금의 길이 만물을 평등하게 똑같이 대하는 방향이라는 생각이 듭니다.

결국은 사제지간이요 선배요 하는 일련의 세속적인 관계를 벗어나 정직함과 정직함의 만남이 무엇보다 중요한 것인데도 그 정직함이 결여되었으나 우선 눈앞에 보이는 이익에 못 이겨 이루어지는 만남에서 멀어지면 멀어질수록 자유로워진다는 것입니다.

그러나 지금 느껴지는 진리가 아직은 멀리 보이나 묵직한 한편 듬직하게 몸 전체에서 느껴지니 잘못 든 길은 아닌 듯합니다. 좀 아쉬운 면은 좀더 박차를 가해야 하는데 하는 마음이 따르지 않는다는 점입니다. 물론 핑계입니다만, 올해도 절반이 지났지만 좀 먹고 사는 문제에 매달려야 할 시기로 생각하고 있기에 본궤도에 오르기까지는 한 반년 정도 후에나 시작할 것 같습니다.

그럼 앞으로도 끊임없는 가르침을 부탁드리면서 그만 맺겠습니다. 안녕히 계십시오.

나요로에서 제자 차주영 올림

【필자의 회답】

그렇지 않아도 궁금하던 차에 반갑습니다. 혹시 수련의 고삐를 놓은 것은 아닌가 했었는데 기우였습니다. 앞을 가로막은 여러 난관과 장애를 극복해 나가면서 무소뿔처럼 변함없는 구도자의 길을 가고 있는 모습이 대견할 뿐입니다.

렌터카 문제

삼공 선생님, 안녕하세요. 돌꽃펜션 유주홍입니다. 입대를 3일 앞둔 오늘, 미용실에서 9mm 길이로 머리카락을 밀어 버리고 인사 올립니다. 수능 후 1년 6개월의 세상 때를 함께 밀어내며 제 마음도 한 차례 깊이 평안해졌으면 좋았을 텐데, 번뇌만 늘었는지도 모르겠습니다.

오늘 저는 고등학교 동창들과 한서대 앞의 ○○ 렌터카에서 기아 옵티마를 빌려 해미읍성과 학암포 등을 유람하고 왔습니다. 여행은 잘했는데, 펜션에 도착하고 보니 렌터카 차주께서 장난을 치십니다.

친구 형석이가 운전이 서툴러 주차를 하다 돌멩이에 차 뒷부분이 살짝 긁힌 적이 있는데 (거의 티가 안 날 정도로 살짝이었고, 부딪히는 충격도 전무했습니다.) 차주가 이제 갓 고교 졸업하고 대학 1학년 2학년, 세상살이에 익숙지 못한 친구들을 아예 가지고 놀더군요.

처음부터 강하게 나갈까 약하게 나갈까, 줄기차게 야 이 개새끼들아 같은 쌍소리를 해대고 자초지종에 대해서는 자세히 들으려 하지 않으시더군요. 흑백논리만 강조하며 니들이 했어, 안 했어 개새끼들! 그럼 어디 법대로 하자고. 법정서 봐.

드라마에나 나올 법한 시정잡배의 행동을 그대로 재현하더군요. 수십 년 동안 차를 운전하고 고물차를 조립하다시피 다루시는 아버지가 (아버지께서는 플라스틱 범퍼가 이런 식으로 깨지기는 어렵고, 이만한 충격이 가해진다면 탑승자들도 상당한 충격을 느낀다고 분명히 말씀하십니다) 범

퍼가 나갔다는 부위를 자세히 살펴보려 하자 어영부영 말을 돌리며 펜션
에서 얼른 떠나 버리고요. (저희가 차가 없어서 펜션으로 오시라고 부탁
드렸습니다. ○○ 렌터카에서 펜션까지는 자가용으로 1, 2분 거리입니다.)

1년 6개월 동안 펜션을 운영하며 별의별 손님을 겪어 보고, 나름대로
산전수전을 조금이라도 겪어 본 제가 보기에는 이 아저씨가 이런 일을
한두 번 해 본 사람이 아니라는 직감이 옵니다. 왜냐하면 차를 돌려줄
때 차주와 직접 만난 게 아니라 차를 렌터카 상가 앞에 놔두고 가라고
해 놓고 3, 4십 분 있다가 전화가 와서 범퍼가 나갔으니 돈 내놓으라고
하니 기가 막힐 일입니다.

인과응보가 사상이 아니라 실상임을 분명히 아는 제가 고작 22만 원
때문에 (네 명이 나누면 더 내려가겠죠) 나쁜 마음을 품을 이유는 분명
없습니다. 다만 이런 일을 처음 당한, 특히 차를 직접 운전한 형석이는
부모님에게 버스를 타고 놀러 간다고 거짓말을 했습니다.

친구들은 너무도 걱정이 되어 괴로워합니다. 문제가 꼬였으면 푸는
게 순리인데, 문제를 그냥 덮어두고 말자고 합니다. 저는 이에 대해 강
력히 반대하며 제가 잘못하지 않았고, 사람의 말을 들으려 하지 않고 법
으로 일을 풀어내거나 무조건 돈만 뜯어내려 하고 줄기차게 욕설을 퍼
붓는 차주의 태도를 보아 눈꼽만큼도 낼 수 없다 했습니다.

아버지의 조언에 따라 서산경찰서에 전화해 보니, 경찰도 잘못한 게
없으면 발 뻗고 잠자라고 하더군요. 저는 발 뻗고 잠 잘 자겠는데, 친구
들은 너무도 걱정합니다. 걱정한다고 문제가 해결되는 것도 아닌데 너무
도 걱정하고 노심초사합니다. 이 글을 올리면서 지난번 제가 말씀드린
어머니의 펜션 환불 (방과 방 사이의 소음 때문에 온갖 긁어 부스럼을

만들고 결국 환불을 해 준) 사례가 생각납니다.

그때 선생님은 어머니 자신이 변할 수 있게 도와드려야 한다고 말씀하셨는데요, 지는 게 이기는 것이라고. 지금 같은 사례는 어떻게 생각하십니까? 석가는 제자들에게 때리는 대로 계속 맞고 맞다가 죽어도 억울해하지 말라 하셨고, 예수는 비둘기처럼 순결하고 뱀처럼 지혜로워라 하셨는데요. 세속을 살아가는 우리 수행자들은 이러한 갖가지 세속적인 문제를 어떻게 풀어 가야 할까요? 렌터카 차주에게 이러한 점을 해명하려는데 들어주지 않아 솔직히 약간 화가 났습니다. 마음이 흔들렸습니다.

부동심을 추구해야 할 수행자가 마음이 흔들린다니, 이렇게 공부해서는 부동심 얻기까지 아주 오래 걸릴 것 같습니다. 공부에 좀더 박차를 가해야겠습니다.

입대 3일 전, 제자 유주홍 올림.

【필자의 회답】

수행자가 지켜야 할 사항 중에서 으뜸으로 육바라밀이라는 것이 있습니다. 보시(布施), 지계(持戒), 인욕(忍辱), 정진(精進), 선정(禪定), 지혜(智慧)가 그것입니다. 문제의 사항은 인욕에 해당됩니다.

무명 중생들이 참지 못하는 것을 참는 것이 수행자가 해야 할 몫입니다. 경찰 신고나 법으로 확실히 이길 자신이 없으면 아무리 부당하다 해도 인욕의 지혜를 발휘하는 것이 좋을 것입니다. 나머지는 하늘에 맡기세요. 악한 자는 반드시 화를 당하는 인과응보가 있거늘 억울해할 것이 무엇입니까?

일병 휴가

백일 위로휴가 나온 지 두 달 만에 일병휴가(9박 10일 1차 정기)를 나왔습니다. 집에 내려가기에 앞서 삼공 선생님께 문안 인사드리고 싶었지만 월요일은 집을 비우신다기에 '이향애 정형외과'만 들리고 바로 내려왔습니다.

선생님이 조언해 주신 대로 몸살림 운동은 분명 효과가 있는 것 같습니다. 백일휴가 때 한 번 고관절을 맞추긴 했는데 다시 빠져서(복귀하자마자 다음날이 화랑훈련이었습니다) 한 번 더 맞췄습니다.

뼈를 맞추자마자 무기력한 다리에 힘이 샘솟는다거나 허리가 아주 편안하다거나 그런 것 같지는 않습니다. (워낙 고질병이 되어서 그런 것인지) 하지만 방석을 반으로 접어서 엉덩이에 대고 앉으니 그렇게 편안할 수가 없습니다.

골반에 주먹 대고 앉는 것도 그렇고, 물리치료 외에는 이렇다 할 해결방안을 내지 못하는 ㅇㅇㅇㅇ병원 돌팔이들보다 훨씬 신뢰가 갑니다. 선생님 말씀대로 아버지도 병원에 함께 데려가 치료를 받았으나 아버지께서는 영 돈만 날린 것 같다고 하십니다.

뒷짐 지고 걷기 같은 운동도 안 하시고, 결국 삼성병원에서 보톡스 주사만 맞으셨습니다. 안면 편측 신경경색으로 일그러지고 계속 감기는 눈을 정상적인 수준으로 만들기 위해서는 제가 보기에 그런 치료는 국부적인 것이고 근본적인 해결책이 될 수는 없다고 생각하지만, 현재의 아버지 의식은 좀처럼 변화하지 않으니 안타깝습니다.

돌꽃펜션(집)은 여전히 조용합니다. 부모님의 반려견 아리별, 나라범도 여전히 따스하고... 젊은 늑대들 틈바구니에서 벗어나니 상대적으로 더욱 그런 것 같습니다. 제가 속한 집단의 사람들은 예술과 종교에 무지하고 그저 눈치 빠르고, 일처리 잘하고, 인간관계 잘 키우는 능력만으로 사람의 가치를 평가하는 것 같습니다.

보통 사람들 살아가는 방식이 다 그런 것 같기는 하지만, 그러니 동물의 언어는 잘 알아들어도 사람의 언어는 통역을 필요로 하는 저 같은 인간형은 매우 고단하고 피곤한 나날을 보냅니다.

그래도 일병이라고 침상 걸레질같이 바닥에서 기는 일은 이등병 후임세 명이 나눠서 합니다. 몸이 조금 편해지긴 했는데 패기와 열정 의지가 없다는 지적을 듣기는 여전합니다. 그러나 저는 자꾸만 수트라의 한 구절이 생각납니다.

'나 역시 늙어 가며 병들 것이고 죽음을 피할 수 없을 것이다.' 이런 생각에 잠겼을 때 나는 청년이면서도 청년의 의기가 완전히 사라져 버리고 말았다. 그러한 악에서 벗어나 최고로 평화로운 상태인 열반을 구해야 마땅했다.

그래서 나는 '검은 머리칼의 젊은이'였지만 수염과 머리칼을 깎고 수도승의 옷을 걸친 뒤 슬피 우는 부모님을 뒤로하고 집을 떠났다.

저의 입장에서는 당연히 꼭 필요한 일만 하고 나머지 시간은 제 마음공부나 예술 영역 넓히는 데 소요하고 싶어합니다. 그러니 참 쉽지 않습니다. 반가부좌하고 명상, 단전호흡하면 진정 마음이 편안하고 행복한데 그런 여건을 만들기도 참 어렵습니다.

어떤 개체이든 자기 폐쇄적으로 존재할 수 있는 것은 하나도 없고, 그렇다고 보통 사람의 감성과 지성만 가장하는 것도 어려운 일이고. 속세에서 도를 구하는 구도자로서 균형과 조화를 추구해야겠는데 정말 쉽지 않습니다.

어떨 때는 제 마음이 너무 많이 흔들려 구도자이기를 포기한 것 같기도 합니다. 그럴 때마다 모든 존재하는 것은 변화한다는 진리에 의지했습니다. 이등병 시절을 그 진리 하나에 의지해 흘려보냈습니다.

그러나 이제는 제 마음을 차분하게 가라앉히고 현실의 패턴을 파악하는 관찰이 필요하지 않을까 생각합니다. 지금까지는 너무 힘들고 용기가 부족해 진리에 의지했지만, 이제는 제 구도의 힘으로 사람들 속에서 진리를 읽어 볼 수 있지 않을까 싶습니다.

귀대하기 전에 꼭 찾아뵙겠습니다. (이번 주 목요일이나 다음 주 월요일 즈음) 15시~17시 사이에 찾아뵈면 될런지요?

p.s. 궁금한 점이 있습니다.
1. 몸살림 운동과 병행해서 달리기를 해도 되나요?
2. 반가부좌 자세가 아니라 취침시간에 누워서 축기하는 것만으로도 효과가 있을까요?

돌꽃펜션 유주홍 올림

【필자의 회답】

군대 들어간 지가 엊그제 같은데 벌써 이병에서 일병으로 진급을 했다니 반갑고도 대견합니다. 군대라고 하는 특수 조직 속에서 차츰차츰 큰 차질 없이 적응해 나가는 과정이 눈에 선합니다. 지금은 좀 괴롭고 힘들더라도 이러한 뼈아픈 체험들이 앞으로 긴 인생살이에 더없이 값진 자산이 될 것입니다.

수련이란 반드시 조용하고 편안한 환경 속에서만 가능한 것은 아닙니다. 자기 마음만 다스릴 수 있으면 어떠한 악조건 속에서도 할 수 있는 것이 수련입니다. 수련이란 마음의 안정을 추구하는 과정입니다.

아무리 좋고 유리한 환경 속에서도 마음이 불안하면 그게 무슨 소용이 있겠습니까? 그러나 최악의 환경 속에서도 마음이 늘 평안할 수 있다면 그 사람이야말로 진정한 구도자라고 할 수 있을 것입니다. 환경과 조건은 우리 마음대로 뜯어고칠 수 없지만 우리 마음만은 뜻만 있으면 얼마든지 뜯어고칠 수 있기 때문입니다.

나는 유주홍 씨가 어떠한 환경과 조건 속에서도 평상심(平常心)과 부동심(不動心)을 가질 수 있는 진정한 구도자가 되기 바랍니다.

1. 이향애 정형외과에 뼈 교정하러 다니는 기간만 끝나면 달리기를 해도 괜찮습니다.
2. 직접 누워서 축기를 해 보면 알 수 있습니다. 축기가 되면 되는 것이고 안 되면 안 되는 것입니다. 만약에 축기가 된다면 누워서 축기를 해도 좋습니다.

누진통까지 열린 것 같습니다

삼공 선생님께

이제 장마도 거의 끝나가고 무더위가 시작되는데 건강하신지요. 요즘도 사람들은 끊이지 않고 계속 옵니다. 사람들이 동네 어귀만 들어오면 빙의가 쏟아져 들어오는데 나를 찾아오는 사람들은 없고 그냥 등산하거나 동네 정자에 있다가 가곤 합니다.

그래서 수련을 좀 줄였습니다. 수련에 정성을 기울일수록 사람들은 더욱 몰려오고 빙의도 너무 심해져서 수련을 줄였습니다. 그리고 밖에 나가면 사람들이 너무 달려들어서 이렇게 그냥 계속 수련에만 집중해야 할지 아니면 수련원을 차려서 아예 지도를 하는 게 나을까 하는 생각도 해봅니다.

대행 스님의 『한마음 요전』을 읽고 천이통, 천안통, 신족통, 숙명통, 누진통까지는 열린 것 같습니다. 지수화풍(地水火風)의 사대를 돌리는 작용이 나타납니다. 단전에 밝은 자성의 광명이 보이고, 중단전에는 황금색 연꽃이 피어 있고 그 가운데 내 모습 같기도 하고 부처님 모습 같기도 한 사람이 앉아서 합장하고 있는 모습이 보입니다.

그리고 중단전에서 대자대비한 마음이 되고 황금색 입자가 진동하면서 세상이 다 입자로 되어 버리고 우주에 한 생각도 없다는 생각이 듭니다. 상단전에서는 좌뇌와 우뇌 사이에 밝은 빛 덩어리가 빛나면서 발광하고 있습니다. 그리고 상단전에 황금색 고리가 나타나 있습니다.

제 수련의 경계 일체가 하나로 돌아가는 이치는 알겠는데 아직은 일체를 하나로 나투는 원리는 미진한 것 같습니다. 아직은 많은 생각을 더 많이 해봐야 할 것 같다는 생각이 듭니다.

광주에서 제자 상공 올림

【필자의 회답】

대행 스님의 『한마음 요전』을 읽고 천이통, 천안통, 신족통, 숙명통, 누진통까지는 열린 것 같다고 했습니다. 타심통만 빠졌군요. 누진통까지 열렸다면 탐진치(貪瞋痴)와 오욕칠정(五慾七情)에서 완전히 벗어나 석가모니처럼 천상천하유아독존(天上天下唯我獨尊) 삼세개고오당안지(三世皆苦吾當安之)하는 대각을 성취했다는 말이 됩니다.

과연 그렇다면 상공은 무슨 일이든지 스스로 판단해서 할 수 있으니까 나에게 이런 메일을 보내지도 않았을 것입니다. 나 역시 나 스스로 아직도 대각을 했다고 자부할 수 없기 때문입니다.

상공은 아무래도 내가 보기에는 매사에 지나치게 오버하는 것 같습니다. 좀더 자중하시기 바랍니다. 그리고 무슨 일이든지 신중하고 확실히 맺고 끊는 습관을 들여야 할 것입니다.

일전에 상공은 나에게 생식을 세 통 보내달라는 메일을 보냈습니다. 나는 생식대금과 배달료로 15만 5천 원을 먼저 보내라고 회답을 보냈건만 아직 아무런 소식이 없습니다. 생식을 구하려다가 사정상 취소하겠다고 분명히 밝혔어야 합니다.

하나를 보면 열을 알랬다고 매사에 이런 식으로 흐리멍덩하게 나오면 누가 상공을 믿음직한 사람으로 보겠습니까? 단전이 허하여 기가 뜨면 그런 수가 있습니다. 부디 염념불망의수단전(念念不忘意守丹田)하여 추호라도 들뜨는 일이 없어야 할 것입니다.

물론 이규연 씨는 내 말을 듣고 절대로 그렇지 않다고 펄쩍 뛰겠죠. 과연 그럴까요? 냉정하게 자기 자신을 객관화하여 자아 성찰을 하는 사람은 남이 좀 억울하다고 생각되는 판단을 해도 조금도 섭섭해하기는커녕 도리어 고마워할 것입니다. 왜냐하면 자기 자신이 보지 못하는 약점을 일깨워 주기 때문입니다.

다가오는 빙의 때문에

삼공 선생님께

선생님 제가 좀 경솔했던 것 같습니다. 제가 좀 그런 면이 있는 것 같습니다. 항상 저의 약점을 일깨워 주시는 스승님께 감사할 따름입니다. 선생님의 메일을 읽는 순간 엄청난 기운이 공명을 일으키면서 세 개의 단전이 동시에 달아오르면서 요동칩니다.

대행 스님의 『한마음 요전』을 읽고 잠시 육신통의 세계를 경험했을 뿐 어떻게 완성을 했다고 할 수 있겠습니까? 이제 시작이라고 생각하고 있습니다. 단지 제가 선생님께 메일을 드린 건 사람들이 너무 모여드니까 밖에 나가면 불편하고 너무 많이 알려져 버린 것 같습니다. 어떤 식으로든 다른 방법을 찾아야겠다는 생각을 하던 차에 선생님께 문의드린 겁니다. 물론 그 해답도 저 스스로 찾아야 한다는 것도 압니다.

생식에 관한 건 선생님 메일이 오지 않았습니다. 아무래도 선생님이 보낸 메일이 중간 서버에서 잘못돼서 전달되지 않은 것 같습니다. 지금도 항상 자성에서 떠나지 않으려고 염념불망의수단전(念念不忘意守丹田)하고 있습니다. 의수단전을 하지 않으면 시시각각으로 다가오는 빙의 때문에 중단이 답답하고 불편해서 자동으로 의수단전하게 되는 것 같습니다. 그리고 언제나 자중자애하겠습니다.

광주에서 제자 상공 올림

【필자의 회답】

누구로부터 자신의 결점을 지적받았으면 내가 이런 결점이 있구나 하고 생각하는 것만으로 끝낸다면 아무 의미가 없습니다. 그럼 어떻게 해야 할 것인가? 그 즉시 무슨 일이 있든지 그것을 반성하고 고쳐서 다시는 똑같은 잘못을 되풀이하지 말아야 합니다.

그래야 지적해 준 사람도 보람을 느끼게 될 것입니다. 그러나 그것이 이행되지 않고 습관적으로 되풀이되고 있으니 문제입니다. 변모된 모습을 반드시 보여 주어야 합니다. 그렇지 않으면 어떠한 인간관계든지 오래 지속될 수 없습니다.

그리고 무슨 일을 일단 제기했으면 반드시 결말을 지어야 합니다. 실례를 들어 상공이 나에게 생식을 세 통 보내 달라고 나에게 메일을 보냈습니다. 나는 대금을 먼저 보내라고 메일을 보냈는데 그것이 중간에 증발해 버렸다는 것을 알게 되었습니다. 그렇다면 어떻게 해야 되겠습니까? 지금이라도 대금을 보내겠다든지 아니면 마음이 바뀌어 생식을 할 필요가 없어졌으니 없었던 일로 하자든지 일단 매듭을 지어야 합니다.

그런데 이번에도 상공은 아무런 말이 없습니다. 이처럼 무슨 일이든지 맺고 끊는 데가 없고 늘 흐리멍덩한 채로 끝내 버리면 상대방으로부터 인간적으로 불신을 당하게 된다는 것을 알아야 합니다. 무슨 일이든지 크게 성공할 사람은 작은 일에서부터 실수가 있어서는 안 됩니다.

작은 일을 소홀히 하는 사람은 반드시 큰일도 성취하지 못합니다. 거대한 제방도 하찮은 개미굴에서부터 무너지기 시작합니다. 작고 작은 빈틈이 큰일을 망칩니다. 사업도 그렇고 수련도 마찬가지입니다. 이순신이 수적으로 막강한 왜군과 싸워 23전 23승 할 수 있었던 것은 작은 빈틈도 허용하지 않았기 때문이었습니다. 매사에 이러한 빈틈없고 야무진 자세로 임한다면 지금 상공이 처한 어떠한 난관이라도 능히 뚫고 나갈 수 있을 것입니다.

시작한 일에 물러서지 않습니다

스승님의 지적에 감사드립니다. 제가 신중하지 못했구나 생각하고 있었습니다. 생식 문제를 어떻게든 결정지었어야 하는데 하는 생각이 메일 보낸 후에 들었습니다. 스승님이 이 이야기를 하실 것 같다는 예상은 했

103

었습니다. 생식은 육기로 3통 보내 주십시오.

저는 시작한 일에 물러서지 않는 성격입니다. 전장에 나간 장수는 물러섬이 없어야 하는 것처럼 아직까지 물러섬은 없었다고 생각합니다. 어떤 일에든 너무 그래서 몸이 상하기도 하였지만요. 흐리멍덩한 성격은 아니라고 생각합니다.

일이란 혼자 하는 것도 아니고 여러 사람들이 같이하기 때문에 자의든 타의든 많은 오류가 발생한다고 생각합니다. 사회생활이나 직장생활을 하면서 항상 느끼는 거지만 그 많은 오류가 발생한다고 생각합니다. 거기에 집착해 버리면 작은 일을 이루려다가 큰 것을 잃어버리는 수가 있다고 생각합니다.

그러기에 그 문제가 돌출되어 나오면 그때그때 시정하면 된다고 생각합니다. 세상이 나 혼자 돌아가는 것이 아니고, 여러 사람이 같이 더불어 살아가기 때문에 그 문제를 인식했을 때 그때 같이 풀어 가면 된다고 생각합니다.

다른 사람들이 문제 인식도 안 되는데 혼자 전전긍긍한다고 풀리지 않기 때문이죠. 사람들이 다 부처님 같은 마음이라면 모를까 문제는 문제가 돌출되어 나왔을 때 풀면 된다고 생각합니다.

광주에서 제자 상공 올림

【필자의 회답】

과연 상공이 시작한 일에 물러서지 않는지, 문제가 돌출되었을 때 지체 없이 깔끔하게 해결하는지, 정말 매사에 흐리멍덩하게 하지 않고 야무지게 일 처리를 하는지 지켜볼 것입니다.

이에 대한 평가는 상공을 상대해 본 남들이 하는 것이지 상공 자신이 하는 것은 아닙니다. 그리하여 내 입으로부터라도 그리고 누구에게든지 상공은 틀림없이 믿을 만한 사람이고 빈틈없는 사람이라는 평판이 나오게 되기를 진심으로 바랍니다.

축기가 되고 있는지요?

선생님 안녕하세요? 보내 주신 생식 잘 받았습니다. 항상 느끼는 거지만 포장하기 애매하실 텐데 깔끔하게 잘되어 있네요.

얼마 전에 몸살림 운동에서 손으로 누워서 공명 틔우는 방법을 알게 되었습니다. 양손 끝을 모아서 숨을 들이쉬었다가 내쉬면서 치골에서 배꼽 사이에 일자로 갈라지는 부분을 손끝으로 깊이 눌러 위로 올리는 식이거든요. 공명이 많이 막히면 심하게 아프다고 하는데 제가 그렇습니다.

한 번에 안 되어도 꾸준히 하면 공명이 틔워진다고 합니다. 그걸 하고 호흡을 하니까 단전에 열기가 느껴지고 인당과 백회, 발바닥, 손바닥에도 이상한 느낌이 듭니다.

그런데 가만히 생각해 보면 지금도 그렇지만 선생님께 생식 주문할 때와 일치합니다. 예전에도 생식 주문할 때마다 단전에 열감 같은 게 느껴지기도 했었습니다. 물론 시간이 지나면 아무런 느낌도 없지만요. 계속해서 관찰을 해 봐야겠습니다.

그리고 궁금한 게 있습니다. 제가 선생님께 처음 메일 드린 지도 약 1년이 가까워 오는데 그동안 축기가 1%라도 되었는지 궁금합니다. 워낙에 둔하다 보니 되는지 안 되는지도 모르고 그냥 하고 있는데, 선생님 말씀처럼 시공을 초월하는 것이 기인데 멀리 계셔도 제가 축기가 되고 있는지 알려 주실 수도 있으신지요?

안녕히 계십시오.

진해에서 유인섭 드림

【필자의 회답】

유인섭 씨는 2006년 8월 16일에 처음 삼공재에 오지도 않고 순전히 인터넷으로 오행생식을 처방받기 시작했습니다. 그동안 생식은 아홉 번 구입했지만 모두가 우송을 통해서였습니다. 그동안 메일 교신을 통해서 알 수 있었던 것은 유인섭 씨는 대단히 기감이 예민하다는 것입니다.

만약에 한동안 삼공재에 다니면서 수련을 하다가 부득이한 사정으로 이메일 교신만으로 미국에서의 차주영 씨처럼 수련을 했다면 큰 진전을 보았을지도 모릅니다. 그러나 처음부터 순전히 나오는 서로 얼굴도 목소리도 모르면서 원격 수련을 하겠다는 것은 너무나 안이한 태도라고 생각됩니다.

뜻이 있으면 길이 열린다고 했습니다. 그리고 뜻이 있으면 천리가 지척이라는 말도 있습니다. 미국에서도 나에게 와서 수련을 하려고 고시원에 머물면서 한 달 동안씩 휴가를 내는 사람이 있습니다.

물론 한 번 서울에 오려면 적지 않은 비용과 시간이 드는 것은 사실입니다. 제주도와 부산에서도 많은 수련자들이 한 달에 한두 번씩 꼭꼭 삼공재에 와서 수련을 하는 것에 대면 유인섭 씨는 너무나 쉽게 수련을 하려는 것 같습니다.

지금과 같은 태도를 고치지 않는 한 수련에 획기적인 진전을 이루기는 어려울 것입니다. 우선 서울의 삼공재에 가서 수련을 해야 하겠다는 확고한 결심을 하고 나면 모든 주변 여건들이 그렇게 되도록 도와줄 것입니다. 마음을 어떻게 먹느냐가 가장 중요합니다. 수련과 같은 좋은 일을 하려는 사람은 하늘도 사람도 도와줄 것입니다.

제가 소심했나봅니다

선생님 메일 잘 받았습니다. 언젠가 선생님께서 이렇게 말씀하실 거라 생각을 했지만 막상 듣고 보니 쥐구멍에라도 들어가고 싶습니다. 뭔가를 성취하겠다는 열정이 부족하다는 것을 제 스스로도 알고 있습니다. 마음만 있다면 시간과 거리가 무슨 상관이겠습니까?

제 자존심이겠지만 수련은 결국에는 혼자 해야 하는 것이라고 생각했고, 도움을 받을 일이 있다면 최소한으로 해야 한다는 주의였습니다. 그리고 도움을 받기 전에 기본은 되어 있어야 한다고 생각했습니다. 적어도 기운도 느낄 수 있어야 하고, 한 시간 정도는 앉아 있을 수 있는 상태를 만든 후 뵙고 싶었습니다. 그러나 선생님 말씀 듣고 보니 저의 소심함이 적나라하게 드러나는군요. 그리고 기회는 항상 주어지는 것이 아니라는 것도 느끼게 되었습니다.

말씀 중에 원격 수련이라는 것은 사실 인정하고 싶지 않습니다. 정말 그럴 생각이었다면 많은 말들이 오갔을 것입니다. 축기가 되고 있는지에 대한 질문으로 앞으로도 일어날 일에 대한 경종으로 말씀하셨다면 이해를 하겠습니다. 현재의 저의 일차적인 목적은 축기입니다. 기운을 못 느껴도 축기만 되고 있다는 확신만 들면 계속 밀어붙일 것입니다.

그러나 이런 저의 사견에도 불구하고 선생님의 말씀은 지당하십니다. 받아들이기 힘든, 기감이 예민하다는 선생님 말씀에 대한 이유는 찾아뵙고 여쭙겠습니다. 따끔한 질책 감사합니다. 무더위 잘 보내시기 바랍니다.

진해에서 유인섭 드림

【필자의 회답】

유인섭 씨는 기운을 느끼고 있고 축기도 조금씩 되고 있습니다. 만약에 그렇지 않다면 내가 지난번 것과 같은 메일을 보내지도 않았을 겁니다. 유인섭 씨에게 절실히 필요한 것은 수련에 대한 열정과 정성입니다.

지금과 같은 소극적이고 안이한 태도로는 큰 발전을 기대할 수 없습니다. 지성이면 감천이라고 했습니다. 지극한 정성이 없는 사람에겐 하늘도 사람도 관심을 기울이지 않는 법입니다.

제 자신을 돌아보게 되었습니다

선생님 안녕하세요. 목요일 귀한 시간 내주셔서 감사합니다. 덕분에 집에 무사히 돌아왔습니다. 오늘 출근해서 일하면서 혼란스러웠던 마음을 정리를 했습니다. 기대가 컸던 만큼 실망을 많이 한 것이 원인이었습니다.

기대라는 게 선생님 뵙고 이것이 기라는 것이구나라고 느끼는 것이었습니다. 하지만 반가부좌에서 제대로 호흡이 안 되는 상태로 제가 너무 큰 것을 바랐나 봅니다. 땀 많이 흘리는 체질에 더운 날씨와 긴장이 겹쳐 땀은 비 오듯 흘러내리고, 차 타고 오는 동안 내내 아프던 오른쪽 고관절이 앉자마자 통증이 시작되었습니다. 1시간을 어떻게 그렇게 있었는지 모르겠습니다. 드러눕고 싶었습니다. 사실 그런 상황에서 기운이 제대로 느껴질 리가 있겠습니까?

서울 도심 속 빌딩들이 도로로 넘어질 것 같은 느낌이었지만 빌딩은 그대로 있었습니다. 세상은 그렇게 문제없이 흘러가고 있는데 제 몸이, 제 자신이 문제였습니다. 『선도체험기』에 저의 글이 그대로 올라와 있는 것을 봤을 때 선생님의 공평성과 객관성은 확인되었습니다. 이번 방문은 있는 그대로의 제 자신을 볼 수 있는 계기가 되었습니다. 다시 한번 감사드립니다.

진해에서 유인섭 드림

추신 : 선생님, 제가 느끼는 것이 기운이 맞는지에 대해서 저의 말만 듣고 말씀하신 것인지요, 아니면 선생님의 탁월한 기감으로 말씀하신 것인지요?

【필자의 회답】

어렵게 삼공재에 왔건만 하필이면 무더운 삼복더위 속이었고 생소한 환경에서 오는 긴장과 반가부좌 상태에서의 수련이 익숙지 않아서, 이번에는 유인섭 씨가 수련 효과를 전연 거두지 못한 것 같습니다.

누구든지 한 분야에 10년 이상 종사하면 어지간히 도가 트게 되어 있습니다. 은행 출납원으로 10년 정도 일한 은행원쯤 되면 짚이는 대로 화폐를 손에 잡아도 그것이 몇 장인가 하는 것을 직감으로 알아맞춥니다.

나 역시 수련생들을 17년 동안이나 거의 매일같이 대하다 보니 어지간히 물리가 터서 몇 마디 대화를 나누어 보면 곧 수련 정도를 알아맞출 수 있고 무엇이 문제인지도 알아낼 수 있습니다. 유인섭 씨는 이번 실패로 좌절하지 말고 꾸준히 수련을 해 나간다면 미구에 반드시 성취가 있을 것입니다.

몸을 관통하는 감전 현상

그날은 너무 더웠던 것 같아요. 한참 동안 햇빛에 몸을 맡긴 채 주위를 헤매느라 땀은 비 오듯 하고, 처음 뵙는 선생님에 대한 작은 두려움에 살짝 긴장마저 한 터라 저는 가슴이 떨렸습니다. 선생님을 뵙게 되면 어떨까? 무슨 말로 선생님과의 대화를 풀어 갈까? 길을 향하며 여러 가지 생각이 많았답니다.

선생님께선, 감히 첫인상을 말씀드리자면, 눈빛이 온화한 평범한 할아버지셨어요. 남편을 통해 선생님의 존함을 들은 지 오래되어서였는지, 선생님이 그리 낯설지는 않았답니다. 많은 것을 묻고 또한 명쾌한 답을 얻고 오리라는 기대를 가슴에 잔뜩 품은 채 선생님을 뵈었다가, 한 시간 동안 단전호흡만 하고 내려온 것이 못내 서운함으로 남습니다.

저는 사실 끌려온 것이나 다름없어서 괜찮았지만, 인생의 가장 중요한 순간을 맞으러 간다고 말한 남편은 조금 허탈했을 것 같아 마음이 쓰였습니다. 오늘 보니 나름대로 잘 극복하고 열심히 수련하고 있네요.

선생님을 뵙고 단전호흡을 했을 때 저에겐 조금 이상한 일이 있었어요. 제 생에 그토록 열심히 단전호흡을 한 적은 아마 없을 거예요. 자리를 잡고 앉아 호흡을 하며, 얼마나 염념불망의수단전을 외워댔던지... 평상시 5분을 못 넘기는 제가 약 한 시간가량을 그러고 있었다는 게 제 스스로도 신기합니다.

호흡 중에 온몸은 더위에 땀이 솟는데 잠시 바람이 부는 듯 단전이 시원해지는 걸 느꼈고요, 또 한 가지 이상한 경험을 했습니다. 자꾸 찌릿찌릿 전기가 오는 거예요. 저는 몸이 곤해서 제가 졸다가 깨는 줄 알고 몇 번이나 정신을 다잡았지요.

근데 계속 찌릿하며 아주 가벼운 감전이 이는 듯 온몸에 전기가 순간 순간 퍼지기를 계속 반복하길래, 눈을 번쩍 뜨고 정신을 차리려 했답니다. 눈을 뜨면서 느낀 것은 제가 전혀 졸리지 않다는 것이었어요.

분명히 내가 정신을 차렸다고 내 스스로 확인하면서 다시 눈을 감는데, 이내 좀 전의 전기가 또 몸을 스치는 걸 느꼈습니다. 분명 졸리지는 않은데 꼭 졸다가 놀라 깼을 때의 순간이 반복되는 것처럼 그런 작은 쇼크 같은 감전이 꽤나 오래 제게 지속되었습니다. 그중 몇 번은 그 전기 같은 느낌이 몸을 관통하는 듯해서 깜짝 놀라 움찔하며 몸이 뒤로 젖혀지기도 했습니다.

한 시간이 흐를 때쯤 몸은 찜질방에 앉은 듯 땀줄기를 쏟아내고, 유난히 약한 오른쪽 어깨와 목은 아프다고 비명을 질러대고 제 마음 또한 혼미한 채 여러 곳을 방황 중이었습니다. 제겐 그 한 시간이 한계였나 봅니다. 부끄러운 말씀이지만 계속 호흡하기엔 너무 지쳐 있었어요.

선생님께서 제게 무슨 느낌이 없었냐고 물으셨던 거 기억하시나요? 저는 제가 졸린 것을 분명 착각하는 거라고, 나보다 열심인 남편도 아무 느낌이 없었는데 내겐 더더욱 그럴 일이 있을 수 없다고 생각했기에 아무 말씀을 안 드렸었어요. 하지만 선생님께서 물으셨기에 행여나 하는 마음으로 늦게나마 말씀드립니다.

선생님께서 저의 느낌에 대해 좀더 자세히 알려 주시리라 믿어요. 준비가 채 되지도 못한 저희들에게 내어 주신 소중한 시간에 감사드려요. 다음에 찾아뵐 때는 더 좋은 모습으로 뵙도록 하겠습니다. 그리고 채 여쭙지 못한 말들도 다시 잔뜩 싸 들고 올라가겠습니다.

여전히 뜨겁네요. 여유 있는 건강한 여름 보내시길 바랍니다. 감사합니다.

진해에서 박수연 올림

【필자의 회답】

유인섭 씨에게서 일어나기를 바랐던 현상이 박수연 씨에게서 먼저 일어났습니다. 축하할 일입니다. 단전이 시원한 느낌, 몸을 관통하는 찌릿한 감전 현상이 바로 기를 느낀 겁니다. 부부가 수련을 할 경우 흔히 초기에는 남자보다 여자가 수련 속도가 빠릅니다. 일단 기문이 열리기 시작했으니 승기(勝機)를 놓치지 말고 계속 정진하기 바랍니다.

『선도체험기』에 푹 빠져

삼공선생님께

안녕하십니까? 안양의 유관호입니다. 일주일 전 삼공재 수련하고『선도체험기』86, 87권을 사 와서 읽고 있습니다. 머리가 지끈지끈해서 책 읽는 것은 전혀 취미가 없었던 제가, 근 1년 동안『선도체험기』에 푹 빠져 이젠 87권째를 붙들고 있으니 참 묘하고도 신기할 따름입니다.

영광스럽게도 86, 87권에는 제 사연이 소개가 되어 있었습니다. 수련 지도해 주시는 것도 감사한데, 제 이야기까지 책에 실어 주시니 망극할 따름입니다. 아무쪼록『선도체험기』독자에게 조금이나마 도움이 되었으면 하는 바램입니다.

지난 1년간 삼공재를 들락날락하면서 선도에 관한 많은 것을 보고 듣고 경험한 것 같습니다. 삶의 실상이 무엇인지 알아 버렸다고 할까요! 앞으로는 부단한 노력만이 남아 있지 않나 싶습니다. 종종 삼공재에서 현묘지도 수련하시는 선배 도우를 뵙니다. 전 아직도 열심히 축기 중인데 언제 저분들처럼 실력이 향상될까? 그동안 좀더 집중하지 못한 것에 대한 후회도 들곤 합니다.

잘 아시다시피 빙의로 고전을 하고 있습니다. 안타깝지만 아직은 임독과 백회에선 소식이 없습니다. 요즘은 빙의령을 관하면서 마음속으로 '심기혈정(心氣血精)'을 되뇌입니다. 저한테는 이 네 글자가 효과가 있는 듯합니다. 일종의 주문수련으로 보여 망설여지지만 좋은 방편 같아 당분간 계속할까 합니다.

빙의령이 나갈 때 얼마 동안 머리통이 강하게 뿌하면서 저리는 느낌이 드는 것은 예나 지금이나 변함이 없습니다. 뭔가가 툭툭 터지면서 얼굴 등이 종종 따끔따끔할 때도 있는데, 이 느낌도 빙의와 관련이 있는 듯싶습니다.

지난번 삼공재 방문 시에는 빙의령이 양 인영맥 쪽을 안에서 밖으로 부풀리는 통에 목이 뿌해서 꽤 거북스러웠습니다. 선생님께서도 불편하셨으리라 생각됩니다. 항상 제가 의문을 갖고 있는 것이 있습니다. 삼공재에서 빙의령이 천도될 때 저와 선생님이 동시에 반응이 일어나는 이유는 무엇입니까? 공감대 때문입니까?

몇 달 전부터 생식을 먹을 때 청국장 가루를 반 숟갈씩 타서 먹습니다. 가늘고 묽던 변이 굵고 딱딱하게 잘 나옵니다. 가늘고 묽은 변으로 고생하시는 도우분들께 추천합니다.

집사람이 요즘은 마음공부를 조금씩 하고 있습니다. 유산 후 철이 들어가나 봅니다. 시부모, 올케와의 불편했던 관계도 조금씩 풀려 가고 있습니다. 용서하는 마음과 화를 참는 마음을 그녀가 배워 가고 있는 걸까요?

최근에 선도 보급을 위해 정력적으로 노력하시는 선생님의 모습이 너무나 보기 좋습니다. 저도 부지런히 수련하겠습니다. 여름이 막바지 기승을 부립니다. 다음에 찾아뵐 때까지 강건하십시오.

안양 유관호 드림

【필자의 회답】

삼공재에서 빙의령이 천도될 때 유관호 씨와 내가 동시에 반응을 일으키는 것은 무엇 때문일까요? 빙의된 사람이 그보다 기운이 강한 사람 앞에 앉아 있을 때는 빙의령이 강한 사람 쪽으로 끌려가게 되어 있습니다. 물이 높은 데서 낮은 데로 흐르듯. 기운과 빙의령은 약한 쪽에서 강한 쪽으로 끌리게 되어 있습니다.

그런데 이 경우 빙의령은 양쪽 사이에 걸쳐 있게 마련입니다. 어떤 사람이 구루마에 짐을 싣고 언덕길을 힘겹게 끌고 올라갈 때 뒤에서 힘센 사람이 밀어 주는 것과 같은 효과가 일어난다고 보면 됩니다.

만약에 구루마를 끌고 가는 사람이 도움이 필요 없을 만큼 힘이 세다면 누가 뒤에서 밀어주지 않아도 혼자서 얼마든지 손쉽게 끌고 올라갈 수 있을 것입니다. 나는 유관호 씨가 가까운 장래에 남의 도움이 필요 없을 정도로 기운이 강해지리라고 봅니다. 그러자면 부지런히 내실을 다져야 할 것입니다. 수련의 단계가 높아질수록 빙의령 천도도 수월해질 것입니다.

단전의 이물감(異物感)

안녕하십니까? 안양의 유관호입니다. 어제 수련받고, 『단군』 3, 4권을

117

구입했습니다. 기쁘게도 지난 8월 말경 드디어 하단전에 이물감이 들기 시작했습니다. 9월 5일 삼공재를 방문해서 이물감이 느껴지는 현상을 말씀드렸습니다.

선생님께서는 좋은 현상이고, 앞으로 수련이 잘될 거라고 격려도 해 주셨습니다. 그 후 집에서 수련 중에 임맥에서 물방울이 하단전 쪽으로 또르륵 굴러 내려가는 느낌을 몇 번 경험했습니다. 아직은 미약한 것 같아서 어제 선생님께는 말씀드리지 않았습니다.

이물감이 느껴진 이후, 반가부좌를 하면 하단전에 자연적으로 의식이 향하고 있습니다. 엉덩이와 양발 쪽으로도 뜨거운 기운이 자주 흘러내립니다. 힘든 일을 하거나 등산을 해도 바로바로 하단전 쪽으로 기운이 보충이 되는 듯한 느낌이며, 또한 몸에 기운이 퍼질 때도 그곳이 중심이 돼서 진행이 되어 가는 기분이 듭니다.

금상첨화 격으로 이제는 백회가 열릴 때가 된 것 같다고 알려 주셨습니다. 한소식하려면 기쁨도 슬픔도 떨쳐 버려야 하지만, 지금 이 순간만큼은 정말로 기쁩니다. 어깨춤이라도 덩실덩실 추고 싶습니다. 지난 1년 동안 빙의로 고전하면서 얻은 수확이라서 더욱더 그런 것 같습니다. 선생님께 진심으로 깊은 감사를 드립니다.

아울러 중요한 때니 더욱더 몸을 삼가야겠습니다. 좋은 일이 있으면 안 좋은 일이 있게 마련인가 봅니다. 선생님께서 ○○○로부터 상당한 금액의 손해배상 소송을 당하셨다는 사실을 어제 알았습니다. 허나, 다행히도 객관적으로 타당한 반박 자료를 잘 준비하셨기 때문에 거의 99.99퍼센트 승소하실 거라 믿고 있습니다.

완연한 가을이고, 며칠 후면 추석입니다. 송사는 잠시 잊으시고 명절 잘 보내시기 바랍니다. 그럼 다음에 찾아뵐 때까지 강건하십시오.

안양 유관호 드림

【필자의 회답】

축하할 일입니다. 그러나 이때 특히 몸조심해야 되는데 신혼 중인 유관호 씨라 걱정이 됩니다. 이런 때는 가능하면 합방을 피해야 합니다. 부득이한 경우 사정(射精)을 안 하도록 해야 할 것입니다. 부인도 수련을 하는 분이니 잘 협조하리라 생각됩니다.

행주좌와어묵동정(行住坐臥語黙動靜) 염념불망의수단전(念念不忘意守丹田)해야 하고 물동이를 이고 가는 아낙네처럼 백회가 열릴 때까지 매사에 조심 또 조심해야 할 것입니다.

그리고 송사란 아무리 반박 자료를 잘 준비했다고 해도 반드시 승소한다는 보장은 없습니다. 진인사대천명(盡人事待天命)입니다. 오직 최선을 다해 대처할 뿐 이기고 지는 것은 그때그때의 여건에 달려 있으니 지켜보시기 바랍니다. 구도자에게 중요한 것은 지든 이기든 간에 마음이 흔들리지 않는 것입니다.

머리에 구멍이 난 것 같습니다

삼공 선생님께

안녕하십니까? 안양의 유관호입니다. 며칠 전 삼공재 방문하고 수련받고 생식을 타 왔습니다. 저번 방문 후에 몸공부를 조금 더 늘려서 약간 피곤하지만, 그래서인지 머리통 위가 스멀스멀하고 조그만 구멍이 나 있는 것 같습니다. 빙의가 됐을 때와는 약간의 차이가 있는 것 같지만, 잘 구별은 가지 않습니다. 다만, 호흡하면 얼마 후 찬바람이 솔솔 머리통으로 불어올 뿐 그 기운이 머리통 안으로는 들어오지 않는 것 같습니다. 열심히 하고 있으니 언젠가는 열리리라 믿고 있습니다.

아내는 맨날 제 옆에 붙어 있으려고만 하고, 수련시키면 와공 쪼금 하다가 안 보면 또 안 하고, 책도 매일 읽는다 읽는다 앵무새마냥 지껄이지만, 달랑 한 권 갖다 놓고 한 달 동안 고사만 지냅니다.

체형도 저보다 좋고 몸도 부드럽고, 기문도 약간 열려 있는 것 같고 맘먹고 하기만 하면 저보다도 훨씬 빨리 실력이 늘 것도 같은데 자발적으로 하려고 안 하니 영 꽝입니다. 제가 수련하는 걸 반대 안 하니 그걸로 현재는 위안을 삼아야 할 것 같습니다.

삼공재 방문하기 바로 전날 단전호흡한 후에 두 눈이 심하게 충혈되고 전에 없이 강하게 빙의가 된 것 같습니다. 지금도 눈이 뻑뻑하고 제 목을 옥조이고 있습니다만 혹 어떤 분인지 여쭈어봐도 되겠습니까?

제가 빙의령 없이 삼공재를 방문한 적이 한 번이라도 있었는지 궁금합니다. 언제나 되어야 홀가분하게 삼공재를 방문할 수 있을까요? 제 기공부는 잘되어 가는 건지요? 제가 지금 소주천 수련 중이라고 생각하는

데 맞는 것입니까?

사실 요즘 제가 잇따르는 빙의로 약간 침체기인가 봅니다. 두서없이 넋두리만 선생님께 늘어놓았습니다. 귀중한 시간을 빼앗은 것 같아 죄송합니다. 한눈팔지 말고 열심히 수련하겠습니다. 이젠 제법 날이 쌀쌀합니다. 다음에 찾아뵐 때까지 강건하십시오.

안양 유관호 드림

【필자의 회답】

기 수련이 잘되고 있습니다. 이제 조금만 더 나아가면 백회가 열릴 것 같습니다. 지금은 유관호 씨 자신의 수련에 더 집중하시기 바랍니다. 소주천 수련이 진행 중입니다. 부인의 수련은 대주천 수련이 된 후에 독려해도 늦지 않을 것입니다.

자기 자신에게 어떤 영가가 빙의되었는지는 조금 더 수련이 진행되면 스스로 알게 될 것입니다. 남의 말을 듣기보다는 자기 스스로 알아내는 것이 공부에 훨씬 더 큰 보탬이 될 것입니다. 그때까지 느긋하게 기다려야 할 것입니다.

임신이라는 상황

선생님, 그간 평안하셨는지요? 부산에 살고 있는 박순미입니다. 저번 달 삼공재에 다녀간 이후로 오래간만에 메일을 드립니다. 『선도체험기』를 읽고 심신이 변한 이후로 저에게 닥친 환난을 이리저리 극복해 나가면서, 모든 상황들은 저에게 끊임없이 강해지고 흔들림이 없기를 종용하고 있는 것만 같습니다.

이제 모든 상황의 원인을 내 탓으로 돌리고 수련에 매진하려고 하던 찰나 임신이라는 상황이 저의 덜미를 잡는 듯했습니다. 이제 뭔가 수련이 가닥을 잡아가는 찰나 임신이라니... 제가 셋째를 낳아야겠다고 결심하고 당연히 제가 거쳐야 할 제 인과임을 알기까지는 선생님 가르침의 커다란 울림이 있었기 때문입니다.

저번에 삼공재에서 태아령이 천도되었을 때는 정말 말로 표현할 수 없는 미어지는 감정을 느꼈습니다. 물론 자식을 낳아 키우는 것이 쉬운 일이 아니겠지만 그전처럼 경제적인 이유로 저에게 또다시 이어진 인연의 고리를 끊는 어리석음을 범하지 않겠다고 다짐했습니다.

지금은 도리어 마음이 편합니다. 그전에 제가 저질렀던 어리석음들을 다시 반복하지 않아서 다행이라고 생각합니다. 좀더 일찍 깨달았으면 또 다른 업을 짓지 않았을 걸 하는 후회가 드는 것도 사실입니다.

제가 수형이라서 그런지 몰라도 한곳에 무언가를 집중하려면 반드시 무언가 끼어드는 다른 주제들이 늘 제 인생의 패러다임 같다는 느낌이 들곤 합니다. 이러한 상황들을 슬기롭게 극복하는 것이 수련이겠지요. 저는 임신 상태지만 수련의 고삐를 놓지 않으렵니다. 몸 풀 때까지 계속 삼공재에 찾아가서 선생님의 가르침을 받고 싶습니다.

물론 선생님께서는 임신 상태에 있는 수련생들을 지도해 본 적이 없다고 하셨지만 제가 그 첫 번째 케이스가 되어서 심신이 안정된 상태에서 건강한 출산도 하고 싶습니다. 부디 어리석은 제자의 청을 꺾지 마시고 받아 주시면 고맙겠습니다. 선생님... 더운 날씨지만 늘 강령하시고 평안하십시오. 빠른 시일 내에 찾아뵙겠습니다.

박순미 올림

【필자의 회답】

자기 앞에 닥친 현실을 거역하지 않고 있는 그대로 받아들이고 모든 일에 순리를 따르는 한 반드시 하늘과 사람의 도움을 받을 수 있을 것입니다. 나 역시 내 힘자라는 한 박순미 씨를 도와줄 것입니다.

비워지지 않는 마음

선생님 안녕하셨는지요? 부산에 살고 있는 박순미입니다. 저번에 삼

123

공재에 다녀간 이후로 오래간만에 메일을 드립니다. 삼공재에 한 번 다녀올 때마다 항상 한 가지씩 과제를 부여받는 느낌입니다.

저번 삼공재 수련 중 목에 통증이 느껴져서 계속 관을 하자 흡사 못이 박혀 있는 것 같은 느낌이었습니다. 원래 기관지가 좋지 않은 편이라 그 부위가 약해서 그런 것이려니 생각을 하였습니다. 하지만 계속 관을 하자 못은 작은 가시 정도로 축소되더니 떠오르는 이미지가 있었습니다. 그것은 바로 소년 시절의 모습을 한 아주버님의 영상이었습니다.

전에도 저의 집안 얘기를 한 적이 있지만, 형님네와의 갈등이 원인이 되어 항상 원망스런 마음으로 편할 날이 없었습니다. 하지만 수련을 시작한 후론 원망의 감정을 완전히 떨쳐 버렸다고 생각하고 있었습니다. 그러나 곰곰이 생각해 보면 나를 위해 원망이라는 감정을 버렸을 뿐이지 형님네가 이뻐 보이는 것은 아니었습니다.

왜 하필 소년 시절의 모습을 한 아주버님의 모습이 보였을까가 화두가 되어 생각을 해 보니 제 나름의 결론은 현재의 이해관계가 아닌 인간 본연의 모습으로 형님네를 대해야 한다는 생각이 들었습니다. 그리고 수련이 진전이 되지 않는 것도 완전히 비워지지 않은 마음 때문이라는 생각이 들었습니다.

저보다 훨씬 연장자이신 선생님 앞에 이런 말씀드리면 송구하지만, 세월이 어찌나 빨리 가 버리는지 제가 셋째를 임신한 지 벌써 5개월이 넘어갑니다. 솔직히 조금 마음이 조급해지기도 합니다. 출산까지 4개월 남짓 남았는데 그사이에 제가 선생님을 뵈올 수 있는 시간도 4번 정도이고, 출산을 하고 나면 삼공재를 방문하기가 당분간 어려워질 것이기 때문입니다.

더욱 용맹정진하여 한소식하는 날이 왔으면 좋겠습니다. 내일 삼공재에 친구 신지현과 방문하려고 합니다. (현생에서는 친한 친구이지만 저에게는 전생의 친구 이상의 스승입니다. 제가 늘 방향을 잃지 않고 수련의 고삐를 늦추지 않도록 물심양면으로 도와주는 그 친구가 너무나 고맙습니다.) 내일 오후 3시경에 찾아뵙겠습니다.

【필자의 회답】

수련이 진전되지 않는 것은 비워지지 않는 마음 때문이라는 자각은 과연 수련자다운 자기 성찰의 결과입니다. 마음을 비운다는 것은 이기심에서 벗어나는 것을 말합니다. 이기심에서 벗어나 마음이 허공처럼 무한히 넓어졌을 때 우리는 자성을 보게 됩니다. 이것을 견성이라고 하죠. 계속 분발하시기 바랍니다. 8일 오후 3시에 기다리겠습니다.

전치태반(前置胎盤)

　스승님, 그간 안녕하셨습니까... 날씨가 몹시 추워졌습니다. 스승님, 사모님 모두 건강하신지요? 부산에 사는 박순미입니다. 원래는 이번 주에 삼공재에 찾아뵐 계획이었으나 몸이 여의치 않아 차일피일 미루고 있네요.

　스승님. 저는 수련이 왜 이리도 순탄치 않은지 모르겠습니다. 순탄치 않은 인생행로 중에 다행히도 삼공 스승님과 인연이 되어 수련을 할 수 있게 된 것이 불행 중 다행인지도 모르겠습니다. 저는 지금 임신 7개월째 접어들고 있는데, 며칠 전 병원에서 근심어린 말을 듣게 되었습니다. 태반이 정상적인 산모들보다 많이 밑으로 쳐져서 부득이 제왕절개를 해야 한다는 의사의 말이었습니다.

　첫째, 둘째를 자연분만으로 수월케 순산했으므로 분만에 관련해서는 별 의심 없이 안심하고 있었는데 제왕절개라니. 전치태반이라고 하여 태반이 자궁 입구 쪽을 막고 있는 경우 분만 시 과다출혈로 산모와 아기가 둘 다 위험하기 때문에 제왕절개가 불가피하다는 의사의 말이었습니다.

　불행 중 다행인지 아직 임신 수 주가 남아 있어서 그사이 간혹 태반의 위치가 올라가는 수가 있기도 하지만 저같이 태반이 많이 밑으로 쳐진 경우는 위치가 잘 변하지 않는다고 합니다. 지금껏 힘든 상황 속에서도 스승님과 주위의 도움으로 몸과 마음이 많이 변했다고 생각했는데 수술로 인해 수련을 못 하는 것은 아닌지 너무 걱정이 됩니다.

솔직히 의사로부터 제왕절개라는 단어를 들었을 때 제 뇌리를 스친 것은 전에 여러 번의 인공중절 수술로 인한 인과응보라는 생각이 들면서 삼공재에서 천도된 태아령도 생각이 났습니다. 어차피 제가 저지른 인과에 따른 결과물이라면 억울할 것도 없지만 여기서 다시 수련이 저만치 멀어지는 것이 아닌가 하는 것이 가장 큰 걱정입니다.

지난달 소주천이 되고 난 뒤부터는 빙의의 강도도 세어져서 제가 감정적으로 절제되지 않을 때 틈을 노려 어김없이 들어오곤 합니다. 몸도 점점 무거워지는 데다가 수술을 해야 할지도 모르는 불안감 때문에 빙의에 더 잘 걸려드는 것 같습니다.

힘들 때일수록 긍정의 힘을 믿어 보려고 자기 전에 자연분만으로 무사히 순산하는 장면을 열심히 그려 보고, 생식도 그전보다 더 잘 챙겨 먹고 있습니다. 솔직히 제가 지금 상황이 많이 힘이 드는가 봅니다.

셋째이다 보니 경제적인 것을 떠나서 나를 매개로 태어난 자식들을 잘 건사하자니 이러저러한 걱정들이 파도가 되어 밀려옵니다. 의사 말이 무리하게 운동하거나 힘든 일은 일체 삼가라고 하여 삼공재 방문을 당분간 미루어 놓고는 있지만, 분만하기 전에 스승님을 꼭 한 번은 뵈러 가려 합니다.

늘 그 자리(삼공재)에 계실 스승님을 떠올리면 흔들리는 마음도 중심을 잡아 편해지는 것 같습니다. 다음에 뵐 때 건강한 모습으로 씩씩하게 찾아뵙겠습니다.

박순미 올림

【필자의 회답】

구도자는 아무리 어려운 일을 당해도 불안해하거나 걱정 근심에 휘둘리지 않습니다. 왜냐하면 관(觀)을 통해서 불안, 걱정, 근심은 아무리 해 보았자 심신만 상할 뿐 보탬이 되는 것은 아무것도 없다는 것을 잘 알기 때문입니다.

단지 닥쳐온 난관을 자세히 살펴보고 침착하고 꼼꼼하게 대책을 강구하여 실천할 뿐입니다. 그리하여 사람이 할 수 있는 일은 다 해 보고 나서 그다음 일을 하늘에 맡겨 버리면 후회 없는 인생을 살 수 있을 것입니다. 진인사대천명(盡人事待天命)입니다.

그래서 구도자는 아무리 어려운 일을 당해도 그것을 항상 새로운 시험이나 수행의 과정으로 보고 바로 그 속에서 재도약의 발판을 찾아내는 것입니다. 따라서 마음먹기에 따라 난관은 수련에서 멀어지는 것이 아니라 도리어 가까워져서 수련의 단계를 높이는 계기가 될 수 있는 것입니다.

그리고 빙의는 인과 때문이지 불안 때문은 아니라는 것을 알아야 할 것입니다. 실체도 없는 불안에서 벗어나야 합니다. 불안에서 얼마나 벗어날 수 있느냐가 바로 수련의 척도입니다. 불안은 병과 걱정 근심을 키울 뿐입니다.

나는 박순미 씨가 어떠한 난관 속에서도 평상심(平常心)과 부동심(不動心)을 갖고 잘 극복해 나가기 바랍니다. 마음이 항상 평온한 사람에게는 어떠한 병고나 불행도 비켜 가게 되어 있다는 것을 알아야 할 것입니다. 왜냐하면 그에게는 남들이 말하는 불행 같은 것은 존재하지 않기 때문입니다.

다가오는 출산일

스승님 안녕하십니까? 부산에 박순미입니다. 출산일이 가까워져 가서 그런지 요 며칠 밤에 잠이 안 오는 날이 지속되네요. 오히려 그 시간이 『선도체험기』를 읽거나 풀리지 않는 일들을 관할 수 있는 계기가 되어 좋습니다.

삼공재의 첫 방문부터 지금까지 1년이 넘는 시간들을 돌아보면 제 인생에서는 큰 획을 긋는 굵직한 사건 사고가 유난히도 많았던 것 같습니다.

첫아이를 낳았을 때는 한 생명을 책임져야 하는 엄마로서의 막중한 사명감이 들었었고, 둘째 아이를 막 낳았을 때는 엄마로서 정말 똑똑하고 지혜로워야겠다는 생각이 들었습니다. 셋째 아이를 낳을 시점이 된 지금은 지혜로워지는 길을 얼마나 잘 실천해 나가느냐가 화두입니다.

천성적으로 아이를 별로 좋아하는 스타일도 아니며 유년 시절이 그닥 행복했던 기억이 없는지라, 엄마로서 아이들에게 부족함투성이인 제가 그나마 수련을 하면서 아이와의 관계에서 제 자신을 관할 수 있게 되어 너무나 다행스럽게 생각합니다.

수련의 궁극적 목적이나 인생의 목적 역시 현실에 얼마나 충실하느냐인데 지금 제게 내려진 과제는 절제와 단순한 일상 속에서 지속되는 규칙성을 갖는 것입니다. 수형이라서 그런지 사고가 굉장히 복잡하고 일 벌이기 좋아하고, 항상 일탈을 꿈꾸던 제가 수련을 하면서 어느덧 머릿속이 포맷이 되면서 입력되는 일련의 정보들의 핵심에 접근하고자 노력하게 되었습니다. 아직은 많이 미흡하지만요...

아... 스승님... 제가 세 아이의 엄마가 되는 것 또한 수련을 게을리할 수 없는 이유가 되어 버렸습니다. 유아기의 아이들에게 엄마는 하느님과 같은 존재인데, 그 하느님이 중심 없이 이리저리 흔들려서는 안 되니까요.

셋째의 출산일이 가까워지니 엄마로서의 책임감이 더욱 막중해집니다. 이번 주 수요일(9일) 스승님을 뵈러 가려 합니다. (늘 같이 동반해 주었던 친구 신지현은 이번엔 가지 않고 저 혼자 갑니다. 어차피 수련은 혼자서 가는 것인데 제가 친구에게 기대어 지금껏 너무 안일하게 지내온 것이 아닌가 하고 많이 뉘우치며 반성하고 있습니다. 그 친구의 세심한 배려와 따끔한 충고들이 너무나 고맙고 보답하는 길은 저도 열심히 수련해서 누군가에게 보탬이 되는 사람이 되는 것입니다.)

이번 주 수요일 3시에 찾아뵙겠습니다. 안녕히 계십시오.

2008년 1월 8일
박순미 올림

【필자의 회답】

인명(人命)은 재천(在天)이라고 했습니다. 사람의 목숨은 하늘에 달려 있다는 말입니다. 하늘이 박순미 씨에게 한 생명을 잉태케 했을 때는 다 그만한 준비가 있을 것입니다. 그것을 믿으면 장래에 대하여 지금부터 민감할 필요는 없습니다.

문제는 언제나 지금입니다. 지금 닥친 일을 어떻게 하면 지혜롭게 헤쳐 나가느냐에 마음을 항상 집중해야 합니다. 이것을 관이라고 합니다. 오지도 않는 미래에 대해서는 그때 가서 대처해도 절대로 늦지 않다는 여유 있는 자세로 항상 임해 주시기 바랍니다. 그런 사람에게 하늘은 늘 가호를 아끼지 않습니다.

수요일 오후 3시에 기다리겠습니다.

환희심이 솟아납니다

선생님, 사모님 그간 안녕하셨습니까? 무더위가 끝나가나 했더니 벌써 쌀쌀한 가을이 와서 논밭의 곡식들 수확이 거의 끝나가네요. 환절기에 건강 유의하시기 바라오며, 생식을 거의 다 먹어서 주문합니다. 수생식 1통, 표준생식 3통을 보내 주시면 되겠습니다. 대금은 선생님 통장으로 송금하겠습니다.

수련은 열심히 하고 있습니다. 새벽에 1시간~1시간 30분 정도 『한마음 요전』 등 마음공부를 위한 책을 읽고 있으며, 오후에는 호흡 수련을 1시간 정도 하고 있습니다. 또한 운전이나 일을 할 때에도 항상 단전에 의식을 집중하고 있습니다.

그에 따라서 양파 껍질 벗기듯 한 꺼풀 한 꺼풀 업장이 벗어지고 있는 느낌이고, 마음속에서는 기쁨과 환희심이 솟아나고 있습니다. 앞으로도 종착지에 도달할 때까지 계속 밀고 나가겠습니다.

11월 중에 꿀 채취 끝나면 시간 내서 찾아뵙도록 하겠습니다. 선생님, 사모님 안녕히 계십시오.

광주에서 양정수 올림

【필자의 회답】

1993년에 삼공재를 찾은 이래 황소처럼 우직하게 그리고 무소뿔처럼 변함없이 그 고된 수련의 길을 걸어온 끈질긴 양정수 씨의 노력에 찬사를 보냅니다. 내가 이런 말을 하는 것은 얼마 전에 황당한 일을 당했기 때문입니다.

양정수 씨와 거의 같은 시기에 백회를 연 일이 있는 현직 법관으로 있는 사람과 오래간만에 통화를 했는데, 그는 그렇게도 열심히 하던 수련을 이미 중단한 지 오래되었다고 말했습니다.

왜 수련을 그만두었느냐고 하니까 그냥 자기도 모르게 자연히 그렇게 되었다면서 수련이란 다 그런 게 아니냐는 듯한 뉘앙스를 풍겼습니다. 수련을 이런 식으로, 한때의 심심풀이 땅콩식으로 하려면 애당초 처음부터 수련을 하지 않는 편이 좋았을 것입니다.

일단 이 길에 들어선 이상 몇 생이 걸리더라도 생사대사를 기필코 성취해야 할 것입니다. 양정수 씨는 이미 그 길에 확신이 들어서 있다고 봅니다. 그 길로 계속 밀고 나가다 보면 반드시 무한의 뿌리를 거머잡게 될 것입니다. 주문한 생식은 부쳤습니다.

무심(無心)

선생님, 사모님 안녕하십니까? 이제 겨울의 문턱에 들어선 것 같습니다. 저는 요즘 꿀 채취가 한창이고 앞으로도 약 10일 정도는 더 해야 할 것 같습니다. 아무래도 금년에는 기나긴 장마로 인해 작년에 비해 조금 적게 생산이 되는 것 같습니다. 지난 2, 3년 동안은 농작물도 풍년이었지만 올해는 흉년이네요. 풍년이 있으면 흉년도 있는 것이 이치겠지요.

최근 저의 수련 내용을 간단히 적어 볼까 합니다. 첫째는 무심(無心)입니다. 지난주에 아버님이 농사지으신 벼를 수매하고자 창고에 있는 벼 가마를 트럭에 싣는 일이 있었습니다. 40킬로그램의 벼 가마를 들어 어깨에 메고 10미터 정도 가서 트럭에 실어 주는 일로 체중이 57킬로인 저에게는 힘든 일이었지만 상공 도우님(이규연 씨)을 만나 들었던, 모든 일을 무심(無心)으로 하게 되면 힘들지 않을 거라는 생각에 무심을 적용하니 땀도 나지 않고 거짓말처럼 힘이 들지 않고 일을 마칠 수 있었습니다.

약 60포대를 옮기고도 앞집 벼 가마까지 옮겨 주었지만 몸은 일하기 전과 거의 같았고 마음은 무척이나 가벼웠습니다. 무심으로 일을 하게 되면 모든 일을 수월하게 기쁜 마음으로 끝낼 수 있구나 하는 것을 깨쳤습니다.

둘째는 나에게 다가오는 경계(시험)입니다. 멀리 떨어져 기숙사에서 공부하고 있는 딸애가 집에 와서 같이 저녁 먹고 얘기를 하는데 탁기와 손기 증세로 몸이 금방 파김치가 되었습니다. 집사람과 딸애는 갈수록 힘이 나는지 계속 재잘대었지만 나는 점점 몸이 늘어지며 짜증이 나기 시작했습니다.

그렇다고 옆방으로 쫓아 버릴 수도 없고 해서 잠시 정신을 가다듬으니 "이렇게 나를 시험하는구나" 하는 생각이 들었고, 경계(시험)에 대한 대처법을 알게 되었습니다. 여기서 나만 편하고자 짜증내고 큰소리 내었다면 나는 시험을 제대로 통과하지 못했을 거라 생각됩니다.

어떠한 문제도 위와 같이 무심으로 대한다면 철벽도 뚫고 나갈 것 같은 생각이 듭니다. 또한 요즘은 기운도 잘 들어오고 있습니다. 꿀 채취 끝나면 찾아뵙겠습니다. 선생님, 사모님 안녕히 계십시오.

광주에서 양정수 올림

【필자의 회답】

수련이 그처럼 일취월장하니 축하할 일입니다. 무심이 된다는 것은 이기심이 없어진 진아(眞我)의 경지에 들어선 것을 말합니다. 진아란 무엇인가? 본성을 머리만으로가 아니라 몸으로 포착했음을 말합니다. 진아와 본성은 시공과 생사를 초월해 있습니다. 그래서 불가능이 없습니다.

풍불가계(風不可繫)요 영불가포(影不可捕)입니다. 바람은 붙들어 맬 수 없고 그림자는 붙잡을 수 없다는 뜻입니다. 그러나 무심은 바람처럼 느껴지지도 않고 그림자처럼 보이지도 않습니다. 그리고 생사에도 시간과 공간에도 구속당하지 않습니다. 부디 난관에 봉착했을 때도 무심으로 관하여 한 단계 높은 지혜를 구사하시기 바랍니다.

궁금했던 점들

김태영 스승님께

안녕하십니까? 지난 금요일 방문 드렸던 오영범입니다. 3시에 찾아뵙겠다고 약속을 했는데 늦게 되어 죄송했습니다. 나갔다 온다고 말하려고 하다가 회의한다고 잡혀서 겨우 빠져나왔습니다.

업무 시간 중에 찾아뵈려면 아무래도 다른 영업 사이트에 간다고 해야 하는데, 매주 이야기하기가 좀 어렵기는 합니다. 그렇다고 주말에 찾아뵙기는 맞벌이하는 중이라서 (애기 엄마가 토요일에 출근을 합니다. 게다가 일요일 오전에 등산 갔다 오면 아이와 함께 있는 시간이 전혀 없기 때문에 책임 회피로 일주일이 좀 힘들어집니다.) 어려운 점이 있습니다.

그래도 저는 우선적으로 삼공재 방문을 해야 한다고 생각합니다. 업무 연장이 아니라는 양심에 얽매인다면 잡을 수 있는 끈을 영영 놓치게 될 것이고, 그렇기보다는 좀더 융통성을 발휘해서 나머지 시간에 업무에 좀더 충실하고 수련을 지속해야 할 것이라고 자기 합리화를 해 봅니다.

평소에 성격이 적극적이고 하면 찾아뵈었을 때 질문도 많이 드리고 할 터인데, 생각도 정리가 안 되고 괜히 뻔한 걸 여쭙는가 해서 주저주저하다가 타이밍도 놓치고 하기는 합니다. 이메일로 인사를 여쭙는 동안에 몇 가지 궁금했던 점을 여쭙고자 합니다. 정리가 안 되어 중구난방이지만 나름대로 순서를 매겨서 여쭈어보겠습니다.

1. 삼공재 방문 직후 땀이 송글송글 맺히면서 몸이 더워지는 이유는?

제가 원래 땀이 많은 체질인 데다가 갑자기 운기가 활발해지면서 호흡이 잘되고 빙의령이 있다면 천도가 되고 나서, 막혔던 경혈들이 활발히 운기되면서 몸이 더워지고 땀이 나기 시작하는 게 아닌가 생각됩니다.

어느 정도 호흡이 적응되면 (약 30분에서 한 시간 정도 시간 경과 후) 땀이 식으면서 들숨 날숨이 안정이 되는 것을 보면 그렇게 생각됩니다. 보통 선생님께 메일을 쓰거나 보내 주신 메일을 읽을 경우에도 단전의 따뜻함이 그전과는 확연히 다릅니다.

2. 삼공재에 1주일, 2주일 만에 찾아뵈어도 빙의령이 끊임없이 딸려 가는지요? 아직 수련이 깊지 못하여 제가 빙의령이 있는지 없는지는 모르지만, 가끔 잡스러운 생각에 빠져 있거나 가슴이 답답한 경우 빙의령이 있다고 생각을 하고 단전에 그리고 빙의령에 의식을 걸고는 있습니다.

또 삼공재에서 나오는 경우 마치 사우나에서 나올 때처럼 몸이 굉장히 개운한 것을 느끼는데요. 이런 걸 보면 빙의령이 천도되는 경우가 맞는 것 같습니다. 만약 매번 빙의령 때문에 수련이 정체되고 있다면, 너무 개인적인 욕심이지만 1주일에 한 번씩 찾아뵙는 것이 수련에 더 도움이 되는 것이 아닌지요? 매번 여쭈어보기가 어려워서 메일로 질문을 드립니다.

3. 예전에 아팠던 곳이 다시 도지는 명현반응은 한 번에 낫지 않고 계속적으로 나타나는지요? 수련도 지지부진이고 생식도 회사생활을 핑계로 세 끼 꼬박꼬박 실천하지는 못하고 있습니다.

그러나, 수련 진도와 상관없이 명현반응은 바로 시작되어서 깜짝 놀랐습니다. 나타나는 증상들이 전부 예전에 아팠던 것들이나 몸살이어서 처음 놀랐고, 그 강도가 상상을 초월하는 것이어서 다시 한 번 놀랐습니다. (치통은 말할 것도 없고 몸살은 그 강도가 끔찍할 정도였습니다.)

특히 십여 년 전 아팠던 사랑니 뽑은 자리와 어금니 충치 치료한 곳은 나았다 아팠다를 반복하면서 계속 신경이 쓰이고 있습니다. 다니던 치과에 가서 물어보았더니 뼈가 들어간 자리를 잇몸이 채우고 있는데 이 부분이 피로하거나 하면 염증이 생긴다고 합니다.

피곤하면 생기는 이런 증상은 바이러스성 입술 물집도 동일한데, 아마도 명현반응 자체가 잠복하고 있는 몸속의 병소(病巢)를 자극하는 것 같습니다. 마치 잠시 휴전을 하고 있던 몸속 병소와의 전쟁에서 나름대로 수련을 통해 전력이 증강되었다고 판단된 면역체계가 전면전을 선언한 것 같습니다.

저 같은 경우에는 B형 간염 항체가 없어서 B형 간염 건강 보균자로 분류되는데, 수련으로 몸의 면역력이 향상되면 아마도 항체가 생기리라고 생각을 하고 있습니다. 이는 반드시 지켜보고 확인해야 할 부분으로 생각하고 있습니다.

4. 영업을 하면서 양심적 업무 처리의 범위에 대해 여쭙고자 합니다. 저는 현재 IT 관련 영업을 하고 있습니다. 업무의 전체 범위가 영업은 아닙니다만, 향후 진로는 영업에 매진하는 쪽을 심각하게 고려하고 있습니다.

영업을 진행하다가 보면 아무래도 돈과 얽혀 있기 때문에 회사의 수익을 생각하지 않을 수 없고, 영업사원 개개인의 보상에 대해 생각하지 않을 수 없습니다. 회사와 직원 사이에 영업 이익에 대한 공유가 서로 만족할 만한 경우에는 열심히 영업을 하여 회사에 수익을 발생시키고 그 대가로 직원에게도 성과급이 돌아가는 것이 정확한 구조입니다.

그렇지만 서로의 이해관계가 달라서인지 회사에서는 일정 부분 이상의 성과급이 돌아가지 않도록 시스템을 구축해 놓아 직원들의 불평이 높고, 이렇게 되면 직원들은 딴생각, 딴 주머니를 차게 됩니다.

또한 고객사의 담당자들 중에는 얼마간의 봉투를 바라는 경우가 있는데, 회사에서 이런 부분을 인정하지 않는 경우에는 어쩔 수 없이 개인적으로 자금을 마련하여 고객사의 담당자들을 챙겨 주어야 합니다. 이래저래 직원들은 회사만을 생각하지 않게 되고 자신의 이익을 함께 생각하게 되고 이런 일이 반복되면 당연히 양심은 무뎌지고 자연스럽게 이런 구조가 익숙해지게 됩니다.

또한 대부분의 영업 사원들이 마흔 살 이후의 직장인으로서의 미래에 대한 확신이 없고, 영업을 통해 수익 구조를 파악하게 되면 자신의 회사 창업을 꿈꾸기 때문에, 창업을 위한 종잣돈을 마련하기 위해서나 내 사람 내 인맥을 구축하기 위해서도 주고받는 봉투에 신경을 쓰지 않을 수 없습니다.

결국 사회가 근본적으로 바뀌지 않는 한 생존을 위한 문제인데, 적당한 타협점을 스스로에게 제시할 수 있을지가 궁금합니다. 현재 제 생각에는 개인적인 치부나 성 또는 과도한 음주 접대가 아니라면 인맥 관리, 고객 관리를 위한 적당한 주고받음은 괜찮다고 판단을 하고 있습니다.

그렇지만 이 정도의 생각은 수련을 하지 않는 사람들에게 해당되는 기준일 것이라고 생각되고, 수련을 하는 사람들에게는 좀더 엄격한 잣대가 필요하지 않을까 하는 일말의 생각도 가지고 있습니다. 기준점 잡기가 참 어려운 것 같습니다.

어리석은 질문을 드려 죄송합니다만, 평소 궁금해했던 몇 가지를 정리하였습니다. 꾸짖어 주신다면 말씀을 따르도록 하겠습니다. 감사합니다.

2008년 1월 7일
오영범 올림

【필자의 회답】

궁금했던 점들에 대한 회답

1. 삼공재에서 수련을 하면 다른 데서보다 운기가 잘됩니다. 그래서 땀도 나고 몸도 개운해지고 호흡도 잘됩니다.

2. 삼공재에서 오행생식을 구입하는 사람은 누구나 일주일에 한 번씩 이곳에 와서 수련을 할 수 있는 자격이 있습니다.

3. 명현반응은 수련의 정도에 따라 다양하게 나타날 수 있습니다. 병균의 항체에 대해서는 너무 민감하게 반응하지 않아도 됩니다. 기공부가 향상되면 우리 몸의 자연치유 능력이 계속 향상되게 되어 있으니까요. 그래서 대주천 정도의 수련이 된 사람은 현대의학이나 의사보다는 수련으로 구축된 자신의 자연치유 능력을 더욱더 신뢰하게 되어 있습니다.

4. 고객사와 직원들 사이의 은밀한 거래는 언제나 양심에 가책을 받지 않는 범위에서 해야 할 것입니다. 어쩐지 양심이 찜찜하다 싶으면 하지 않는 것이 낫습니다. 찜찜하다는 것은 훗날 반드시 후회할 일이 생기게 되어 있음을 예고하는 것이기 때문입니다.

모든 거래에서는 항상 이기심과 욕심을 가능한 한 줄이는 것이 성공의 요체입니다. 구도자는 언제나 물질적인 이득보다는 그것이 바르고 옳은 것이냐에 초점을 맞춥니다. 그래야 하늘과 사람으로부터 도움도 받고 큰 기운도 받을 수 있기 때문입니다.

현묘지도 수련 체험기 (16번째)

이 미 숙

1단계

2005. 11. 12(토)

지난주 일요일, 등산을 마치고 오니 딸아이가 전화번호가 적힌 쪽지 하나를 내민다. 1997년부터 선생님을 찾아뵈었지만 먼저 전화하신 적이 없는데 어쩐 일이실까? 궁금한 마음에 선걸음으로 전화를 드렸더니 뭘 전할 게 있다 하시며 빠른 시간 내에 올라오라신다.

그래서 오늘 만사를 제치고 와 보니 현묘지도 1단계 화두를 주신다. 이것을 늘 염두에 두면서 정성을 들이면 뭔가 큰 변화가 있을 것이라며, 특히 맥과 호흡 또는 몸의 변화를 유심하게 살피라고 당부하신다. 현묘지도 수련에 함께 하게 된 것은 영광이지만 과연 내가 그럴 자격이 있나 의구심이 솟는다.

2005. 11. 26(토)

장국자 선생님과 함께 대주천 수련받고 이어서 벽사문을 달다. 그러자 상하 단전이 엄청나게 뜨겁다.

2단계

2006. 06. 17(토)

6월 들어와서는 아침에 눈만 떠도 자동으로 화두가 잡힌다. 오늘은 아주 작으면서 은빛으로 반짝반짝 거리는 찬란한 별들이 이쪽저쪽 눈이 부시도록 하늘에 가득한 모습을 보다. 1단계 화두 받고 난 후 거의 7개월 만에 2단계 화두를 받다.

올해 인문계 고등학교로 옮겨서 새로운 생활에 적응하느라 꽤나 고생하던 중의 일이다. 2단계 화두를 받자마자 화면이 싹 바뀌면서 백회와 인당 쪽에 아주 강하고 환한 빛이 내게로 계속 쏟아진다.

그 와중에 중단은 동전을 딱 붙여 놓은 듯한 느낌이 들더니, 뭔가가 치밀어 오르고 그러다 탁 터지고 또 차오르다 터지고를 반복하고 있다. 이어서 잠시 새하얀 새 두 마리를 보았는데 그것은 2단계의 시작이니 더 지켜보라 하신다. 그런데 1단계 화두가 오래도록 익어서인지 금세 2단계로 넘어가지를 않아 한 일주일 정도 헤매다 정착이 된다.

2006. 07. 24(월)

현재 스물두 명 전수자 중 아홉 명은 통과했고 나를 포함한 두 명은 과정에 있으며 나머지 열한 명은 잊어버렸는지 연락도 없다 하신다. 1단계 깨는 것이 가장 힘이 드는데 그 고비를 넘긴 만큼 이젠 적어도 큰 병은 없을 거라 하시면서, 뜨뜻미지근하게 하지 말고 저돌적으로 열정적으로 매진해 보라 당부하신다.

최근 보름 전부터는 정좌도 잘되고 특히 중단에 엄청난 기운이 들어온다. 예비 신호란다. 환한 빛, 새파란 어떤 물체의 움직임이 보이다가 다리가 무지근하니 저려 오다 물러가고 또 밀려오다 물러가곤 한다. 온몸으로 특히 백회로 심지어 손바닥까지 기운이 뻗친다. 정좌를 마친 뒤에도 한참이나 그러하다.

3단계

2006. 08. 06(토)

군데군데 몸에서 땀이 찝찔하게 날 때처럼 따끔거리고 오금은 뻣뻣하며 입가는 내내 헐고 입술 오른쪽 아래에는 붉은 반점이 나타나면서 계속된 몸살 기운으로 힘겹다. 산 모기한테 물린 자리가 가렵고 심하게 따가우며 화끈거린다. 정좌에서 깨어나도 인당 쪽은 계속 욱신거린다. 요즘 내 생활은 지극히 단순하다.

2006. 09. 19(화)

전에는 큰 감흥 없이 그냥 좋은 글이구나 여겼던 『논어』 구절구절이 가슴으로 와닿는다. 우듬지에 달랑 올라가 있는 까치집마냥 강건하게 살고 싶다.

2006. 9. 22(금) ~ 29(금)

처음으로 문화 모임에 참석하다. 장자의 '포정의 칼'에 관한 내용이었는데 그렇게 깊은 뜻이 있을 줄이야. 역시 고전은 고전이다. 신선한 충격! 오늘 몸풀기에 이어서 두 번째 모임에서 본문을 공부하다 문득 세 번째 화두에 대한 답이 보이기 시작한다.

2006. 10. 05(목)

10월 2일 문경새재 소풍 갔다 오면서 햇빛 좀 봤더니 눈 주위가 부풀어 오르면서 진물이 나서 눈을 제대로 뜰 수가 없다. 해 질 무렵엔 더 심해져서 흉하다. 다래끼도 아니고 그렇다고 햇빛 알레르기하고는 좀 다른 듯싶은데 도대체 뭘까? 암만해도 심상치 않다.

그래도 며칠 뒤엔 숙지근하기에 다행이다 여기고 있는데, 이번엔 오른쪽 팔꿈치 부근에 수포들이 띠를 두른 듯 줄지어 자꾸 돋아 나온다. 그런데 통증이 제법 강렬하다. 알고 보니 대상포진이란다. 면역력이 떨어지거나 허약한 체질의 노인이나 어린이 등에게 잘 나타난단다.

가만 생각해 보니 올해 체력 고갈이 유난히 심하였던 것이 사실이다. 내 능력으로는 버거운 '현장 장학'이란 일과 고3 수험생을 방불케 하는 공부를 쉬지 않고 했으니 그럴 만도 하다. 그래서 추석 연휴에 시댁에도 못 가고 푹 쉬었다. 다행히 얼마 후에 사라지고 영광스런 흉터만 남다.

2006. 10. 25(수)

정좌를 하면 아주 빠르게 어딘가를 스쳐 지나가는데 처음엔 어떤 밝은 빛을 따라 멀찍이 따른다. 그러다 어느새 보면 파랑, 보라, 노랑 빛의 덩어리들이 나타나기도 하고 어슴푸레한 원시림 같은 것도 보이다가 그 다음엔 그냥 화면이 끊겼다.

4단계

2006. 10. 28(토)

10월 13일과 10월 27일에 보낸 두 메일에 선생님의 답장이 없다. 수신 확인은 한 것으로 되어 있지만 이상하게 한마디 말씀이 없다. 여태껏 이러신 적이 없었기에 무언의 질책으로 여기고 내 상태를 명료하게 되돌아본다.

4단계 11가지 호흡을 마치고 바로 5단계 화두를 받고 물러 나오다.

5단계

2006. 11. 09(목)

정좌 도중 한순간 나만한 덩치의 또 다른 내가 눈앞에 떡 하니 나오는 느낌을 강하게 받다. 또 내가 마구 부풀어올라 여백이라고는 하나도 없

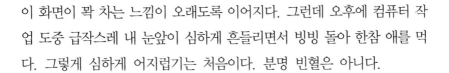

이 화면이 꽉 차는 느낌이 오래도록 이어지다. 그런데 오후에 컴퓨터 작업 도중 급작스레 내 눈앞이 심하게 흔들리면서 빙빙 돌아 한참 애를 먹다. 그렇게 심하게 어지럽기는 처음이다. 분명 빈혈은 아니다.

2006. 11. 16(목)

선생님께서 그동안 무슨 변화 없느냐는 질문에 미처 말을 못하고 머뭇거리다. 아무리 갑자기 시간이 나서 후딱 올라가긴 했지만 위에서 말한 두 가지 느낌이 분명 있었는데 이상하게 말 못하고 내려오다. 때에 따라 사람에 따라 이렇게 느리게도 진행이 된다 하시는데, 그 자리에선 담담하게 듣고 나왔지만 내가 바보 같아 자책하다.

2006. 11. 19(일)

정좌 도중 별안간 오른쪽 뒤통수가 무겁고 띵하더니 무지근한 통증이 밀려와서 나중엔 누워서 계속 화두 암송하다. 그런데 그냥 두통하고는 다르게 머릿속이 텅 비어져 가는 듯하면서 시원하기도 하다. 낯선 체험이다. 그러다 귀에서 도랑 치는 소리가 드르륵 드르륵 나다.

2006. 11. 20(월)

11시 반쯤 수업 비는 시간에 정좌하다. 눈을 감으니 빠르게 어디론가 빨려 들어간다. 꼭 무슨 화살촉 같은 것의 끝에 사진기가 달려 있고 그 위에 내가 올라탄 느낌. 점점 가속도가 붙으면서(팽팽 돌아감) 푸른빛, 누런빛 속으로 들어가다. 그러다가 그 후론 계속 연속 슬라이드 필름 보는 것처럼 온갖 풍경(누르스름한 한지 바탕 위에 그린 수묵화 비슷함)들이 나타나서 숨을 죽이고 가만히 따라가다.

그런데 어느 새 나도 없고 그런 생각 자체도 없어져 버린 느낌이 문득 나서 이게 바로 그 화면이 보인다는 것인 줄 알아채다. 얼핏 소머리도 보이다가 갈기 휘날리는 말도 보이고, 나중에 장엄한 불상 머리까지 보인다. 한참 후엔 거미와 자잘한 벌레들, 알 수 없는 푸른빛의 습지도 나타났다가 식물 화석 같은 것도 나타나던데 아쉽게도 종이 울려서 일어나다. 이! 독특한 느낌을 도저히 말로는 표현하기가 힘들다.

2006. 11. 23(목)

연초록으로 올라오는 떡잎 두 장짜리 새 잎을 보다. 이어서 석굴암 불상을 또 만나다.

6단계

2006. 11. 29(수)

전화로 화면 본 이야기를 말씀드리고 6단계 화두 받다.

2007. 01. 24(수)

한동안 껄끄러웠던 친정아버지하고의 관계가 풀리다. 역시 대상을 변화시키기보다 내 시선을 바꾸니 일이 쉽게 풀린다. 정좌를 하지 않아도

백회로 기운이 솔솔 잘 들어온다. 상쾌한 날이다.

2007. 01. 30(화)

오전 11시 30분 무거운 물건 옮기다가 그만 놓쳐서 오른쪽 엄지발가락 위 발등 찍는 사고를 내다. 심하게 욱신거리면서 간헐적으로 콕콕콕 쑤시는 통에 나도 모르게 눈물이 날 지경, 잠도 못 자기를 며칠. 그러나 병원 안 가고 그냥 참고 버티다. 그런데 열흘이 지나서야 뼈에 금이 간 사실을 알게 되고 엑스레이 촬영 후 초음파로 인대 끊어진 곳 찾아내서 반깁스를 2주 정도 하다. 운동도 정좌도 모두 정지.

2007. 02. 26(월)

두 달씩이나 삼공재를 못 가서 그간의 사정을 말씀드리려고 밤 11시부터 쓰기 시작한 메일이 무려 새벽 4시가 되어서야 끝나다. 하도 글을 안 썼더니 자꾸 사족(蛇足)이 늘어 간결하게 다듬느라 고생하다.

이번엔 바로 답장을 받다. 생사대사에 더 큰 의미를 두고 화두에 집중하라 하신다. 어쩌면 내 방황을 눈치채신 듯, 짤막하지만 힘있는 말씀이다. 이제 혼돈의 시간(작년 9월 말에서 올 1월 말)은 가고 어느 정도 정리가 되다. 가끔 깁스한 붕대를 풀고 정좌도 할 수 있으니 하루가 다르게 수련이 다시 자리잡아 간다.

2007. 03. 01(목)

오늘 삼공재를 간다고 맘 딱 정한 순간부터 등판 전체로 묵직한 기운이 팍팍 들어온다. 그리고 등줄기 일부분은 계속 커다란 드릴로 뚫는 듯한 느낌이 난다. 또 쫙 조였다가 양껏 부푼 하단전이 퍽 하고 중단과 함께 터지기를 반복한다. 기운에 감싸인 느낌이 편하다.

2007. 03. 20(화)

수업하다가도 백회로 묵직하게 기운이 들어오고 빈 배 속이 뜨끈뜨끈하다.

2007. 04. 25(수)

지난번 다친 오른발의 엄지발톱이 시커멓게 멍들더니, 이제는 통째로 빠지려고 두 면이 들리고 한 면만 살에 붙어 있다. 그러니 운동화조차 신기가 힘들어 매일 슬리퍼만 신고 다닌다. 그래서 운동하기가 힘든 탓인지 수련이 순조롭지 못하다.

2007. 05. 06(일)

드디어 다친 뒤 100여 일 만에 발톱 빠지다. 이제는 정좌하기도 낫고 운동도 할 수 있다. 다시 시작이다.

2007. 06. 02(토)

삼공 선생님께서 이상하다고, 뭔가 잘못된 듯하다고 하신다. 이렇게 오래 걸리다니... 이 소리가 난데없는 소리일 수도 있는데 난 또 담담하다. 그냥 내 생각에 다리 깁스한 것 때문이 아닐까 싶어 그간 사정을 다시 말씀드리다. 그리고 그간의 나태함을 떨쳐 내고 용맹정진하기로 굳게 맘먹다.

7단계

2007. 08 .02(목)

내 머리 위에 커다란 독수리 한 마리 앉아 있는 형상 느끼다.

2007. 08. 07~20

거의 두 주 정도 오른발 안쪽 복사뼈에 뜨끈뜨끈한 물을 쏟아붓는 듯한 느낌이 자주 나다. 유난히 백회로 기운 많이 들어오고 인당도 꾹꾹 누르는 듯하다.

2007. 08. 17(금)

그동안 무슨 화면들이 지나갔는지 차근하게 한 번 더 말씀드리다. 이상하다, 이상하다 하시더니 아무래도 다음 단계로 넘어가야겠다고 하시며 갑자기 7단계 화두를 주신다. 이렇게 그냥 넘어가도 되는 것인지 의아하지만 선생님 나름대로 생각이 있으시리라 믿기에 그냥 받아 오다.

2007. 08. 31(금)

정좌하니 바로 몰입이 되다가 화면이 보이기 시작한다. 개구리, 화사

한 꽃, 호랑이 얼굴, 살쾡이 같은 포유류 동물 따위가 슬라이드 필름처럼 선명하게 하나씩 펼쳐진다.

2007. 09. 01(토)

예수가 고개 숙이고 매달려 있는 모습이 나타나다. 내가 그 모습을 위에서 지그시 보고 있다. 그리고 예수와 그 제자들이 모인 프레스코 기법의 성서 그림도 나타나다.

8단계

2007. 09. 11(화)

화면 본 이야기를 말씀드리니 또 다음 단계로 넘어가야겠다 하시면서 8단계 화두를 주신다.

2007. 09. 17(월)

한 그루 우뚝 선 소나무가 세 번씩이나 보이다.

2007. 11. 09(금)

학교에서 정좌를 하고 있는데 갑자기 나타난 글자 하나. '力' 어찌 이런 글자가 떠오르는 걸까? 복잡하지도 낯설지도 않으며 늘 접하는 글자이긴 한데. 순간 잘못 봤나 하고 무심히 넘겼으나 분명 그 글자가 맞다.

2007. 12. 14(금)

눈부신 숲과 햇살 가득한 들판이 보인다.

2007. 12. 19(수) 대통령 선거일

나는 그 답이 보이는데 본인이 자꾸 거부를 하니 답이 안 보이는 거라고 말씀하면서 마음 열라고 하신다. 그 답을 찾으면 깨달음이 올 거라며 마지막으로 지금까지 보고 느낀 것을 다 정리하라고 하신다. 삼공재에서 나오기 직전 내가 우주라는 큰 심연 속에서 아주 작아지는 느낌이 난다. 백회로는 기운이 쏟아지고 있다.

2008. 02. 21(목)

며칠 전 분명히 '力'의 의미와 눈부신 숲과 햇살 가득한 들판이 보인 이유를 알아냈는데 아침에 갑자기 생각이 나지를 않아 곤혹스럽다. 서울 갈 채비는 다 했는데 어쩔까 하다가 지금까지의 기록이 담긴 수첩들을 들고서 일단 길을 나서다.

다행히 서울로 가는 고속버스 안에서 생각이 나다. 삼공재에 도착하고 나니 선생님께서는 그 답도 물어보시지 않고 수련 끝났으니 체험기 정리해서 보내라고 하신다. 하기사 수련의 끝이 어디 있는가? 가고 또 갈 뿐이다. 이렇게 내 현묘지도 수련체험기는 마무리가 되다.

덧붙임 :

수련은, 내가 마주하고 있는 세계와 인간을 바라보는 내 시선을 문제

삼아 나란 존재 밖에 뭔가가 있다고 착각하고서, 거기에 집착하려는 내 성향을 긍정적으로 바꾸면서 배움과 생각하기를 그치지 않는 것이라고 난 생각한다. 경험적 현실에 끝없이 부딪히면서 상처를 받는 영혼을 맑히고 정신을 투명하게 하는 공부를 게을리하지 말아야겠다고 마음 다져 본다.

돌아보니 워낙 긴 시간(2년 4개월) 동안의 이야기라 그런지 무미건조하지만 더이상 할말이 없다. 소리 없이 이끌어 주신 삼공 선생님께 감사 말씀 올린다.

【필자의 회답】

이미숙 님은 중학생 딸과 남편이 있는 42세 맞벌이 주부다. 현직 고교 국어 교사로서 창원, 부산, 상주 등 지방에 근무하면서도 지난 11년 동안 한 달에 한두 번 정도의 삼공재 수련을 거른 일이 없는 개근파다.

그녀의 한결같은 정성과 지구력이 끝내 한 성취를 이룩했다. 그동안 이메일 교신으로 『선도체험기』 독자들에게는 그 단아하면서도 간결한 문장으로 유난히 눈길을 끌었던 낯익은 분이다.

2005년 11월 12일에 첫 화두를 받은 후 2008년 2월 21일에 마지막 화두를 깼으니 꼭 2년 3개월 9일 만이다. 이로써 16번째 현묘지도 수련자가 되었다. 이 수련을 마친 구도자 가운데서 가장 진도가 늦기는 하지만 그 끈질기기가 쇠심줄 같으면서도 가장 확실하게 매듭을 지은 것으로 돋보인다. 듬직하기가 거대한 암벽 같다. 체구는 자그마한 분에게 어디

에 그렇게도 당찬 구석이 숨겨져 있는지 경이롭기만 하다. 과연 대기만
성형의 한 본보기다. 선호는 여산(如山).

〈91권〉

다음은 단기 4341(2008)년 1월 2일부터 단기 4341(2008)년 6월 30일 사이에 있었던 필자의 수련 과정과, 필자와 수련생들 사이에 오고간 수련과 인생에 대한 대화 그리고 필자와 독자 사이의 이메일 문답을 수록한 것이다.

숙제는 스스로 풀어야

4십 대 중엽의 의류판매업을 하는 오성택이라는 수련자가 말했다.

"선생님, 질문 좀 해도 되겠습니까?"

"그럼요. 어서 말해 보세요."

"옷 장사를 하다가 보면 별별 손님들을 다 만나게 됩니다. 어떤 사람은 주는 것 없이 미운가 하면, 어떤 사람은 보기만 해도 까닭 없이 마음이 푹 놓이고 기분이 좋아지는 사람이 있습니다.

더구나 얼마 전에 대주천 수련을 하면서부터는 기감이 한층 더 예민해지면서, 어떤 사람은 보기만 해도 써늘하고 차가운 기운이 오싹하고 제 몸으로 파고 들어오는 경우가 있습니다. 그렇다고 해도 단골손님인데 오지 말라고 할 수도 없고 참으로 난감한 일이 아닐 수 없습니다. 도대체 왜 이런 일이 일어날까요?"

"그런 때는 내가 어떻게 하라고 말했죠?"

"그 의문을 화두 삼아 자기 자신의 자성에게 물어보라고 하셨습니다."

"그럼 그렇게 해 보았습니까?"

"네, 해 보기는 했지만 회답이 나오지 않습니다. 아무래도 제 수행 정도가 아직은 수준 미달인 것 같습니다."

"아뇨. 그렇지 않습니다. 수준 미달이 아니라 끈기와 지구력 부족 때문입니다. 그렇게 써늘한 기운을 주는 상대가 나타나는 것은 자성이 주는 일종의 숙제와 같은 것입니다. 그 숙제를 스스로 풀어야 실력이 향상되게 되어 있는데, 오성택 씨는 그것을 못 참고 나에게 질문을 한 것입니다.

그것은 학교에서 맡은 숙제를 스스로 머리 싸매고 노력해서 풀 생각은 않고 선생님에게 물어서 해답을 찾으려는 것처럼 안이한 태도입니다. 선생님이 해답을 가르쳐 주면 그것만 외우면 되니까 잘된 것 같지만 자신의 실력은 제자리걸음을 하거나, 그 문제를 제힘으로 푼 동급생보다 학력은 뒤떨어지게 될 것입니다.

결혼 적령기에 이른 청춘 남녀가 맞선 보고 데이트하고 사귀고 하는 과정이 귀찮다고 부모가 정해 주는 대로 대충 결혼해 버리는 것과, 서로 소개받아 사귀는 동안 마침내 필이 꽂히는 짜릿한 경험을 하여 확신을 갖고 백년해로할 상대를 찾는 것하고는 하늘과 땅의 차이입니다.

수련자도 어려움에 처했을 때는 선배나 스승에게 물어서 해답을 찾기보다는 스스로 자기 자성에게 물어서 난제를 풀어 나가는 동안 지혜의 눈이 열리고 막혔던 물리(物理)가 트이는 희열을 맛보아야 그것이 진짜 자기 재산이 됩니다.

구도자는 이러한 실체험이 쌓이지 않으면 진리 추구에 대한 자신감이 서지 않고 백년 천년 하안거, 동안거를 해 보았자 말짱 다 헛것입니다. 나는 오성택 씨에게 그 사람에게서 그렇게 서늘한 기운이 들어오는 원인을 말해 줄 수 있지만 오성택 씨 스스로 필이 꽂혀 들어오지 않는 한 아무 의미가 없습니다. 해답만 들어 가지고는 능력이 향상되지 않기 때문입니다."

"그래도 저는 선생님한테서 그 원인을 좀 듣고 싶습니다."

"전생에 그 사람과의 사이에 해결되지 않는 문제가 있었기 때문에 그런 일이 일어나는 겁니다. 오성택 씨가 그에게 갚아야 할 빚이 있어서 그런 현상이 일어납니다. 내가 이렇게 말해 보았자 오성택 씨가 자기 영안으로 그 사람과의 관계를 화면으로 보고 스스로 알아내지 못한다면 그야말로 필이 꽂혀 오지 않을 것입니다. 다시 말해서 절실한 체험을 겪지 않는 한 능력은 향상되지 않는다는 얘기입니다."

"그 말씀을 들으니까 임제 선사가 말했다는, 부처나 조사(祖師)의 말도 믿지 말고 스스로 체험으로 소화해서 알아내라는 살불살조(殺佛殺祖)의 깊은 뜻을 이해할 것 같습니다. 그런데 선생님, 능력이 향상된다는 것은 이 경우 무엇을 말하는 것인지요?"

"지금 오성택 씨가 처한 문제를 스스로 아무렇지도 않게 다반사로 알고 해결하는 실력을 말합니다."

몸살림 운동 1년 2개월

우창석 씨가 말했다.

"선생님께서는 지금도 몸살림 운동을 하고 계십니까?"

"그럼요."

"몸살림 운동을 구체적으로 어떻게 하고 계십니까?"

"아침에 일어나 한 시간씩 걷기운동을 할 때 어깨를 들어 올리고 양팔을 충분히 뒤로 돌린 다음, 양손을 뒤로해서 손바닥은 하늘을 향해 수평이 되도록 하여 깍지 낀 손을 아래로 쭉 내리고, 양팔을 안으로 약간 튼 다음에 걷는 깍지 끼고 걷기와, 양손으로 요추와 흉추가 만나는 지점에 뒷짐을 지고 걷는 양반걸음을 20분씩 합니다.

그다음에는 12시 정각에 방석 숙제 1번을 10분씩 하고, 오후 5시 정각에 8법 체조와 함께 방석 숙제 2번을 10분 도합 15분을 합니다."

"그럼 하루 전부 몸살림 운동 하시는 시간은 얼마나 됩니까?"

"걷기 20분, 방석 숙제 1번 10분, 팔법 체조 5분, 방석 숙제 2번 10분 도합 45분입니다. 등산하는 날은 걷기 숙제와 팔법 체조만 생략할 뿐 매일 빠지지 않고 계속합니다."

"몸살림 운동 시작하신 지는 얼마나 되었습니까?"

"작년 즉 2007년 4월부터 시작했으니까 1년 2개월 되었습니다."

"그동안에 실제로 달라진 데가 있습니까?"

"있고말고요."

"어떻게요?"

"굽어진 허리가 많이 펴졌고 좌정할 때도 그전보다는 확실히 척추가 바로 서게 되었습니다. 이 밖에도 눈에 띄게 달라진 것은 1990년에 도봉산 끝바위에서 입은 오른발 뒤꿈치뼈가 박살이 난, 종골파쇄(踵骨破碎)로 인하여 틀어졌던 세 번째 발가락이 상당히 많이 제자리로 돌아왔습니다.

그리고 왼쪽 어금니에 있어 왔던 풍치가 서서히 사라지고 있는가 하면, 이향애 정형외과에서 비틀어진 고관절을 바로잡은 뒤에 보행이 부드러워진 후 지금까지 이상이 없습니다. 좌우간에 몸살림 운동을 일상생활화 한 이후로 몸 전체의 컨디션이 꾸준히 향상되고 있는 것을 알 수 있습니다."

"그렇다면 선도수련에도 많은 도움이 되겠군요."

"물론입니다. 나는 몸살림 운동을 선도의 몸공부의 하나로 간주하고 있습니다."

"성공의 비결은 무엇이라고 보십니까?"

"내가 작년 4월에 몸살림 운동을 시작했을 때는 아내와 아들 며느리가 모두 관심을 보이고 몸살림 운동을 시작했지만 지금까지 꾸준히 실천해 오는 사람은 우리 식구들 중에서 오직 나 하나뿐입니다. 세상 모든 일이 다 그렇지만 항심(恒心)을 가지고 꾸준히 매일 하루도 빠짐없이 실천하는 것이 바로 비결입니다. 이것 역시 인내력과 지구력 없이는 성공할 수 없습니다.

몸살림 운동이 일단 몸에 배게 하는 것이 핵심 요령입니다. 그래서 어쩌다가 단 한 번이라도 제때에 하던 운동을 잊어버리고 안 하면 몸이 먼저 알고 불편해서 못 견디게 되어야 합니다. 그 불편함은 몸살림 운동이 아니고는 대안이 없을 정도로 습관화하고 체질화되어 있어야 합니다."

"결국은 몸살림 운동도 등산이나 달리기나 걷기처럼 중독이 되어야 하겠군요."

"정답입니다."

"도인체조와 비교해서 어떻게 생각하십니까?"

"나는 도인체조를 1986년부터 2007년 4월까지 21년 동안이나 해 왔어도 잘못된 고관절과 휘어진 척추를 바로 세울 수 없었는데, 몸살림 운동은 불과 1년 2개월을 했는데도 잘못된 골격이 바로 세워지고 있는 것을 확실히 느끼고 있습니다.

고관절과 척추와 같은 큰 뼈가 바로 세워지니까 그 뼈에 속한 작은 뼈들도 잘못된 것은 바로 서게 됩니다. 가령 등산 때 실족으로 발뒤축에 큰 부상을 입은 이후 비틀어졌던 오른발 세 번째 발가락이 서서히 제자리로 돌아오는 것은 신기할 정도였습니다.

이렇게 뼈들이 제 자리로 돌아옴으로써 몸 전체의 건강이 은근히 향상되는 것을 피부로 느낄 수 있었습니다. 이 때문에 건강에 자신감을 갖게 되었습니다. 이것이 무엇보다도 소중한 성과입니다."

【이메일 교신】

몸 둘 바를 모르겠습니다

선생님! 너무 오랜만에 문안인사 올리려니 죄송함과 송구스러움에 몸 둘 바를 모르겠습니다. 항상 자상하게 챙겨 주셨던 사모님의 시력이 회복되기를 항상 기원드립니다.

저는 5년 동안 오행생식을 하고 대주천 수련을 하며 이상ㅇ 님과 선생님을 모시고 관악팔봉을 산행했던 오재익입니다. 그때는 한동안 풀리지 않은 화두를 풀기 위해서 잠시 외도를 생각했던 것이, 선생님께 인사도 올리지 못하고 떠나온 불충한 제자가 되었습니다.

어느 날 산행 후 서재에서 수련 중에 선생님께서 "이제는 홀로 설 때가 되었으니, 사람은 때가 되면 젖을 떼고 하화중생 하도록 하라"고 하셨을 때 부족한 제자는 엄두가 나질 않았었습니다. 이상ㅇ 님과도 함께 많은 얘기를 했지만, 부족한 자신을 알기에 나름대로 자신을 더욱더 성찰하려 했습니다. 지금 생각하면 어리석지만, 그때의 의문점은 왜 삼공재에 와서 대주천이 되고 수련이 일취월장하던 도반들이 어느 날부터 하나둘씩 보이지 않는 것인지 의문이 일었습니다.

지방에서 주말에만 올라오는 관계로 서울에 거주하는 도반들과는 삼공재에서 만나면 반갑게 인사하는 정도였으며, 이상ㅇ 님만 지방에서 상경하는 분이어서 함께 숙박을 하고 산행을 했기에 형제처럼 가깝게 지

냈었습니다.

　그러다 삼공재의 문턱이 닳도록 드나들던 선배 도반으로부터, 선생님께서도 훌륭한 구도자가 나타났으니 축하할 일이라고 하셨던 오영훈 선생님께 지도를 받고 있으며, 그곳에서 수련했던 도반들의 대다수가 여기와 있으니 한 번 찾아오라고 했습니다. 처음에는 일고의 가치도 없는 생각으로 치부하며 한 해가 다 지나갈 무렵 삼합진공 수련 중에 화두를 풀어 보자는 한 생각이 일었습니다.

　그래서 오영훈 선생님이 운영하시는 연선원(研仙院)을 방문하니 함께 산행을 하고 수련이 훨씬 앞서가던 선배 도반들을 포함 20여 명의 삼공재 핵심 수련생들이 그곳에서 수석 임원으로 수련을 하고 있었습니다. 연선원에서 먼저 수련을 하고 있던 선배 도반들에게 저는 깨어 있지 못하고 어리석은 도반이었습니다. 왜 이제야 이렇게 늦게 왔느냐고 하면서 언젠가는 스스로 올 줄 알고 있었기 때문에 기다리고 있었다고 하였습니다.

　그곳에서 가장 큰 충격은 연선원에서 수련할 때 수련의 선배로서 지극한 열정에 존경심마저 생겼던 선배 도반들의 말이었습니다. 삼공재에서 수련할 때 오행생식을 선생님과 제가 생각했던 것처럼 철저하게 하지 않았으며 육식과 화식을 먹고 싶으면 먹었고, 이곳 연선원에는 걸림이 없는 자유스러움이 있으며 선인은 모든 것에 자유로워야 하며 뭔가에 매이면 안 된다는 것이었습니다.

　저는 그때까지 오장육부 중 비위장과 심소장이 다른 장부에 비해서 선천적으로 약한 것 외에는 건강에는 별다른 이상이 없었습니다. 직장에 근무하면서도 철저하게 오행생식을 하면서 5년 동안 익은 쌀밥 한 톨,

육식을 일체 입에 대지 않았습니다.

학문을 전수받을 때도 스승님의 법도를 따라야 하거늘 하물며 마음공부를 한다면서 이것조차 지키지 못한다면 이 생에 아무리 깨달아 본들 누구를 이끌어 줄 수 있겠는가 하는 마음이었기 때문입니다. 그런 저에게는 스승을 속일 수는 있겠지만 하늘을 속일 수는 없을 텐데 저런 분들이 왜 그토록 수련이 진전됐었는지 혼란스러웠습니다. 그리고 선계와 선인님들과 수련법에 대해서 논하면서 삼합진공 단계에 있었던 저는 초보 수준이며 그 기운은 탁한 기운이니 다 버리고 다시 수련해야 한다는 것이었습니다.

지기(地氣)와 천기(天氣), 우주기운이 있는데, 지금까지는 지기 수련이었으며 유일한 선계의 법통을 전하는 연선원에서 수련해야 천기와 우주기운을 안테나로 받아서 수련할 수 있다는 것이었습니다. 그런데 그때의 또 한 가지 의문은 저보다 연선원에 2, 3년 먼저 와서 수련하고 있었고, 삼공재에서 삼합진공 단계에 있었던 도반들의 상태였습니다.

혈은 열려서 기운은 느끼고 받을 줄은 아는데 그 자신이 스스로 소주천과 대주천을 제대로 운기하고 운용할 수 있는 상태가 아닌 것이 기감으로 감지되었지만, 수련장의 기운이 맑고 장했기 때문에 이곳은 수련의 단계가 다르고 기운이 달라서 그런 것인 줄 알았습니다. 선생님과 이상ㅇ 님에게 먼저 의논을 드릴까 했지만, 한두 달 수련을 해 보고 나서 구체적으로 진로를 말씀을 드리려고 했던 일이 이렇게 세월이 흐른 후에 글을 올리게 되었습니다.

연선원을 방문하고 한 달 후에 정식으로 입회비 100만 원을 내고 입회를 했습니다. 그리고 입회 후 다른 수련생들은 1년이 되고 중급반이 되어야 만날 수 있다는 오영훈 선생님을 한 달 후 직접 뵐 수 있었습니다. 저를 보시고 오행생식을 너무 철저히 해서 위장이 오그라들었으며, 지금 기운은 강하지만 그 기운은 다 버려야 할 기운이고 원기가 쇠진해서 건강이 너무 좋지 않다고 하였습니다.

물론 5년간의 몸공부를 통해서 건강은 물론 새털처럼 가벼운 몸이었기에 혼란스러웠지만, 워낙 기운이 맑고 강한 분이었기에 잠자코 있을 수밖에 없었습니다. 그리고 삼공재는 연선원에 오기 전에 거치는 단계이며 나름대로 역할을 하고 있다고 하였습니다.

이생에 선계 수련에 들었으면 수련에 올인할 생각으로 해야지 학원 다니듯이 하면 안 된다는 말씀을 하였습니다. 수련에 올인할 생각으로 작정을 하고 직장을 퇴직하고 연선원 임원으로 올인을 했습니다.

시간이 흐르면서 김태영 선생님의 수련 진도와 전생과 오행생식에 대해서 폄하하는 말씀을 자주 하시는 오영훈 선생님과, 김태영 선생님 문하에서 수련했던 도반들의 함부로 말을 전하는 언행들을 볼 때면 마음이 아팠으며, 차마 송구해서 하직 인사도 못하고 떠나온 것이 항상 마음에 걸려서 너무 죄송했습니다.

선생님과 함께 한 5년간의 시간 속에서 누구보다도 선생님의 사생활까지 잘 알고 있는 제자로서는, 잘 알지도 못하고 제대로 수련하지도 않았으면서도 잘 아는 것처럼 호도하는 도반들을 볼 때면 어이가 없어서 언쟁을 하기도 했지만, 이미 저는 제가 선택한 흐름 속에 있었습니다.

연선원 수련에 올인하고 지금 여기 이렇게 나오기까지 삼공 수련의 밑바탕이 없었다면 아직도 미망(迷妄)에서 헤어 나오지 못하고 있을 자신을 생각하면 하늘의 보살핌에 그저 감사할 뿐입니다. 연선원 수련에서

수련의 진도가 가장 앞섰던 흐름에 있었기에 허와 실을 간파하고 2005
년도에 비록 늦었지만 이렇게라도 나올 수 있었습니다.

수련 단체를 제대로 파악하고 알려면 법을 전하는 스승도 중요하지만,
그 법으로 수련하는 수련생들의 상태를 볼 수 있으면 그 수련의 허와 실
을 알 수 있다고 누차 강조하셨던 김 선생님의 말씀에 마음으로 깨어 있
지 못했던 것은, 수련 진도에 대한 욕심이 성찰할 수 있는 눈을 가려 버
린 때문인 것 같습니다.

연선원에서 수련하면서 수많은 고난으로 마음은 많이 깨달았을지 모
르지만 기운과 몸공부는 삼공재 수련보다 오히려 후퇴하지 않았나 생각
합니다. 연선원에서 5년간의 수행으로 마음에 절절히 각인된 것은 구도
에는 마음공부, 기공부, 몸공부가 함께하지 않으면 절름발이 수련이라는
것을 온몸으로 체득한 것이었습니다.

제가 정말 마음으로 성찰하는 눈이 깨어 있었더라면 구도에도 유유상
종의 법칙이 적용되며, 진화의 흐름에는 스승에게 도움은 받을 수 있지
만 누구에게 쉽게 얹혀 가는 선도의 흐름은 결코 있을 수 없다는 것을
알았을 것입니다.

연선원을 나오고 나서 수련으로 홀로 서려면 일상의 경제적인 자립이
있어야 하기에 그동안 열심히 생활을 하였고, 지금은 좋은 사람을 만나서
가정을 이루었습니다. 그동안 『선도체험기』는 87권까지 읽고 중요한 구
절은 다시 읽고 있으며 오행생식은 연선원을 나오면서 바로 시작하였고
등산, 음양식, 몸살림 체조를 하면서 몸을 추스르려 노력하고 있습니다.

아내도 전문 직종에 있으면서 제가 하는 일이라면 항상 적극적으로
협조하고 있어서 때가 되면 생활 속의 구도자가 되려고 오행생식도 하

루에 한끼씩 하면서 노력하고 있습니다. 기 수련의 상태는 그동안 어떤 일이 있어도 수련의 끈은 놓지 않았었기에 단전은 항상 따뜻한 상태이며, 수승화강은 잘되고 있는 편이며 흐름이 좋을 때는 항상 접이불루와 연정화기가 되지만 간혹 되지 않을 때도 있습니다.

아내와의 부부관계는 수련에 비중이 많은 줄 알고 있기에 수련의 본질로서 이해를 하고 받아들이고 있어서 월 1회 정도이며, 사랑을 해도 접이불루로 만족을 시켜 주기 때문에 행복해하고 항상 하늘에 감사할 줄 아는 사람입니다.

지금 여기까지 시행착오 속에서 터득한 것은 오늘의 결과는 자신의 탓이며 이 순간이 있게 한 주위 모든 것에 대한 감사함으로 일상을 맞이하고 갈무리하는 것입니다.

선생님만 허락하신다면 송구스럽지만 용기를 내어서 선생님께 다시 생식 처방을 받고서 삼공재에서 가르침을 받고 싶습니다. 생식은 토1, 화1, 육기1입니다. 지금 여기 선생님께 글을 올리는 이 순간이 얼마나 감사한 순간이라는 것을 알고 있는 제 자신에 감사하며 보이지 않게 이끌어 주신 선계의 지도 선인님들과 우주 만물과 선생님께 감사드립니다.

2008년 1월 16일
오재익 올림

【필자의 회답】

오재익 씨! 참으로 오래간만입니다. 그렇지 않아도 오재익 씨가 연선원에 있다는 소식은 들어 왔지만 이렇게 장문의 편지를 받고 보니 반갑기 그지없고 이상ㅇ 씨와 함께 셋이서 팔봉 타던 때가 엊그제 같습니다. 이상ㅇ 씨는 2002년에 삼공재를 떠난 후 전연 소식을 모르고 있었는데 이 편지를 보고 처음 알았습니다.

무슨 사연으로 연선원에서 나왔는지는 모르겠으나 지금은 좋은 배필을 만나 안정을 찾고 있다니 다행한 일입니다. 더욱 다행인 것은 『선도체험기』를 87권까지 읽었고 지금도 몸, 기, 마음의 세 가지 공부를 하고 있다니 나와의 정신적인 끈은 계속 이어져 온 것입니다.

나는 원래 가는 사람 잡지 않고 오는 사람 막지 않습니다. 그렇지 않아도 요즘은 10년, 15년 전 제자들이 수없이 다시 찾아와 삼공재에서 수련을 하고 있습니다. 오재익 씨도 언제라도 마음 내키면 찾아오시기 바랍니다.

뒤늦은 깨달음

부족한 제자를 다시 받아 주셔서 감사드립니다. 저는 부모님이 일찍 돌아가셔서 선생님과 사모님을 뵈올 때면 수련에서는 여여하시고 지엄하신 선생님이시기에 다른 도반님들은 냉정하다 하셨지만, 보이지 않게 세심하게 배려하시는 선생님과 사모님의 사랑을 참 많이 받았던 제자였습니다.

선생님께 돌아오기까지 스스로 선택한 길이었지만, 결코 쉽지 않은 행보였습니다. 수련에 대한 초발심으로 완전한 올인을 했었기에 개인적으로 아직도 그에 따른 여파가 조금은 남아 있습니다. 조직화된 단체를 운영하는 데 있어서 여러 가지 사안들로 인해서 수련의 본말이 뒤집어지는 허다한 일들을 온몸으로 체득했습니다. 여태까지 선생님께서 누누이 말씀하셨던 단체 공부의 실상과, 조직이 비대해지면 초기의 신성함이 사라질 수밖에 없다는 것을 늦게나마 깨달았기 때문입니다.

선생님 내일 오후 3시에 삼공재로 찾아뵙겠습니다. 지금 여기 이 순간을 있게 한 스승님과 우주만물에 감사드리며 겸손과 항심을 잃지 않도록 노력하겠습니다. 감사드립니다.

2008년 1월 17일
경북 영천에서 오재익 올림

【필자의 회답】

오재익 씨가 온다면 집사람도 꽤 반가워할 것입니다. 그렇지 않아도 가끔 오재익 씨 얘기를 하곤 했습니다. 18일 오후 3시에 기다리겠습니다.

청량한 기운

선생님께 감사드립니다. 이틀 동안의 수련으로 일상의 모든 문제를 호흡에 들어서 풀어 나갈 수 있는 기틀을 마련한 것 같습니다.

그동안 자신의 본성과 하늘에 부끄럽지 않도록 일상에서 호흡을 놓치지 않고 세상의 눈이 아닌 하늘의 눈으로 모든 것을 바라보며 자신을 냉철하게 성찰하려 노력했지만, 아직은 수련이 미진한 단계인지라 많은 영가와 사기로 선생님께 누를 끼쳐드려서 부끄럽고 죄송한 마음입니다.

먼저 수련의 상황에 대해서 말씀드립니다.

첫째 날 삼공재를 방문하려고 교통편으로 이동하는 순간부터 선생님께 도움을 받고자 인연 따라 계속해서 들어오는 많은 영가들을 느끼면서, 수련이 꾸준하게 진전되었더라면 이러한 영들을 제힘으로 천도를 할 수 있었을 텐데 하는 생각에 자신과 하늘에 부끄러웠습니다.

선생님께 인사를 올리고 호흡에 들은 순간부터 어둡고 응어리진 마음에서 편안한 마음으로 바뀌며 천도되어 올라가는 영가들과, 온몸의 세포 하나하나에서 쏟아져 나오는 사기 때문에 선생님과 주위 도반들에게 누를 끼치는 것 같아 일어서고 싶었지만, 온몸에 파고드는 청량한 기운에 도취해서 도반님들이 일어설 때까지 앉아 있을 수밖에 없었습니다.

영가들이 천도되어 올라가는 것과 동시에 사기가 쏟아져 나오고 맑고 청량한 기운이 들어오면서 온몸의 미세한 경락의 내부까지 진동이 일어나며 단전이 더욱 달아올랐습니다. 온몸으로 미세하게 뚫고 들어오는 기운에 수련의 세계에서는 말이 필요 없으며, 오직 세포 하나하나로 기운으로 스스로 체득하며 가는 길이 가장 바른길이라는 사실을 새삼 각인하는 순간이었습니다.

그동안 생활의 안정을 위해서 일상의 밑바닥에서부터 생활의 기초를 마련하느라 마음을 제대로 다스리지 못하고 건강과 수련이 중심이 되지 못한 결과물이라 생각하니 부끄러울 뿐입니다. 수련을 마치고 1박을 하기 위해서 인근 모텔에 들기 전 아내와 통화를 하려고 생각하는 순간 기다렸다는 듯이 들어오는 영가를 느끼면서 불편함보다는 오히려 감사한 마음이 일었습니다.

이렇게 부족한 수련생에게도 업으로 인한 빚을 받기 위해서 인연 따라 영가들이 들어온다는 것은 그래도 수련이 조금이라도 진전이 되고 있다는 증표이기 때문입니다. 저를 진화의 발판으로 삼기 위해서 들어온다 생각하니 오히려 자신을 공부시키기 위해서 들어오는 영가가 고맙고 감사하여, "아직은 부족한 수련생이지만 저를 발판으로 깨달음을 얻어서 자신의 본래 자리로 가셔서 진화의 대열에 합류하소서"라고 간절히 기원드리며 수련에 들자 얼마 지나지 않아 그들이 편안한 마음으로 천도가 되는 것을 느낄 수 있었습니다.

저녁 내 잠깐잠깐 잠이 든 것 외에는 쏟아져 들어오는 청량한 기운 때문에 아! 이대로 호흡에 들어서 언제까지나 있었으면 하는 마음이었습니다. 전에는 와공을 하면 흐름이 좋지 않을 때는 잠공으로 빠질 때가 많았는데, 좌공을 하든 와공을 하든 맑고 청신한 기운 때문에 단전이 달아오르며 고개가 도리도리 몸이 끄떡끄떡 진동이 일어나며, 잠은커녕 너무나 또렷한 의식 속에서 온몸이 호흡을 하는 듯 마냥 황홀한 환희지심에 취해서 아침을 맞이했습니다.

잠을 거의 자지 않았는데도 전혀 피로함이 없이 아침에 생식을 하고 선정릉을 돌면서 전에 삼공재에 열심히 수련하러 다닐 때 생각이 떠올라 참 시간이 많이 흘렀다는 것을 새삼 느끼는 순간이었습니다.

운동을 마치고 숙소에 돌아와서 12시 모텔에서 나올 때까지 『선도체험기』88권과 소설집 『하계수련』을 정독하며 호흡에 들었습니다. 『하계수련』도 선생님의 마음이 집약된 책이어서 그런지 맑고 강한 기운이 글 속에서 끊임없이 흘러나왔습니다.

12시에 숙소에서 나와 시간이 많이 남았기에 선정릉에 들러 그동안 숱하게 들렀지만 운동과 수련만 했을 뿐 한 번도 다가가지 않았던 왕릉에 들러 잠시 당시의 역사를 생각하는데, 왕후를 보필하던 신하인 듯한 영가가 들어와서 아! 때가 되어서 이렇게 인연 따라 들어온다 생각하니 하늘의 섭리와 스케줄은 한 치의 오차도 없다는 생각이 들었습니다.

삼공재에 도착해서 수련 시간이 다가올수록 또다시 빙의령과 함께 선생님을 뵐 생각을 하니 면목도 염치도 없는 것 같아서 죄송했지만, 지금은 누를 끼치는 수련생이지만 초발심으로 정진해서 자신의 본성과 하늘의 스승님과 도반들에게 부끄럽지 않은 수련생이 되고자 다짐하는 순간이었습니다.

선생님을 뵙고 수련에 들자 영가가 천도되며 단전이 달아오르며 기운이 온몸으로 흘러들어 오고 미세한 진동이 가끔씩 반복되며, 또다시 고개가 도리도리 끄떡끄떡 몸이 진동을 하며 기운이 바뀌고 있다는 것을 느꼈습니다.

생식 처방을 하시면서 전에 나오지 않던 현맥이 감지된다 하시며 직접 진맥해 보라 하셨는데, 그동안 비, 위장과 심장이 좋지 않았기 때문에 급처방으로 토, 화, 육기를 3개월 정도 해서 많이 좋아졌는데, 목 기운이 부족한 증상이 현맥으로 나타난 것 같습니다.

선생님께서 말씀하신 연선원에 관한 사항입니다. 제가 선생님께 말씀드리고자 했던 취지는 모 단체의 원장처럼 엽색 행각이나 하고 돈을 갈취해서 자신의 부를 축적하고 자신을 따르지 않는 사람은 린치를 가하고 하는, 이런 차원과는 비교해서도 안 되는 전혀 방향이 다른 차원을 말씀드리고자 한 것입니다.

그동안 연선원을 나오기까지 쉽지 않은 행보였지만 스스로 선택한 결과였으며, 기적인 부분과 몸공부는 퇴보했을지라도 그곳에서 수많은 생에 걸쳐서 쌓인 습으로 인한 마음의 모난 부분들이 많이 깎여 나간 것을 스스로 느낄 수 있었습니다.

삼공 선생님 문하에서 수련에 정진하다 어느 단계에 이르러서 한계에 부딪쳤을 때 선생님처럼 스스로 해결하며 나아갈 수 있었다면 외도는 결코 있을 수 없었을 것입니다. 당시 함께 수련하며 어느 단계에 도달했던 도반님들 대부분이 고민했던 부분이라 생각합니다.

근기 부족과 한계에 부딪쳤을 때 그 사람의 진가를 알 수 있듯이, 구도자는 그럴 때일수록 밖에서 답을 구하지 않고 자신의 마음 안에서 정신을 차리고 해답을 지혜롭게 갈구했더라면 다른 곳을 찾아 헤매는 우를 범하지 않았을 것을 생각하면 부끄러울 뿐입니다.

그리고 연선원에 관한 사항에 대해서 선생님께서 말을 하라고 하셨을 때 선생님만 계신다면 모르지만 주위에 도반님들이 있는데 한때나마 스승으로 모셨던 분에 관한 사항을 제 자신의 입으로 말씀을 드린다는 것이 왠지 내키지가 않았었습니다.

그곳에 있을 때도 한때 스승으로 모셨던 분에 대해서 잘 알지도 못하면서 함부로 얘기를 하는 것에 대해서 도반으로서 마음이 많이 불편하고 구도자로서 부끄러웠기에, 두서없이 말씀을 드리다 보니 제가 말씀을 드리려고 했던 방향과 인식하시는 데도 차이가 있으신 것 같아서 다시 말씀을 드리는 것입니다.

연선원은 모 단체와는 비교할 수 없는 그곳만의 맑고 장한 기운이 있으며 1백 가지가 넘는 수련법이 있고, 오 선생님이 수련 중에 파장으로 받은 내용을 수련생들의 공부의 교재로 오영훈 선생님께서 집필하신 책이 많이 있습니다.

연선원만의 수련생들의 특징은 거의 수련의 초보들은 없으며 한국의 거의 모든 수련단체를 망라하여 몇 군데의 수련단체를 거쳐서 자신들 스스로 최종 정착지라 생각하고 입회한 사람들이 많다는 것입니다.

선생님께서 대주천이 되고 삼합진공과 영안이 열려 수제자로 생각하셨던 많은 제자들이 수련의 한계에 부딪쳐서 고민하다, 자신들 스스로 그곳에서 뼈를 묻을 각오로 이생의 수련의 마지막 코스로 확신하고 입회하게 한 그곳만의 기운과 교재와 수련법이 초창기에는 있었기 때문에 몰입할 수가 있었던 것 같습니다.

대부분 다른 단체(○○○ 수련생들이 연선원의 대부분이며 핵심은 삼공재 수련생들입니다)를 거치고 왔기 때문에 연선원 책 외에는 거들떠보지 않으며, 오 선생님도 현혹될 수 있으니 수련의 단계가 어떠한 경우에도 흔들림이 없을 때까지는 절대 다른 곳의 책을 가까이하지 말라고 해서 더욱 외골수로 연선원에 빠질 수밖에 없는 실정입니다.

많은 수련법과 명쾌한 말씀이 있는데도 불구하고 초창기 수련생이나 초보 수련생이나 마음공부 측면에서는 진전이 많았겠지만, 기적인 부분이나 몸공부에서는 항상 병을 달고 살고 소주천이 제대로 유통이 되는 것을 자각하는 수련생들도 거의 없습니다. 이것은 마음만 깨달으면 기공 단계는 생략해도 좋다고 하는 말씀에 치우쳤기 때문이 아닌가 생각합니다.

연선원의 가장 큰 오류는 호흡을 그렇게 강조하면서도 정작 호흡의 근원이며 온전한 마음이 들어설 수 있는 근간이 되는 몸공부와 기공부에 대하여 소홀히 한 것이 아닌가 생각합니다. 그러한 연유로 많은 수련생들이 건강조차도 해결하지 못하자 최근에는 팔 체질이라는 대체의학을 수련생들에게 필수 과목으로 선택해서 배우도록 숙제로 내렸다고 합니다.

선생님에 대한 사항도 전체적인 수련생들이 있는 자리에서는 수련의 선배님께 대한 예의를 갖추지 않고 『선도체험기』나 선생님에 대해서 호칭을 함부로 하거나 무례하게 질문하는 수련생이 있으면 눈물이 쏙 나오도록 "감히 어디서 대선배님을 보고 '씨' 자를 붙이느냐"고 지엄한 꾸중을 내린 적도 있습니다.

다만 측근들과 임원들이 있을 때 궁금해하는 사람들이 많지만 자주 질문할 수 있는 분위기가 아니어도 개중에 참지 못하고 질문을 하면 마지못해서 선생님의 수련의 진도나 전생에 관한 사항은 이미 알고 계시는 것과 같은 내용이며, 한국의 모든 수련단체에 대해서 하늘의 계시를 받았다는 내용 중에 선생님에 관한 사항이 나온 것을 말하는 정도인데, 문제는 그것을 전해 들었던 측근들은 연선원이 아니면 자신들 수준에서 수련할 곳이 어디에도 없다는 것으로 인식하는 계기가 된다는 것입니다.

　그리고 국내에서 상당한 영향력이 있는 공직자로 있던 수련생이 오 선생님을 너무 우상화하는 것에 대해서 무심코 사석에서 한 번 했던 말을 듣고, 오 선생님이 크게 낙심하였다는 사실을 전해 들은 수련생들의 빗발치는 항의 전화와 협박 전화로 결국은 수련장에 나오지도 못하고 수련을 그만두는 경우가 있었습니다.

　최근에는 전국의 지부를 모두 폐쇄하라는 하늘의 명으로 새로운 회원을 받지 않고 있으며 기존의 회원 중에 입회비를 돌려받기를 원하는 수련생이 있으면 돌려주고, 소수정예의 100명 정도 인원들만 한 달에 한 번 수련장에 모여서 수련에 매진하고 있다고 합니다.

　이런 흐름이라면 연선원이 얼마나 지속이 될지는 하늘에서 결정하시리라 생각합니다. 저는 그곳을 나온 순간부터 이미 마음을 철저하게 끊었습니다. 비록 몸이 나와 있을지라도 마음이 그곳에 있으면 아무런 의미가 없듯이 지금은 담담하게 마음 정리가 되었습니다. 이제는 어떠한 수련법에도 현혹되지 않고 흔들리지 않는 마음을 갖게 된 것을 다행으로 생각하며 항상 보이지 않게 보살펴 주신 하늘에 감사드리고 있습니다.

　연선원에 관한 핵심을 알 수 있는 책을 이번 주 25일 금요일 방문 때 가지고 가겠습니다. 선생님께서 읽어 보시면 무엇이 문제인지를 단번에 꿰뚫어 보시리라 생각합니다. 이번에 삼공재 수련을 마치고 내려와서 선생님의 말씀을 화두 삼아 호흡 안에서 하화중생할 수 있는 길을 찾고자 알아보고자 합니다.

　그곳에 대한 모든 자료를 수집해 놓고서 때가 되면 바른 구도의 길을 찾고자 하는 구도자들의 여정에 등불이 될 수 있었으면 합니다. 그러기 위해서는 아직은 때가 아니기에 어떠한 경우를 당하더라도 가족들이 고통을 당하지 않도록 철저하게 준비해야 하며 비록 쓰러지는 일이 있어도 오뚝이처럼 일어날 수 있는 여력을 수련에서도 경제력에서도 마련할 생각입니다.

수련에서도, 하화중생할 수 있는 역할에서도, 하늘이 지켜보신다 생각하고 부끄럽지 않은 수련생으로서 초발심으로 노력할 것입니다. 도림 선배님과는 어제 통화했습니다. 저를 처음 삼공재에 이끌어 주셨던 분이고 항심을 갖춘 존경하는 마음의 선배님이십니다.

선생님께 감사드립니다.

추신:

선생님! 아내도 제가 삼공재에서 수련할 때부터 이미 인연이 되어서 늘 지켜보며 있었는데 종교단체에서 고통을 많이 당한 사람이며, 가장 힘들 때 저와 끈이 연결되어서 늘 하늘의 보살핌에 감사하는 마음으로 살아가는 사람입니다. 아내도 이제 겨우 마음을 추스르고 있으나 조직이나 단체에 대해서 공포감을 가지고 있어서 우선 일상에서 기반을 다져서 여력이 갖추어질 때까지는 때를 기다릴 생각입니다.

제가 근무하는 직장과 거주지를 임원들, 연선원 홍보실과 회원관리실에서 주시하고 있으므로 제가 홀로서기할 수 있을 때까지만 철저하게 가명으로 해 주실 것을 부탁드립니다. 때가 되면 선생님께서 하지 말라 하셔도 하화중생할 수 있는 길을 모색하는 것이 구도자의 길이라는 것을 명심하고 있습니다.

2008년 1월 23일

제자 오재익 올림

【필자의 회답】

메일을 읽어 보고 느낀 것은 오재익 씨가 한때 스승으로 모셨던 오영훈 선생을 조금도 헐뜯으려 하지 않고 가능한 한 감싸 주려고 한 것입니다. 그분을 잘 알고 있는 나는 그분이 소문대로 축재를 하거나 자기 자신을 우상화하는 등의 비리를 저지르지는 않은 것을 참으로 다행으로 생각합니다.

나는 그분이 수련자들에게는 훌륭한 영적인 스승으로 남아 있기 바랍니다. 한 가지 유감스러운 것은 삼공재에서는 멀쩡하게 대주천까지 잘 나가던 수련자들이 그곳에 들어가기만 하면 무엇 때문에 모두가 다 임독이 막혀 버려 소주천이 불가능해지는지 그 이유를 알 수 없습니다.

이것은 그곳을 체험한 오재익 씨가 밝혀내야 할 숙제라고 생각합니다. 그렇게 하는 것이 연선원을 위해서도 그리고 그곳 수련자들을 위해서도 크게 도움이 될 것이라고 생각합니다.

오행생식의 바탕

선생님께서 하신 말씀 마음에 깊이 새기겠습니다. 삼공재에서 그렇게 수련이 일취월장했던 수련생들이 그곳에서 1년을 넘기면 기적인 부분에서 퇴보할 수밖에 없는 이유가 확실하게 있습니다. 삼공재에서는 몸공부, 기공부, 마음공부 세 가지가 함께 조화를 이룰 수 있도록 몸소 실천하시며 점검하시고, 직접 체득하신 경험을 바탕으로 반드시 실천할 수 있도록 관여하십니다.

그러한 결과 건강이 개선됨을 본인 스스로 느끼면서 무절제한 식습관으로 수련에 절대적인 영향을 미치는 습을 고치고 식탐에서 벗어날 수 있는 계기가 된다는 것입니다. 식탐을 벗어나면 건강이 회복되며 빠듯한 일상에서 수련 시간을 할애해야 하는 구도자들에게는 맑은 정신으로 수면욕을 조절할 수 있어서 최대한 집중해서 수련에 매진할 수 있으며 성욕 또한 자신의 의지대로 다스릴 수 있다는 것입니다.

수련에서 반드시 극복해야 하는 3대 요소 즉 식욕, 성욕, 수면욕을 오행생식이 밑바탕에 있으면 자연스럽게 극복이 되는 것을 저 또한 몸으로 체득했기에 자신 있게 말씀드릴 수 있습니다. 삼공재는 수련의 출발선에서 수련의 근간인 3대 요소를 반드시 실천하면서 나아가기 때문에 조화를 이루며 일상의 습을 고치면서 스스로 자신을 성찰하며 갈 수 있다는 것입니다.

큰 깨달음이 오더라도 그 깨달음을 담을 수 있는 마음을 받쳐주는 그릇인 몸이 건강하지 않으면 자신은 깨달음으로 인해서 여한은 없을 수 있겠으나 상구보리만 하고 하화중생은 할 수 없는 치우친 수련이라 생각하기 때문입니다.

그러한 면에서 삼공재는 각자의 성향과 스케줄에 따라 스스로 목표를 정해서 구도의 길로 정진할 수 있도록 구체적인 실체험을 바탕으로 조

179

화를 이룬 수련을 한다는 것이 하늘과 땅만큼 차이가 크다는 것을 말씀
드리고 싶습니다.

몸공부 중의 하나인 암벽등반도 실수하면 큰 부상을 입을 수도 있기
에 매 순간 손끝 하나 발끝 하나에 최대한 집중하면서 호흡과 함께 하는
산행은 어느 스포츠보다 수련생에게는 자연과 하나 되는 일체감과 집중
력을 기르는 데는 최고의 활인법이 아닌가 생각합니다.

이러한 근간을 바탕으로 수련했던 도반들이 그곳으로 옮기고 나면 수
련의 진도에 따라 마음공부는 획기적인 진전이 있었을지 모르지만 무절
제한 식습관과 나태해진 몸공부로 인하여 경락이 막히고 기운의 소통이
원활하지 않았던 것이 아닐까 생각해 봅니다.

저 역시 절제된 생활을 하다가 도반들이 이질감을 느끼지 않도록 뭔
가에 매이지 말고 걸림이 없는 생활을 하라고 일갈하시는 말씀에 따라
가리지 않고 식사를 하면서부터, 오히려 새털처럼 가벼웠던 몸이 순식간
에 허물어짐을 느꼈기 때문입니다.

구도의 길에서 수련생들에게는 깨달음을 향해서 나아가는 길에 어느
정도 절제된 생활로 그동안의 습을 벗어 버리는 그 자체가 하나의 수련
이 아닐까 생각합니다. 마음적인 깨달음 부분도 이미 깨달은 분의 해답
이 구도의 길에 지향점은 될 수 있겠으나, 이생의 각자의 스케줄에 따라
늦더라도 자신 스스로 몸과 기운이 조화를 이뤄서 자기 자신의 진화에
맞는 심적인 깨달음이 왔을 때 비로소 자신의 것인 완전한 깨달음이 아
닐까 생각됩니다.

이미 깨달은 분의 해답을 암송을 하고 필사를 하면서 마음적인 부분
에 치중하는 한, 삼공재에서처럼 건강한 몸속에 맑은 기운이 유통되며

그러한 호흡 안에서 스스로 체득하는 깨달음으로 홀로 설 수 있는 기회는 영영 오지 않는다고 생각합니다.

학문을 배우는 데도 일정한 규율과 법칙이 있긴만, 하물며 영적인 진화를 위해서 정진하는 구도의 길에 일상에서 절제된 생활로 습을 벗지 못하고 누구에게 엎혀서 쉽게 가려 하거나 마음으로만 깨달아 가는 것은 모래 위에 성을 쌓는 것처럼 위험한 길이라고 생각됩니다.

그곳에서는 오 선생님부터 선인은 식생활을 포함해서 일상의 모든 것에서 걸림이 없이 자유로워야 하며, 뭔가에 매이면 그 순간부터 치우친 수련이라 하시며 오행생식도 50% 정도 점수를 줄 수 있는 치우친 대체의학의 일부분으로 폄하합니다.

수련생들도 마음은 벌써 선인의 자리에 가 있을 정도로 해답을 달달 암송해서 테이프 틀듯이 말할 수 있겠으나, 기초부터 조화롭게 정진하지 못해서 말 또한 자신의 목소리가 아니며 더구나 기운과 하나 되지 못하므로 건강도 제대로 추스르지 못하는 결과만 낳고 있는 것입니다.

그곳에서 수련의 가장 선두에 있다는 수련부장이 병으로 수술을 받았으며, 업의 결과이며 업장을 해소하는 방편으로 현대의학에 의존하는 것을 대부분의 수련생들이 별로 대수롭지 않게 생각하는 추세입니다.

수련이란 수많은 생의 업으로 인한 습을 기운으로 깨이고, 몸으로 깨이며, 마음으로 깨쳐 가며 가장 먼저 자신의 습으로 인한 건강을 확보하는 것이 수련의 중요한 과정이라 생각할 때 문제가 많다는 생각입니다. 항상 호흡이 바탕이 되어야 한다고 강조하시지만 마음만 깨달을 수 있으면 기공부는 건너뛰어도 좋다는 말씀을 하시기 때문에 기초에 충실하지 못한 결과가 10년 된 수련생들의 진도에 오 선생님 스스로도 혼란스러워 하는 것 같습니다.

그곳에서는 처음에 입회하면 도인체조를 하고 나면 임독맥을 여는 행공과 대주천을 유통하게 한다는 자세로 20분 정도를 수련한 후에, 천지유통 좌공 수련법으로 처음부터 끝까지 의념으로 혈자리를 돌리며 탁기를 씻어 내는 수련을 합니다.

단전에 기운자리가 형성이 되지 않은 상태에서 의념 수련으로 기운을 이리 돌리고 저리 돌리기 때문에 그곳의 기운줄에 의해서 기운은 느끼고 혈은 열립니다. 기감이 예민한 사람은 온몸에 기운이 돌아다닌 것은 느끼지만 느끼는 것으로 그칠 뿐, 단전에 기운이 쌓여서 저절로 흘러넘쳐 대맥을 돌고 임독맥을 돌아 소주천과 대주천이 될 수 있는 자생력을 상실할 수밖에 없다는 게 제 생각입니다.

삼공재에서 대주천이 되었던 도반들도 기운이 정체되고 운기가 잘되지 않은 이유도 절제된 생활을 하다 흐름이 깨어지니, 무절제한 식탐으로 인한 혼탁해진 몸으로 식욕, 수면욕, 성욕에서 결코 자유로울 수 없습니다.

하루 30분 정도의 도인체조에만 의존하는 흐름이기에 건강의 기본이 흔들릴 수밖에 없으며 기운의 소통 또한 당연하게 퇴보할 수밖에 없는 이유가 아닐까 생각합니다. 초보부터 고급반까지 잡념 없이 수련에 집중하기 위한 방편으로, 처음부터 끝까지 혈자리를 암송하면서 기운을 온몸의 혈자리로 돌리는 수련을 하는 데 허실이 있지 않나 생각합니다.

수련법이 100개가 넘는다는 것은 역으로 말하면 제대로 된 수련법이 하나도 없다는 것과 동일한 뜻이 아닐까 생각되는 부분입니다. 그 밖에 제가 알 수 없는 수준에 있는, 보이지 않는 세계의 옳지 않은 흐름으로 인한 기운의 정체라면 그러한 부분은 삼공재에서 수련에 정진해서 제가 알아가야 하는 숙제이리라 생각합니다.

　오 선생님 말씀처럼 옳지 않은 흐름의 안내로 인한 기운의 정체라면 그것 또한 제 스스로 호흡 안에서 알아내어 인연이 되었던 도반들께 더 이상 방황하지 않도록 등불이 되어야 한다고 명심하고 있습니다.

　항심과 겸손을 바탕으로 하늘의 메시지를 온전히 마음으로 받을 수 있도록 노력하겠습니다. 감사드립니다. 내일 오후 3시에 찾아뵙겠습니다.

제자 오재익 올림

【필자의 회답】

　나는 한국 선도의 뿌리는 어디까지나 『삼일신고(三一神誥)』에 나오는 지감, 조식, 금촉 즉 마음공부, 기공부, 몸공부에 기초를 두고 있습니다. 그래서 한국 선도는 『혜명경(慧命經)』에 뿌리를 둔 중국 선도와도 다른 것입니다. 만약에 연선원이 마음공부만을 우선으로 한다면 선종(禪宗), 기독교, 힌두교, 회교와 무엇이 다른지 모호해질 것입니다.

　어찌되었든지 삼공재에서 멀쩡하게 잘되던 대주천 수행자가 그곳에 가면서 임독이 꽉 막혀 버리는 기괴한 현상은 철저히 밝혀져야 할 것입니다. 오재익 씨가 지적한 것처럼 기공부와 몸공부를 소홀히 한 것도 원인이 되겠지만 또 다른 원인들도 명백히 밝혀져서 시정이 되어야 연선원도 새로운 도약기에 들어설 수 있을 것입니다.

격심한 명현반응

스승님! 그동안 2단계 화두수련을 의념하면서부터 혹독한 기몸살과 그로 인한 명현 현상으로 수련일지를 올리지 못해서 죄송합니다. 저는 심장과 비위장이 위험할 정도로 좋지 않았었습니다.

오행생식과 삼공 수련으로 많은 회복이 있었지만, 이번에는 오행의 불균형으로 근본적으로 치유하고 있는 것 같습니다. 심장의 찌를 듯한 아픔 이상으로 호흡곤란이 와서 의식을 잃기도 했으며 운신을 할 수 없을 정도로 힘든 상황이 여러 번 있었습니다.

아내에게 지금 중요한 수련 중이니 내게 건강상 어떤 위급한 상황이 발생하더라도 절대 병원으로 이송하면 안 된다고 당부를 했기에, 실제 상황에서도 아내의 침착한 대응으로 조용히 안정을 취할 수 있도록 해 주어서 위기를 잘 극복하고 회복 중에 있습니다. 기운은 점점 강하게 운기되고 있으며 어떠한 순간에도 이 수련에 대한 믿음이 있기에 화두를 놓치지 않고 일심으로 의념하고 있습니다.

모든 부분에서 너무도 부족한 제자이지만 자신 스스로 부끄럽지 않은 사람이 될 수 있도록 노력하겠습니다. 매 순간마다 하늘의 보살핌과 스승님의 배려를 온몸으로 느끼기에 감사한 마음입니다. 이번 주에 찾아뵐까 했지만 아직은 몸을 추스려야 할 것 같습니다. 다음 주 화요일 3월 25일 오후 3시에 찾아뵙고 생식 처방도 받아야 할 것 같습니다. 항상 살펴 주심에 감사드립니다.

2008년 3월 20일
오재익 올림

【필자의 회답】

수련은 아주 정상적으로 잘 진행되고 있으니 걱정할 필요는 조금도 없습니다. 단지 병원에만 가지 않으면 됩니다. 새 기운이 들어오면서 심신 전체가 완전히 새로 개조되는 과정입니다. 보통 사람이 선인(仙人)으로 바뀌면서 일어나는 환골탈태(換骨奪胎)의 부작용이라 생각하고 잘 참아 내어야 할 것입니다. 3월 25일 오후 3시에 기다리겠습니다.

혹독한 빙의와 명현 현상

선생님! 3단계 화두수련을 하면서 3일 전부터 빙의령으로 인한 원인과 함께 혹독한 명현 현상을 겪고 있습니다. 빙의가 되면서 오른쪽 편도선이 너무 부어서 물은 물론, 침도 삼키기가 고통스러우며 말을 하면 목의 울림으로 통증이 심해서 일상의 업무를 볼 수가 없기에, 집에서 안정을 취하면서 화두수련에 임하고 있습니다.

빙의령은 저의 업으로 인한 결과이기에 영가의 진화를 기원드리며 관조하고 있습니다. 그동안 목에 가래가 조금씩 있었는데, 영가로 인해서 좋지 않았던 기관지와 편도의 약한 부분들이 드러나면서 면역체계를 개조하는 듯한 느낌입니다.

글을 올리는 지금도 목의 통증 때문에 괴롭지만 수련의 과정이라 생각하니 고통 또한 감사한 선물이 아닌가 생각합니다. 고통을 감추고 있지만 물도 잘 먹지를 못하니 아내가 눈치를 채고 걱정을 하고 있지만, 부실하게 관리한 몸을 추스르지 않으면 이 수련에서 끝까지 갈 수 없기에 잘 설득하며 수련에 임하고 있습니다.

목의 통증 때문에 생식도 먹을 수가 없어서 단식을 하고 있는 중입니다. 호흡에 들면 기운은 좋지만 목의 통증 때문에 집중이 잘되지 않아서 틈틈이 호흡에 들고 있으며 화두는 계속 암송하고 있습니다. 이번 수련은 지금의 과정을 잘 이겨내야 시험을 통과할 것 같습니다. 몸을 추스르고 나면 메일 드리고 찾아뵙겠습니다. 항상 감사드립니다.

2008년 4월 3일
영천에서 제자 오재익 올림

【필자의 회답】

형편이 되면 단식을 해도 좋습니다. 목의 부기가 가라앉을 때까지 1주에서 3주까지는 단식을 해도 몸에 별 이상은 없을 것입니다. 이번 기몸살을 잘 겪고 나면 수련이 몇 단계 뛰어오르게 될 것입니다. 그러나 무리는 하지 말아야 할 것입니다. 부은 목이 가라앉고 식욕이 당기면 다시 식사를 해야 합니다. 지금 중요한 것은 현묘지도 수련을 마치는 것이지 단식 수련을 하는 데 있는 것이 아니기 때문입니다. 계속 분발하기 바랍니다.

단식을 해도 힘들지 않습니다

선생님! 힘든 시점에 말씀 하나하나가 마음에 깊이 와닿습니다. 명심하고 융통성 있게 인체의 흐름과 기운의 흐름을 관조하면서 지혜롭게 극복하겠습니다. 단식을 하는데도 아직까지는 별로 힘들지도 않고 목만 부어서 고통스러운 것 외에는 몸이 원해서 그러는지 음식에 대한 욕구가 생식조차도 전혀 일어나지 않습니다.

전에 생식을 하면서 단식을 할 때는 가끔 음식에 대한 욕구가 일어날 때가 있었는데 지금은 면역체계가 개조되느라 그런 것인지 음식에 대한 욕구도 일지 않으며, 얼굴이 조금 야윈 것 외에는 물도 제대로 먹지 못하고 있는 사람처럼 전혀 보이지 않습니다. 지금 여기 오기까지 이끌어 주신 선계와 선생님과 우주만물에 감사드립니다.

2008년 4월 3일
영천에서 제자 오재익 올림

【필자의 회답】

식욕이 날 때까지 식음을 일체 하지 않아도 됩니다. 부디 이 고비를 끝까지 잘 넘기기 바랍니다.

21일 단식을 끝냈습니다

스승님! 선생님과 선계의 스승님들께서 끊임없는 관심과 사랑으로 살펴 주셔서 3단계 수련 중에 일어났던 명현 현상을 잘 극복할 수 있었습니다. 명현 현상으로 침도 삼킬 수 없는 고통으로 시작된 단식이 21일을 기점으로 무사히 마칠 수 있었습니다.

이번 공부를 통해서 사지가 멀쩡해도 목이 제 기능을 할 수 없으니 수련도 마음대로 할 수 없다는 것을 뼈저리게 체험하였습니다. 수련에 들면 옥침에서 침이 끊임없이 흘러내리는데 이번의 경우에는 침도 삼킬 수가 없었기에 오히려 고통스러움에 수련에 드는 것조차 엄두가 나지 않을 정도였습니다.

모든 것이 전생의 업으로 인한 결과들이 이 생에 해업의 과정으로 반드시 겪게 하는 하늘의 뜻을 온몸으로 체득한 수련이었습니다. 마음과 몸이 일심동체가 되어서 바른 마음과 건강한 몸으로 바로 서지 않으면 수련의 길에서 결코 뜻한 바를 이뤄낼 수 없다는 사실을 느끼게 한 수련이었습니다.

단식으로 얼굴은 수척하지만 눈빛은 더욱 형형하게 살아 있다는 것을 스스로 느끼고 있습니다. 운기 상태도 더욱 활발해졌으며 마음이 잔잔함으로 여여해진 듯합니다. 지금은 단식을 끝내고 너무 장기간 업무를 하지 못한 결과를 해소하기 위해서 바로 영국에 출장을 나와 있어서 삼공재를 찾아뵙지 못했습니다.

선생님께 문안 인사를 바로 드리지 못해서 죄송합니다. 5월 8일 귀국 예정입니다. 귀국하면 선생님께 메일을 먼저 드리고 찾아뵙겠습니다. 선생님과 사모님께 감사드립니다.

2008년 4월 30일
영국에서 제자 오재익 올림

【필자의 회답】

21일 단식을 성공적으로 마쳤다니 참으로 다행입니다. 무사히 귀국하여 다시 삼공재를 찾기 바랍니다.

새로운 디딤돌

지지난 주 수련을 하고 왔지만, 그 이후에도 수련엔 진전이 없고 일상 생활의 반복만 일어납니다. 사실 진전이 없다기보다는 수련을 하는 시간이 많지 않다는 표현이 더 맞겠지요.

스스로 치열하지 못하기 때문에 진전도 없이 스승님을 찾아뵙는 게 죄송스럽긴 하지만 한편 다행스럽기도 합니다. 스승님을 뵙고 수련하는 이 과정이 없다면 아마도 더 나태해지지 않았을까 하는 생각이 듭니다.

이번에 서울에서 다닐 학원에서 통번역대학원 설명회가 있고, 가는 김에 수업도 들어 보려고 이틀 휴가를 내었습니다. 이제 곧 새로운 시작을 향한 디딤돌을 내딛으려 합니다. 그 내딛음이 정말 쉽지가 않았지만, 그러나 끝이 보이고 수련에도 새로운 전환점이 되리라 확신을 합니다.

항상 열심히 한다는 말만 앞서고 진척은 없어 메일을 보낼 때마다 죄송한 맘 금할 길이 없습니다. 이번에는 주말까지 포함해서 찾아뵐 수 있겠네요. 그럼 목요일 뵙겠습니다.

창원에서 제자 류성록 올림

【필자의 회답】

수행자는 어떠한 역경을 당해도 그것을 긍정적으로 이용하여 항상 새로운 도약대로 삼을 줄 아는 사람을 말합니다. 류성록 씨는 지금은 비록 침체기가 오래 계속되지만 언제까지나 침체기만 계속되는 것은 아닙니다. 크게 도약할 사람은 한 발 크게 물러서는 법입니다.

따라서 침체기도 사실은 발전을 위한 준비 기간에 지나지 않는다는 것을 알아야 할 것입니다. 언제나 초조해하지 않고 느긋하게 일 년이 하루같이 수련에 전념할 때 반드시 큰 성취가 있게 될 것입니다. 목요일 오후 3시에 기다리겠습니다.

동전 크기의 뜨거운 열감

1. 지난 2008년 1월 30일 삼공재 방문 수련 시, 제게 들어온 원한에 찬 빙의령(어부)을 천도해 주신 것을 감사드립니다. 선생님께서는 제가 빙의된 사실을 감지하지 못하자 열심히 분발할 것을 말씀하심으로써 제 수련 의지를 북돋아 주셨습니다. 감사드립니다. 그때 자세히 말씀드리지 못한 내용을 다시 말씀드리려 합니다.

2007년 11월 23일 이후 삼공재에 3차 방문 수련(2008년 1월 9일) 이후 수련 시 단전에 동전 크기의 아주 뜨거운 열감이 생기고 그 열감이 중단과 허리, 협척 등 머리를 제외한 몸의 배면에 은은하게 퍼져 나가던 중, 중단에 강한 열감과 시원함이 교차된 후 등 부위에 뻐근함이 생겨나고 중단에 열감이 사라졌습니다.

아마 그때 빙의가 되지 않았나 생각됩니다. 빙의를 알아차리지 못하고 거의 3주간을 보냈을 정도로 기감이 둔했고, 지난 세월 수련을 중단했던 일을 너무 안이하게 생각한 것에 대하여 심히 한심한 생각이 들었습니다. 이제부터는 정말 심기일전하여 수련에 전념코자 다짐해 봅니다.

2. 빙의된 시점이 1항의 시점과 일치하는지 알고 싶습니다. 혹 빙의 시점의 상황이 향후 관에 대하여 도움이 되지 않을까 하는 생각에서입니다.

삼공재 방문 수련은 2주에 1회씩 하기로 일요일에 교회에 같이 가 주는 조건으로 아내와 합의하여 수련 기회를 마련하였습니다.

3. 항상 바쁘실 터인데 아직도 한심한 질문을 드리게 되어 송구스럽습니다. 즐거운 설 명절 되시기 바랍니다. 안녕히 계십시오. 2월 2째 주에 찾아뵙겠습니다.

과천에 사는 부족한 제자 유종림 올림

【필자의 회답】

수련이 점차 진행되면 기감은 차츰 더 예민해지게 되어 있으니 너무 걱정하지 않아도 됩니다. 그리고 유종림 씨가 언제 빙의가 되었는가 하는 것은 본인 자신만이 아는 일입니다. 기감이 둔하여 미처 몰랐다면 그대로 지나쳐 버리면 되는 것이지, 지난 일을 가지고 지금 새삼스레 신경을 쓸 필요는 조금도 없습니다.

누가 병이 났다면 그가 언제 병이 났는가 하는 것은 그 자신만이 알 수 있는 것과 같습니다. 병이 나는 것과 죽는 것과 밥을 먹는 것과 같은 것은 이 세상에서는 그 누구도 대신해 줄 수 있는 일이 아니기 때문입니다.

메일을 읽어 보니 날이 갈수록 점점 왕년의 수련 진도가 되살아나는 것 같습니다. 축하할 일입니다. 이런 때일수록 행주좌와어묵동정(行住坐臥語黙動靜) 염념불망의수단전(念念不忘意守丹田)하시기 바랍니다.

부인과 합의하에 삼공재에 2주에 한 번씩 오게 되었다니 다행한 일입니다. 매사에 그런 식으로 부인과의 합의하에 일을 진행시키면 수련도 잘되어 나갈 것입니다. 금년에도 수련이 계속 업그레이드하기 바랍니다.

193

바보가 되기 어려우면

오랜만에 메일 드립니다. 건강하시지요? 저는 요 몇 달 방석체조와 뒷 짐지고 걷기 등을 꾸준히 하고 있습니다. 고질병이라 그런지 그다지 몸이 좋아진 것 같지는 않지만, 그래도 현대의학보다는 훨씬 믿음이 갑니다.

언젠가는 이 업이 끝나겠지요. 예전 메일 보내 주신 거 읽어 보노라니 "수련이란 악조건에서도 할 수 있다" 하셨네요. 어느 사이엔가 일병 3호 봉. 아직도 선임병이 아홉 명이나 되지만 제 밑에도 네 명이 있습니다.

이등병 때만큼 힘겹지는 않지만, 후임 관리와 일 처리가 느리다는 이 유로 끊임없이 제 자아의 수정을 요구받고 습관을 고칠 것을 명령받고 있습니다. 저는 남한테 큰 목소리로 소리 지르거나 개같이 욕해 본 일이 없고 하고 싶지도 않은데, 선임병들은 나를 위해서 그렇게 해야 한다며 자꾸만 이야기합니다.

군대는 특수 조직이기에 그렇게 해야 한다는데, 저 또한 그런 식으로 후임들을 욕설과 폭언으로 몰아붙여야 할까요? 똑같이 머리 깎고 앉아 있어도 저만 혼자 스님 같다는데, 자기들 보기엔 맨날 손해 보고 양보하 고 나한테 잘못하면 이렇게 다친다고 합니다.

보복할 줄 모르는 제가 바보 같답니다. 그런 식으로는 약육강식의 세 상을 살아남지 못할 거라고, 문명의 속성뿐만 아니라 자연의 속성도 경 쟁인데 계속 그런 식으로 살 거냐고 합니다. 과연 제가 그들 삶의 방식 을 이어받아야 할까요? 선생님의 말씀을 듣고 싶습니다.

2008년 2월
유주홍 올림

【필자의 회답】

나는 무명중생(無明衆生)과는 살아가는 방법이 다른 구도자의 길을 말했을 뿐입니다. 주변 사람들과 척을 짓지 않고 원만하고 사이좋게 살아가는 방법은 남에게 양보 잘하는 바보처럼 살아가는 길이 있을 뿐입니다. 그것이 구도자가 걸어가야 할 길이고 또한 도를 이룰 수 있는 길이기 때문입니다.

그런데 주변 동료들이 약육강식의 경쟁 사회에서 그런 바보 같은 짓을 하다가는 살아남지 못한다고 말했다고 해서, 심사숙고 끝에 남들과 똑같이 살아 보아야겠다는 결심이 섰다면 그렇게도 한번 살아 보는 것도 좋을 것입니다.

이타행(利他行)이냐 이기행(利己行)이냐 하는 것은 양쪽을 다 같이 진지하게 실험을 해 본 후에, 장기적으로 보다 효율적이고 마음이 편한 쪽을 택하시기 바랍니다. 선배들이 한 말이 미덥지 않으면 체험으로 판가름하는 길밖에 더 있겠습니까? 그렇게 해 보는 것도 좋은 수련의 한 방법이 될 것입니다.

손발에 열감이 강하게 느껴지고

삼공 선생님, 안녕하십니까? 안양의 유관호입니다. 어제 수련받고 생식을 타 왔습니다. 설날 전이어서 그런지 평일이지만 수련하시는 분이 많았던 것 같습니다. 그중에서 새벽 2시부터 강하게 빙의되어 식음을 전폐하다시피 하셨다는 분이 기억에 남습니다.

왜냐하면, 그분이 그 이야기를 선생님께 꺼내는 순간 제가 그분을 쳐다보았고 그러자마자 제 몸이 다시 답답해지고 맥이 다시 약간 빨라졌기 때문입니다. 선생님께 인사드리고 한 시간 정도 호흡하며 갑갑함도 풀어지고 맥도 정상으로 돌아와서, 속으로 "인제 됐구나" 안심했는데... 에고 또다시 시작이네요.

얼마간의 시간이 또 흐른 후 다시 정상으로 돌아왔지만, 빙의령과 삼공 공부는 정말 뗄려야 뗄 수 없는 불가분의 관계임을 느낍니다. 아울러 이러한 빙의령과의 씨름을 10년 넘게 하고 계시는 선생님이 정말로 존경스러울 따름입니다.

선생님의 도움으로 기공부가 조금씩 향상되고 있는 것 같습니다. 며칠 전부터는 전에 없이 손과 발 쪽으로 열감이 강하게 느껴지고 백회 쪽도 반응이 세게 와서, 호흡을 하루에 2~3시간씩 강하게 밀어붙이고 있습니다.

손과 발, 하단전, 엉덩이에 뜨거운 열감을 느끼고 머리통이 구멍이 나면 그날 단전호흡은 성공이고, 그렇지 않으면 그렇게 될 때까지 집중하며 물고 늘어지고 있습니다. 또 한 가지, 몸에 사기나 탁기 등이 있는 상태에서 단전호흡을 하면 오른쪽 어깻죽지에 통증이 있고, 그렇지 않고 몸에 사기나 탁기가 없으면 통증이 오지 않음을 알았습니다.

요즘 가슴에 '참을 인(忍)' 자를 다시금 새기고 있습니다. 어머니와 집 사람과의 관계가 또다시 나빠졌기 때문입니다. 마음공부에 소홀하지 말라는 섭리의 작용일까요? 삼공 공부 시작하고 고이 잘 모셔 놨던『금강경』독송 테이프를 다시 가끔 들으며 흔들리는 마음을 다시 가다듬거나, 가쁜 숨을 몰아쉬며 산에 오르곤 합니다.

어제 삼공재에서 들어 보니 송사가 아직 끝나지 않은 것 같았습니다. 아무쪼록 좋은 방향으로 일이 잘 마무리되길 빌겠습니다. 설 명절 잘 보내시고, 다시 찾아뵐 때까지 강건하십시오.

2008년 2월 6일
안양 유관호 드림

【필자의 회답】

무엇보다도 수련에 큰 진전이 있으니 반갑습니다. 지금 상태로 보아서는 멀지 않아 임독이 트이고, 뒤이어 백회도 열릴 것 같습니다. 등산 때 중간 정상을 눈앞에 두고 마지막 피치를 올리는 심정으로 용맹정진하기 바랍니다.

빙의령을 걱정하는 모양인데 이것도 막상 당하고 나면 누구나 다 뚫고 나가게 되어 있습니다. 어려운 과제가 맡겨지면 하늘은 반드시 그에 상당하는 능력을 주게 되어 있습니다. 그러니 지금은 아무 생각 말고 계속 힘차게 앞으로 계속 밀고 나가기만 하면 됩니다.

　새해에는 기필코 수련이 몇 단계 뛰어오르기 바랍니다. 이런 때일수록 물동이 이고 밤길을 더듬어 가는 아낙네처럼 매사에 조심하여야 할 것입니다. 방사, 음주, 도박은 독극물이라는 것을 명심해야 할 것입니다.

무사히 출산했습니다

스승님 평안하시온지요? 부산에 박순미입니다. 3월 5일 아침 6시 25분에 건강한 아들을 출산했습니다. 무사히 자연분만으로요. 메일을 진작 써놓고 몸조리한다는 핑계로 이제야 보냅니다.

태반이 정상적이지 않아서 걱정이 되었지만 무사히 자연분만으로 거의 달수를 다 채워 낳았습니다. 이번에 셋째 출산은 인위적인 약품에 의존하는 (무통분만, 분만촉진제, 항생제, 회음절개 등등) 병원을 거부하고 자연적인 출산을 유도하는 조산원에서 마음 편하게 출산을 하였습니다.

아무래도 생식을 먹는 수련자의 입장에서도 여러 가지 약물에 의존하는 것보다 자연적인 몸의 생리대로 분만을 하는 것이 더 나을 것 같아서였습니다. 셋째가 태어나 제 배 위에 올려지자 신기하게도 울음을 뚝 그치더니 엄마의 심장 소리를 듣고 편안해지는 것이었습니다.

그리고 아빠가 탯줄을 자르고 아기를 바로 싸지 않고 100분 동안 공기 중에 노출시키는 100분 나체요법과 첫 모유가 돌기 전 사흘 동안 굶기는 자연단식을 시행했습니다. 100분 나체요법은 아직 미숙한 심장과 폐 기능을 돕는 것이고, 사흘 동안 물만 먹고 굶기는 것은 성인들이 숙변을 빼려고 단식을 하는 것처럼 열 달 동안 태변(胎便)을 장에 담고 있던 아기도 이처럼 3일 동안 음식을 취하지 않고 단식을 해야 태변을 완전히 내보낼 수 있다 합니다. (참고: 『황금빛 똥을 누는 아기』 최민희 저)

첫째, 둘째 때도 이런 자연요법들을 알고 있었지만 용기가 없어서 실행하지 못하고 셋째 때는 과감히 실행했습니다. 병원에서는 이런 요법들을 실천하려면 각서를 쓰는 등 절차가 복잡하거든요.

셋째의 이름을 지으러 철학관에 갔더니 아이의 사주가 아주 좋다며 복을 많이 타고났다고 얘기하더라고요. 순간 스승님께서 해 주신 말씀이 떠오르고, 삼공선도 수련을 하며 얻은 아이니 만큼 건강하고 바르고 지혜롭게 키우리라 다짐해 봅니다.

지금 2주 정도 몸조리를 하면서 어느 정도 기력을 회복했지만, 모유 분비를 위해 엄청난 양의 미역국과 밥을 먹는 것이 위에 부담이 많이 됩니다. 10kg가량 는 몸무게도 부담스럽구요. 물론 생식은 챙겨 먹고 있지만 산후 조리하는 동안 생식은 먹던 대로 그냥 먹어도 되나요? 아니면 수 생식을 더 많이 넣어서 먹는 것이 나을지 궁금합니다.

앞으로 아이 셋을 키우며 매일 전쟁 아닌 전쟁을 치를 생각을 하니 강해져야겠다는 생각이 듭니다. 늘 평범한 일상이 수련장이려니 하고 구도자의 초심을 잃지 않으려 노력하겠습니다. 조만간 또 메일 올리겠습니다. 늘 건강하시고 평안하세요.

박순미 올림

【필자의 회답】

삼공재 역사상 처음으로 임신 중에 대주천 수련을 한 수행자답게 의연하게 자연분만에 도전하여 성공한 것을 축하합니다. 아이는 어미의 좋

약편 선도체험기 20권

은 기운을 받아 어미와 같이 수련을 했으므로 건강하게 자라서 훌륭한 구도자가 될 것입니다.

미역국과 수 생식과 짭짤한 음식을 드는 것은 좋지만 어떤 경우에도 과식은 몸에 부담이 되므로 금물입니다. 관을 일상생활화 한다면 어떠한 어려움도 능히 극복할 수 있는 지혜가 싹틀 것입니다. 산후 조리 잘하여 건강한 모습으로 나타나시기 바랍니다.

산후풍(産後風) 증세

스승님 안녕하십니까? 부산에 박순미입니다. 아이 셋을 데리고 몸조리가 잘 안될 거라고는 생각했지만, 셋째 낳고 3주쯤 지났는데 산후풍(?) 증세가 보입니다. 워낙 뼈대가 약하고 마른 체질이어서 그런지 첫째, 둘째 낳고는 잘 몰랐는데 셋째를 낳은 뒤에는 손목, 손가락, 팔꿈치, 무릎, 발목 같은 관절이 전부 시큰시큰합니다.

특별히 찬바람을 쐬거나 찬물을 만진 적도 없는데 말입니다. 생식을 먹을 때는 소금을 간해서 먹지만, 시어머니가 만들어 주시는 산모용 반찬이나 국들이 워낙 싱거운 데다가 매운 김치나 자극적인 음식들은 모유 수유를 위해 일체 배제되어서 그런 것인지 모르겠습니다.

이럴 때는 생식을 다시 처방 받아 먹어야 할른지요? 일상이 아이들 셋과 뒤섞여 돌아가다 보니 따로 시간 내어서 단전호흡을 하진 못하고, 셋째 모유 수유하면서 단전호흡을 하고 있습니다.

셋째가 배 속에 있을 때부터 수련을 쭉 해서인지 젖을 물리면서 호흡을 하면 기운이 더 잘 들어와 아이에게까지 전달되는 것 같습니다. 요즘 같아선 아이들이 후딱 커버리고, 얼른 할머니가 되고 싶은 심정입니다.

그래도 전쟁 같은 낮 시간이 지나고, 밤에 꼬물꼬물 자고 있는 녀석들을 보면 밥 안 먹어도 배부르네요.^^ 그럼 다음에 또 메일 올리겠습니다.

【필자의 회답】

아이들 거두느라고 따로 시간을 내어 단전호흡을 하기는 어려울 것입니다. 그럴 때는 일상 호흡을 단전호흡으로 바꾸어 하는 습관을 들이기 바랍니다. 티끌 모아 태산이라고 그렇게 하는 호흡이 쌓이고 쌓이면 의외의 큰 효과를 거둘 수 있습니다.

운기(運氣)만 활발해지면 산후풍 증세도 점차 사라지게 될 것입니다. 대주천 수련자는 일반 사람들과는 다른, 생리적으로 특이한 메커니즘을 가지고 있다는 자부심을 항상 잊지 말아야 합니다. 생식은 지금 하고 있는 것을 다 소비할 때까지는 그대로 하고 다음 처방 때 수(水) 생식을 추가할 것입니다.

행주좌와어묵동정(行住坐臥語默動靜)   염념불망의수단전(念念不忘意守丹田)해야 합니다. 산후 조리는 정통적인 재래식 방식을 따르면서 위에 말한 내공(內功)에 충실하기만 하면 무난히 극복할 수 있을 것입니다. 분발하시기 바랍니다.

빙의령과 손기

스승님 안녕하시지요. 부산은 햇살이 따뜻하고 간간이 시원한 바람이 부는 상쾌한 날씨네요. 일전에 얼른 시간이 가 버렸으면 좋겠다고 메일을 쓴 적이 있는데, 별로 바라지 않아도 시간은 잘도 가네요. 스승님 말씀대로 따로 시간 내어 수련하기 힘들 땐 염념불망의수단전하고 있습니다. 셋째다 보니 몸이 회복되는 정도가 첫째, 둘째에 비해 더딘 것 같지만, 쉴 새 없이 빙의령들의 방문을 맞으려면 성심으로 수련에 임할 수밖에 없네요.

아무래도 집에 식구들이 많다 보니 바깥에서 일을 마치고 온 식구들에게 손기가 되거나 빙의가 많이 되는데 특히 장사하시는 시어머니가 심합니다. 예전에는 안 그럴려고 해도 시어머니 대하는 것이 눈살이 찌푸려지고 기분이 나빠지고 했는데, 이제는 그러면 안 되겠다는 생각이 들었습니다. 그럴수록 어머님께 더 따뜻한 말을 건네든가 관심을 보여야 하겠다는 생각이 들었습니다.

어제는 아이들 책을 읽어 주고 있는데 어머니가 들어오시자 가슴이 죄어 와서 책을 읽기 힘들었습니다. 마침 불교 유치원에 다니는 아들의 수첩에 『반야심경』이 적혀 있었는데, 나도 모르게 소리 내어 줄줄 읽어 가니 목이 메어오며 바로 천도되는 것이 느껴졌습니다. 『선도체험기』에 『천부경』이나 대각경을 외우는 방편들이 소개되어 있는데 『반야심경』도 같은 효과를 내나 봅니다.

마음은 벌써 삼공재에 가 있지만 셋째가 조금 클 때까진 일정을 미루어야 하겠습니다. 다음에 또 인사드리겠습니다. 늘 건강하시고 평안하십시오.

2008년 4월 5일
박순미 올림

【필자의 회답】

번갯불에도 콩 구워 먹을 시간은 있다고, 아무리 바쁘고 힘들고 어려운 일을 하는 중에도 누구나 호흡만은 아니 할 수 없습니다. 그 호흡을 항상 깊고 길고 가늘고 고르게 하도록 유의하면 그렇게 됩니다. 깊고 길고 가늘고 고르게 즉 심장세균(深長細均)을 항상 잊지 마시기 바랍니다. 이것을 생활행공(生活行功)이라고 합니다. 이러한 생활행공이 쌓이고 쌓이다 보면 티끌 모아 태산이라고 어느덧 자기도 모르는 사이에 큰 성취가 있을 것입니다.

『반야심경』과 『금강경』은 불교의 핵심 경전입니다. 그 내용을 보면 어느 특정 종교인만을 위해서 만들어진 것이 아닙니다. 그것을 읽는 모든 구도자들의 심금을 울려 주는 경전입니다. 시종일관 진리를 설파하고 있기 때문입니다.

진리는 마치 태양과 같은 것이어서 특정 대상에게만 혜택을 주는 것이 아니라 그것을 갈구하는 모든 사람에게 골고루 이익을 줍니다. 하늘에서 내리는 비가 모든 식물에게 가리지 않고 은혜를 베푸는 것과 같다고 보면 될 것입니다.

어떠한 경전이든 수련이 잘되고 이용 가치가 있는 것은 마음대로 이용하시기 바랍니다. 세상에 공표된 모든 경전이나 저서는 인류 공동의 자산입니다. 그러나 모든 경전은 지혜를 얻기 위한 하나의 방편이라는 것을 알고 그것 자체에 현혹되지만 않으면 됩니다. 강을 건너고 나면 타고 온 배는 아무리 좋아도 버려야 한다는 말입니다. 지금처럼 일상생활 하나하나가 그대로 소중한 수련이 될 수 있기 바랍니다.

번뇌가 한꺼번에 쏟아질 때

스승님 그간 안녕하셨는지요? 부산의 박순미입니다. 오래간만에 메일을 올립니다. 메일 쓰는 일이 그리 힘든 일은 아닌데도 불구하고 마음은 늘 가 있지만, 아이들과 한바탕 전쟁을 치르고 나면 컴퓨터 앞에 앉을 마음의 여유가 잘 나지 않네요.

저는 요즘 매일매일 수시로『반야심경』을 외우는 것을 수련의 방편으로 삼았습니다. 전에도 메일에 쓴 적이 있지만, 불교신자도 아니고 절에 다니는 것도 아닌데 아들의 수첩에 적힌『반야심경』을 외웠던 우연한 계기를 통해 완전히 하나의 수련의 방법으로 자리잡았습니다.

저는 정좌 수련 시 인당 쪽으로 기운이 많이 느껴지는 편인데,『반야심경』을 소리 내어 독송하여도 같은 반응이 옵니다. 인터넷상에 올라와 있는 스님들의『반야심경』독경 소리를 듣고 있으면 온몸에 전율이 흐르며, 전생에도 제가 그 스님들과 같은 입장이었을 것 같은 느낌이 들곤 합니다.

며칠 전 4살 된 딸아이가 마당에서 놀다가 넘어져서 앞 이빨이 부러지는 사고가 있었습니다. 그날은 너무 놀래고 딸아이가 걱정되는 상태여서 그런지 정좌 수련 시 자연히 딸아이의 모습을 떠올리며 명상을 하고 있는데, 단발머리를 한 딸아이 또래의 여자아이의 모습이 겹쳐 보이고 또 다시 비스듬히 앉아 있는 한복 입은 할머니의 모습도 보였습니다.

얼굴 생김은 자세히 보이지 않았고, 딸아이에게 붙어 있던 빙의령인지 저에게 있던 빙의령인지 잘 모르겠습니다. 아이들이 크면서 크고 작게 다치는 것이 다반사이긴 하지만, 한편으로 걱정되는 것이 제 수련으로 인해 아이들에게 직간접적으로 영향이 가는 것 같아 걱정스럽기도 합니다. 그래서 생활행공이 힘이 드는가 봅니다. 이것 또한 제가 감내해야 하는 수련의 어려움일까요? 제가 월등히 수련이 향상되면 문제가 없을 것 같기도 합니다. 욕심 같아선 어떻게 하든 짬을 내어 스승님께 현묘지도 수련을 받고 싶습니다.

아직 만 2개월 된 젖먹이가 딸려 있는 형편이고 보니 언제쯤 여유가 생길까 싶지만, 어떻게든 하면 될 것 같기도 하고 그렇습니다. 현묘지도 수련을 받는 것 외에 제 수련을 향상시킬 수 있는 최상의 방법은 무엇일까요? 글을 쓰면서도 스승님께 이미 나와 있는 답을 여쭙는 것 같아 면구스럽지만 그래도 여쭙고 싶습니다. 요즘은 정신을 집중할 수 없을 정도로 끊임없이 번뇌들이 쏟아지고 있습니다.

저의 내부로부터 오는 번뇌들이면 조용히 관이라도 해야 하겠는데 가족들 사이의 관계에서 오는 것, 경제적인 것, 아이들 등 모두가 저의 현명한 지혜를 요구하는 것들인데, 이렇듯 한꺼번에 여러 가지가 쏟아질 때는 한 가지라도 제대로 집중할 수가 없습니다. 이럴 때는 어떻게 해야 할지 난감합니다. 메일을 읽어 보니 두서없이 기승전결이 맞지 않아 죄송합니다. 그럼 다음에 또 메일 올리겠습니다. 안녕히 계십시오.

2008년 5월 12일
박순미 올림

【필자의 회답】

박순미 씨가 수련이 잘되면 그만큼 가족들에게 도움이 되었으면 되었지 해가 되는 일은 없으니 그 점은 안심하시기 바랍니다. 까닭 없이 『반야심경』과 친숙해지는 것은 전생에 비구니로서 수련을 쌓은 전력이 있기 때문입니다. 다음에 삼공재에 오실 때는 현묘지도 수련을 하도록 할 생각이니 그리 아시고 마음의 준비를 하시기 바랍니다.

스승님 정말 감사합니다

　스승님 안녕하십니까? 이재철입니다. 지난번 삼공재를 다녀온 이후 빙의가 되었는지 몸이 느끼는 기운의 강도가 조금 무뎌지고 있고, 오전과 오후 저녁에 느끼는 기운의 강도가 다 다르게 느껴집니다. 백회에서 느껴지는 시원함도 강도와 빈도가 약해지고 있구요. 그래도 수련은 나름대로 열심히 한다고 하고 있습니다.

　오늘 아침 수련 시간에 문득 그동안 삼공재를 출입하면서 한 번도 제대로 스승님께 감사한 마음을 제대로 표현해 보지 못한 것을 알았습니다. 그리고 제게 스승님이 존재함이 얼마나 다행스럽고 감사한 일인지도 생각해 보게 되었습니다. 늘 제가 시간이 될 때 오후 3시부터 5시 사이에 뵐 수 있었으니, 저는 그게 얼마나 고마운 일인지 생각해 보지 못했던 것 같습니다.

　스승님은 일 년 내내 아니 금년뿐 아니라 작년에도 그리고 내년에도 우리 수련자들을 위하여 매일 오후 3시부터 5시까지 시간을 할애해 주고 계십니다. 스승님께도 온종일을 외부에 나가 계셔야 할 일들이 생기실 텐데도 모든 일정을 그 외 시간으로 운영하고 계신 것이라 짐작합니다.

　제가 수련이라고 해 보니 늘 한결같은 시간에 한결같이 수련하기도 힘이 든다는 것을 알 수 있습니다. 아니 한결같은 시간은 고사하고 매일 2시간씩 수련할 수 없었던 날이 많았지요. 그런데 스승님은 삼공재에서 스승님 자신을 위한 시간이 아닌 수련자들을 위해 항상 하루 2시간을 열어놓고 계신 것입니다.

스승님께서 그리하심으로 저는 언제든 제가 시간만 낸다면 하루 2시간은 삼공재에서 수련에 도움을 받을 수 있는 엄청난 혜택을 누리고 있는 것이더군요. 죄송하게도 바로 스승님의 희생을 딛고 말입니다. 저를 위해 늘 계시는 스승이 계시다는 것이 오로지 감사할 따름입니다.

매번 삼공재에 들릴 때마다 스승님의 일정을 확인하거나 메일을 올려 알려 드리지 않아도 삼공재에 가면 늘 스승님이 계시니, 그간 스승님께서 내게 내어 주시는 시간이 얼마나 감사한 일인지 진정으로 생각해 보거나 감사함을 전하지 못했던 듯합니다.

스승님 정말 계셔 주셔서 감사합니다. 스승님은 저를 위해 일 년 내내 하루 2시간을 비워 두시는데, 저는 적어도 하루 두 시간은 수련에 온전하게 전력 매진해야 할 것이라고 다짐해 봅니다.

저의 짧은 생각으로는 스승님의 은혜에 보답하는 일은 다른 무엇도 아닌 제가 열심히 수련하여 바로 스승님의 도움이 없이도 홀로 설 수 있는 독립된 구도자가 되는 것이 아닌가 생각해 봅니다. 물론 아직은 수련을 시작한 지 10년이 넘고서도 영안도 열리지 못한 까막눈에 소주천도 하고 있지 못하는 정도의 어린애기 수준이라, 스승님을 뵐 때마다 부끄럽고 죄송한 마음이 들어 얼굴을 제대로 들 수 없습니다. 하지만 열심히 수련에 임한다면 제게도 미구에 좋은 일이 일어날 것임을 믿고 있습니다. 오늘이 스승의 날은 아니지만 오늘만큼이라도 정말로 스승님께 감사하는 마음을 전합니다. 스승님 정말 감사합니다.

2008년 4월 18일
이재철 드림

【필자의 회답】

이재철 씨가 그런 말을 하니 자연히 삼공재가 열린 지난 18년의 세월을 되돌아보게 됩니다. 그동안 백회를 열어 대주천 수행을 마친 사람이 441명, 현묘지도 수행자가 16명이 배출되었습니다. 이재철 씨도 이제 대주천 수행을 할 때가 거의 다가오고 있습니다. 마지막 피치를 올려 부디 대주천 수행자의 대열에 합류하기 바랍니다.

지금까지는 오후 3시부터 5시 사이를 수행자들을 위한 시간으로 할애하였으나 앞으로도 계속 그럴 수 있을지는 아무도 모릅니다. 삼라만상이다 변하는데 나만이 독야청청(獨也靑靑) 변하지 않을 수는 없으니까요. 삼공재 수련 시간이 처음에는 오후 2시부터 6시 사이의 네 시간이었으나 차츰 줄어들어 지금은 두 시간이 되었습니다.

나의 가르침이 헛되지 않는다면 반드시 훌륭한 문하생들이 계속 배출될 것이라고 생각합니다. 그리하여 비록 사람은 바뀌더라도 가르침만은 언제까지나 계속 이어지게 될 것입니다. 나는 이재철 씨도 반드시 그런일을 할 재목들 중의 하나가 되리라고 확신합니다.

훨씬 강화된 기운

스승님 그간 평안하신지요. 이재철 인사드립니다. 원래는 오늘 즈음 삼공재를 들릴 생각이었는데 가지 못하고 이리 메일만 보내게 되었습니다. 집사람의 출산 예정일이 한 10일 정도 남았는데 두 번째 애기가 원래 예정일보다 약 7일 먼저 나온 경험이 있고, 이번에는 세 번째 애기이다 보니 집사람이 이번 달에 거르더라도 애기를 낳을 때까지 같이 있어 달라고 하네요.

주중에 대구와 안동 사이에 떨어져 있어 혼자 불안해도 1시간 30분이면 도착할 수 있는 거리이지만, 서울에는 4시간 이상 소요되어야 도착하니 많이 불안한 모양입니다. 때가 되니 맘은 삼공재로 향하고 있지만 그래서 이번 삼공재 행은 아마 셋째 애기를 낳은 후가 될 것 같습니다.

5월 1일 현묘지도 1단계 화두를 받은 지 한 달이 되었습니다. 화두를 암송하면 기운은 훨씬 강화된 것을 느끼고 있으며 정좌 수련의 1~2시간도 빠르게 지나가 버립니다. 그러나 아직 의미가 있다고 여길 만한 화면이나 천리전음 같은 것을 느낄 수 없어 다소 사기가 떨어지고 있습니다.

그래도 수련 시 매일매일 오늘은 소식이 있을 것이다 믿고 가능한 몸과 맘을 정갈하게 하고 수련을 행하려 노력하고 있습니다. 이번이 저에게는 정말 좋은 기회인 것처럼 느껴지니까 말입니다. 늘 스승님께 평화가 함께하시길 바랍니다.

2008년 6월 6일
안동에서 이재철 올림

【필자의 회답】

세 번째 아이가 무사히 태어나기를 기원합니다. 현묘지도 수련을 하되 매일 무슨 소식을 기다리는 심정조차 잊어버려야 합니다. 기대는 실망을 낳기 때문입니다. 수련은 그저 내 생활의 일부라고 생각하고 하루하루 임해야 합니다. 먼 길을 갈 때 방향만 바로잡으면 걸어가든 자동차로 가든, 언젠가는 도달하게 되어 있다는 믿음을 갖기 바랍니다. 그다음엔 인내력과 지구력 싸움이 될 것입니다.

친구에 대한 배려

안녕하세요, 선생님. 오래간만에 메일 드립니다. 친구 박순미가 셋째를 낳았습니다. 저랑 순미는 3년 정도 일주일에 한 번씩 꼭 만났는데, 셋째를 낳기 얼마 전에 제가 "한 달에 한 번 내가 보러 갈 테고 이제 전화로 연락하지 마라"고 하였습니다.

셋째를 낳았으니 육체적으로 정신적으로 힘들 테지만 순미의 수련을 위해서는 이렇게 해야만 한다는 느낌이 들었습니다. 사사로운 이야기는 서로 메일을 주고받는데, 직접 대화를 하면서 의미 전달이 약해지는 부분이 적어져서 좋은 점도 있습니다.

2월에는 삼공재를 찾아갔을 때 선생님께 친구 문제에 대해 중구난방으로 말씀드렸습니다. 그 친구에 대해 말씀을 드릴 생각이 없었는데 갑자기 아무 생각 없이 말이 튀어나왔습니다. 그리고 사실은 며칠 전까지도 어떻게 할까에 대해 고민이 계속되었습니다. 성실하지 못한 남편에 금전적으로도 무척 힘든 친구가 안타까웠으나 서로 간에 공감대가 사라지니 마음이 통하지 않는 경우가 많아졌습니다.

거기다 만날 때마다 기운을 엄청 뺏기고 있으니 저로서는 그만 서로 간에 정리하는 것이 더 나을 수도 있겠다는 생각이 들었습니다. 그러나 제가 수련을 하면서 박순미처럼 그 친구도 저와 함께 수련을 할지도 모른다는 느낌이 있었고, 기독교 모태 신앙인이지만 다른 종교에 대해서 지식을 가지고 있으며 현재 힘든 생활로 인해 인생에 대한 고찰을 여러

213

모로 하는 것도 같습니다.

친구로는 정리하고 싶고, 수련은 할 것 같고... 이 문제는 보기에는 단순하지만 드러나지 않은 제 마음은 엄청나게 복잡했으며 습기를 벗고 정리하는 시간이었습니다. 알고 있지만 그것을 진짜 자기 것으로 하는 것은 얼마나 힘든 일인지 모르겠습니다.

결론은 이렇습니다. 자기가 생각하는 친구의 정의는 단지 자신의 기준일 뿐이다. 친구라는 자체는 존재하는 것인가? 인과응보에 의해 서로 얽힌 것뿐.

1. 나는 나를 상대해 주는 모든 사람에게 비굴하지 않은 감사함과 존경을 느끼고 대해야 한다.

2. 모두가 똑같이 존귀하므로 평등하게 대해야 한다.

3. 깨치지 못한 이에게 연민을 느끼며 자비를 베풀어야 한다.

이 세 가지 중 하나에 고정되지 않고 집착 없이 적절하게 자유자재로 행해야 하는 것이다. 친구가 만나자면 만나자. 필요하다면 도와주자. 내 마음이 불편하지 않을 때까지. 자성이 그만둬도 된다고 할 때까지 아무것도 바라지 말고 물 같은 마음으로 대하자.

선생님, 내 마음이 자성과 일치된다는 것은 공자가 70살에 이르러 마음이 닿는 대로 좇아도 법도를 넘어서지 않았다라고 하는 말과 어딘가 비슷한 점이 있는 것 같습니다. 저는 자성이 시키는 것이 옳다고 느끼므로 따르고는 있으나, 사실 제가 하고 싶은 것과 다를 경우가 많습니다. 그럴 때면 어리둥절하기도 하고 내 마음대로 할 테다 하는 오기와 고집으로 버티고 있을 때도 있습니다. 아... 마음이 닿는 대로 좇는 것이 법도를 넘어서지 않는 날이 저에겐 언제일까요? 하여튼 저는 죽을 때까지 그렇게 되도록 노력할 것입니다.

2009년 4월 7일
부산에서 신지현 올림

【필자의 회답】

친구에 대하여 그 정도의 깊은 배려를 하다니 그러한 문하생을 가진 내 마음이 다 뿌듯합니다. 부디 박순미 씨와 같은 또 하나의 구도자를 얻기 바랍니다. 친구를 우정이나 이해관계로 사귀는 것이 아니라 진리를 옮겨 주는 매체로 삼는 한 붓다가 『금강경』에서 말한 사구게(四句偈)를 설하는 무한한 공덕이 될 것입니다.

제가 많이 변해야

안녕하세요, 친구 문제는 선생님이 뿌듯하시다니 저도 기쁩니다. 그러나 솔직히 아직도 속 좁은 아녀자의 마음을 대할 때도 많아서 부끄럽습니다. 또 그 친구를 수련의 길로 안내한다는 것은 박순미처럼 쉽지 않을 것 같습니다. 긴 시간 친구에게 신뢰를 주어야 하고 무엇보다 제가 많이 변해야 하며 꼭 성공할 거란 확신도 들지 않습니다.

그리고 그 친구를 생각할 때마다 사구게(四句偈)를 설하는 공덕이란 말이 자주 떠올랐는데, 선생님이 그 말씀을 하시니 『금강경』이야 비유하기 좋은 말들이 많으니까 싶다가도 이상하고 묘한 느낌이 들기도 합니다. 어쨌든 내가 진정 변하는 것이야말로 타인을 변화시키는 것이라고 생각하고 최선을 다하겠다는 말씀드리고 이만 줄이겠습니다. 안녕히 계세요.

2008년 4월 8일
신지현 올림

【필자의 회답】

한 친구에게 사구게를 설하여 구도자로 만들려면 신지현 씨만 변해 가지고는 안 되고 그 친구도 동시에 변해야 하므로 결코 쉬운 일이 아닐 것입니다. 서두른다고 되는 일도 아니고 노력과 인연이 절묘한 조화를 이루어야 가능한 일입니다.

하얀 광채

삼공 선생님 전 상서

늘 변함없이 가르치고 이끌어 주심에 깊은 감사를 드립니다. 가끔씩 모국 방문 때에는 문안 인사를 드렸습니다만, 메일을 올리는 것은 벌써 1년여 만인 것 같습니다. 작년의 메일에서 금주(禁酒)를 한다고 하였는데 1년여간 아무런 탈 없이 지킬 수 있었으며, 술을 마시지 않고도 술자리에 자연스럽게 적응이 되는 등 나름대로의 발전은 있었던 것 같습니다.

그리하여 이제부터는 절대적인 행동보다는 유연함 속에서 자신을 조절해 가는 방향으로 가야 할 시기가 된 듯합니다. 그리고 오늘이 1주일 단식의 마지막 날입니다만, 그전 처음 단식 때보다는 확연히 몸이 바뀐 것을 느꼈습니다. 단식을 시작하게 된 것은 특별한 목적이 있어서가 아니라 지나간 일들을 돌이켜 보기 위해 한 일주일 정도 정리해야지 하고 생각하고 있었습니다만, 5월 1일 아침에 갑자기 오늘부터 해야겠다는 생각에 시작하게 되었습니다.

그런데 이번에는 영양의 금단 증상이 이는 것이 아니라 지금 단식 중인지가 분간이 안 될 정도로 몸 상태가 좋았습니다. 그리고 평상시와 같이 조깅을 할 때에는 백회가 시릴 정도로 기운이 들어오고, 재미있는 것은 백회로 들어오는 기운을 단백질 기운으로 그리고 탄수화물 기운 등 자유로이 필요 영양소로 바꾸어 흡입할 수 있음을 알 수 있었습니다.

즉 음식물을 통하여 취한 양분을 천기에서 자유자재로 필요한 요소를 취할 수 있음을 느꼈습니다. 그러니 여건에 따라 조그만 빵 조각만으로도 얼마든지 일상생활을 유지할 수 있겠구나 하는 생각이 듭니다. 먹는 것으로부터도 자유로울 수 있음을 터득하였습니다.

또한 이틀 전 조깅을 마치고 스트레칭을 하면서 단전호흡을 하는데, 모국의 집에 하늘로부터의 하얀 광채가 내리꽂히더니 이어 제 백회로 광채가 들어와 단전까지 꽂히는 것이었습니다. 그러면서 이것이 성령이로구나 하는 생각과 결국은 말이 아닌 이렇게 빛으로 오는구나 하는 것을 깨달았습니다. 이것을 말로 표현할 필요 없이 그냥... 하지만 아직은 큰 것에는 도달하지는 못한 것은 틀림이 없지만, 확실하게 한 발 한 발 다가가는 것은 틀림이 없는 것 같습니다. 그럼 간단히 근황과 함께 인사를 맺을까 합니다. 안녕히 계십시오.

나요로에서 제자 도욱 올림

【필자의 회답】

옛날 신선(神仙)들은 이슬만 먹고 살았다는 말을 들으면 그게 사실일까? 하고 의심들 하곤 했었는데, 그것이 모두 사실이라는 것을 체험으로 터득하게 되었다니 다행입니다. 이로써 백일 단식도 할 수 있고 몇십 년씩 아니 어떤 경우는 평생을 먹지 않고도 사는 사람들이 있다는 것이 사실임을 알게 되었을 것입니다. 축하할 일입니다. 더욱 열심히 정진하여 더 좋은 소식 보내 주시기 바랍니다.

그냥 조금 맛만 본 듯합니다

삼공 선생님 전 상서

늘 변함없으심에 깊은 감사를 드립니다. 지난번 단식을 하면서 체험한 것들은 단지 맛뵈기 정도에 불과한 것 같습니다. 결국은 체험을 통한 세속적인 고정관념들을 하나씩 없애 버리는 과정이기도 합니다만, 일단은 그냥 체험으로 정리해야 하는 마음이 드는 것은 아쉬움 때문인지요?

지난 7, 8년간 이런저런 우여곡절을 겪으면서 현묘지도 수행을 통하여 자성에 대한 기본 틀은 정리가 되었다는 생각이 듭니다만, 결국은 수련의 목적을 어디에 두고 있는가에 따라 노력이 헛되이 되지 않고 조금이라도 빛을 발하던 것이 묻혀 버리지 않는 것이 아닌가 하는 생각이 듭니다.

애초에 제가 수련과 인연을 맺게 된 것은 그저 마음만 편해지는 것이었기에 단편적인 성과가 있을 때 그래서 순간적인 성취감만이 느껴지다 말고 또 느끼다 말고 하는 모습이 보여집니다. 그러니 작은 것에서 시작이 되었다 할지라도 최종 목표인 성통공완으로 매듭이 지어져야 하고 또한 그를 위해 앞만 보고 가야 하는 것이 아닌가 하는 생각이 듭니다.

그리고 단지 흑백논리에 의한 결과물의 평가의 의미는 아닙니다만, 최종 목표에 도달하지 못하면 결국 수련을 하지 않고 있는 중생과 별반 다름이 없고, 중도에 수련을 포기한 인생들이 그간의 수련 산물들을 사리사욕에 이용하게 될 수도 있고 그로 인해 사회에 큰 폐를 끼치는 것이 아닌가 하는 생각이 듭니다.

비록 현묘지도 수련을 마치신 분일지라도 계속하여 정진하지 않고 사욕에 눈이 멀게 되면 파멸의 길밖에는 없다는 생각이 듭니다. 사실 저의 경우에 있어서도 현묘지도 수련 후 어느 정도의 기간은 수련의 여운이 남아서인지 보람도 느껴졌지만, 게으름과 더불어 기감마저 잊혀져 갔습니다.

왜냐하면 지금 일해 주고 봉급 받고 그것으로 영위해 가는 현실이 제 현생의 최종적인 목적이 아닌 수단이지만, 적어도 하루의 삶의 절반 정도의 위치는 점하고 있는 것이 아닌가 합니다. 그러니 소홀히 할 수 없는 일이고 적어도 정년까지인 20년간은 수련과 공존할 수밖에 없고, 자리싸움이 계속되는 것에 아직은 완전히 납득을 못 하고 있는 상태입니다.

물론 지금의 환경을 인위적인 개입에 의해 정리를 할 수도 있으나, 아직은 때가 아닌 것으로 판단하고 있습니다. 왜냐하면 지금 하고 있는 일이 배배 꼬이고 또한 도피하고 싶은 충동이 일기 때문입니다. 그러니 지금 저에게는 꼬여 있는 눈앞의 일들을 풀고 자신에 납득하고 미련 없이 홀가분하게 정리될 때가 그 시점인 듯합니다. 아마도 20년은 걸리지 않으리라는 생각이 듭니다.

이런 의미에서도 지난번의 체험이 그 이후를 위한 맛뵈기를 보여 준 것이며, 물질적이든 정신적이든 버리면 버릴수록 더 큰 자유를 얻는다는 가르침도 담고 있는 듯합니다. 그럼 앞으로도 많은 가르침을 부탁드리면서 이만 줄이겠습니다. 선생님과 사모님 두 분 모두 안녕히 계십시오.

나요로에서 제자 도육 올림

추신: 17일부터 조사차 모국을 방문할 예정입니다. 뵙고 인사를 드리겠습니다.

【필자의 회답】

부동심(不動心)과 평상심(平常心)이 중심에 자리잡아, 몸 건강하고 마음 편한 상태가 무한정 계속될 때까지 무소뿔처럼 용맹정진하기 바랍니다.

백회 부위가 툭 터지더니

안녕하세요 선생님? 조용성입니다. 5월 17일(토요일) 방문했을 때 머뭇거리다 말문도 열지 못했습니다. 뜨문뜨문 방문한다는 말씀에 바쁘다는 핑계만 대고 죄송합니다. 노력하겠습니다.

한 가지 질문할 게 있습니다. 옥침 부위에서 뒤로 잡아당기는 현상에 대해 질문을 했었는데 그 답변은 듣지 못했습니다. 그런데 며칠 전에 그 현상이 해소되었습니다. 그때 상황을 말씀드리면 이렇습니다.

5월 16일 새벽 잠자다 꿈속인지 갑자기 제 모습이 보여 깜짝 놀라 깨보니 3시 30분쯤이었습니다. 그 이후로 머리 백회 부위가 툭 터지더니 시원해지고 마음이 엄청나게 편안해졌습니다.

16일 그날 오전 10까지 이런 현상이 지속되다가 갑자기 인당하고 옥침 부위가 엄청나게 괴롭고 울렁거리고 참기 힘들었습니다. 갑자기 그래서 아마도 빙의되었는가 보다 하고 뭘까 생각을 했지만 나아지지는 않고 계속되다가, 16일 오후 5시경이 되어서야 완전 그 현상이 해소되었습니다. 언제 아팠던가 할 정도로 감쪽같이 사라졌습니다.

그 이후로 5월 17일 토요일 선생님을 뵙고는 아무 말도 못 하고 그냥 돌아왔습니다. 5월 19일 현재까지 머리는 시원하고 기가 엄청나게 들어오고 등 쪽은 서늘했다 뜨뜻했다 하고, 다리와 몸통 부위에 무언가 스윽 지나가는 느낌이 나고 그렇습니다.

머리 뒤쪽에서는 며칠 전부터 벌레들이 슬금슬금 기어다니는 듯합니다. 너무도 갑작스런 변화라 어떻게 된 것인지 궁금합니다. 항상 건강하시길 기원합니다.

4341(2008)년 5월 19일
조용성 올림

【필자의 회답】

아무래도 백회가 열린 것 같습니다. 자세히 점검할 필요가 있으니 시간 나는 대로 삼공재를 찾아 주시기 바랍니다.

존재의 실상 밝혀 주는 『선도체험기』

선생님 그간 안녕하셨습니까? 그리고 사모님께서도 안녕하시온지요? 저는 부산에 사는 미거한 제자 이도운입니다. 아름다운 신록의 계절 유월로 접어들었습니다. 어제는 부산 근교 달음산을 다녀왔습니다. 자그마한 높이의 산이지만 싱그러운 계곡의 수풀 향기며 물소리 그리고 탁 트인 정상 조망은 그야말로 일품이었습니다.

요즘은 어느 산, 어느 골짜기에도 아름답지 않은 곳이 없는 것 같습니다. 깊은 계곡 속으로 들어서면 녹색의 마경(魔境) 속으로 들어온 듯한 착각에 빠집니다. 약동하는 생명력, 깊은 신록의 침묵, 실로 장엄하고 엄숙한 녹원 속에서 내 영육의 정화됨을 바라보며 조용히 명상에 잠깁니다.

나의 어리석음, 집착, 미망의 그림자를 떨쳐 버리고 저 심원한 영원의 세계, 무의 세계를 향하여 한없이 가고 가고 또 가고 싶습니다. 또 그렇게 그 길을 가리라 다짐해 봅니다.

요즘은 『선도체험기』를 숙독하고 있습니다. 89권까지 지금 네 번째 6권 읽고 있습니다. 읽을수록 새롭고, 전에는 무심코 지나갔던 구절 하나하나가 새로운 의미로 다가섬을 느낍니다. 이 생명 다하는 그날까지 한없이 이 책을 읽고 또 읽고 느끼고 생각할 것이며 실천하고 행동하리라 마음먹어 봅니다.

『선도체험기』는 저에게 정의감을 알게 하고, 용기를 불어넣으며 인간의 도리를 밝혀 주고, 번뇌와 집착에서 벗어나게 해 주고, 건강하게 해 주며 인간 존재의 실상을 밝혀 줍니다. 저는 제 생애에서 이 책을 만났다는 것에 대해 무한한 감사를 드리며 이 책을 쓰시는 선생님이 어엿이 생존하고 계심을 마음속 깊이 고마워하고 있습니다. 가르침대로 열심히 운동하고 수행하려고 노력합니다.

생식 다 먹었습니다. 표준 4개, 선공 한 개였던 것 같습니다. 체험기 90권 나왔으면 동봉 부탁드립니다.

2008년 6월 3일
부산 도운 올립니다

【필자의 회답】

『선도체험기』를 네 번째 숙독하고 계시다니 글 쓴 사람으로서 고맙기 그지없습니다. 『선도체험기』 1, 2권이 1990년 1월 10일에 처음 나왔을 때는 이렇게까지 길게 쓰리라고는 생각지도 못했습니다. 그러던 것이 어느덧 18년이란 세월이 흘러 지금은 90권째가 나왔습니다.

그런데 시간이 흐르면서 본의 아니게 잘못된 곳이 여기저기 발견되어 지금은 나 역시 그 오류를 바로잡기 위해서 처음부터 새로 읽고 있습니다. 읽으면서 느끼는 것은 내가 언제 이런 글을 썼나 하고 의심이 갈 때가 한두 번이 아닙니다. 마치 하늘의 섭리가 김태영이라는 작가를 매개로 하여 이런 글을 쓰게 한 것이 아닌가 하고 느껴질 때가 한두 번이 아닙니다.

정리하다가 보니 53권부터는 컴퓨터에 입력된 것이 보관되어 있는데 그 이전의 것은 전부 분실되어 있었습니다. 그러니까 『선도체험기』 1권에서 52권, 그리고 『소설 단군』 5권, 『소설 한단고기』 상, 하권 도합 59권을 컴퓨터에 새로 입력하는 작업을 하고 있습니다.

나는 이 일을 내가 살아 있는 동안에 끝내려고 합니다. 다행히도 많은 독자와 문하생들이 이 일에 힘을 보태 주고 있어서, 이미 1, 2, 3, 4권과 7권이 입력되었고 작업은 계속되고 있습니다. 이것이 완성되면 주요 도서관이나 관련 기관에 기증하고 재판(再版) 때 이용하려고 합니다.

컴퓨터 입력 작업

선생님 멜 잘 받았습니다. 1권부터 52권까지 다시 방대한 작업을 하신다니 노고가 대단하십니다. 저도 미약한 힘이지만 다시 읽으며 오탈자나 중복 문장 등이 발견되는 대로 체크하여 알려 드리겠습니다.

그리하여 청사에 길이 빛날 대역작이 영원히 남았으면 하는 바램입니다. 이 책은 분명 인류사에 한 획을 그을 위대한 작품이며, 언젠가는 우리 선도인만이 아닌 일반인들에게도 널리 알려져 읽힐 불후의 명작이 될 것임을 믿어 의심치 않습니다.

부끄럽지만 가끔씩 제 글도 실려 있어 자부심도 느낍니다. 처음에는 제 글이 활자화되는 것을 원치 않았는데, 몇 번 거듭되고 하다 보니 이제야 무엇 때문에 독자들의 메일을 책에 쓰게 되었는지 그 깊은 뜻이 이해가 갑니다.

저도 선도인으로서 수행하고 느끼고 생각하는 바를 매일매일 기록코자 하나 게으름과 문장 표현력의 부족 등으로 인하여 잘 실행이 안 되는 것 같습니다. 열심히 노력하여 선생님처럼 훌륭한 문장력과 표현력을 구사할 수 있도록 힘쓰겠습니다.

사실 저도 고등학교 때 꿈이 문학도가 되는 것이었습니다. 한때는 책을 많이 읽어 주위로부터 칭송받기도 하고, 대학 때는 교지에 시가 당선되어 받은 고료로 친구들과 짜장면을 사 먹었던 기억도 납니다. 하지만 사회에 나와서는 전혀 다른 일을 하고 있고 옛날의 그 꿈들이 아련히 그리워지기도 합니다.

그래도 가끔씩 선생님께 멜이라도 띄우고 필요에 의해서 글이라도 쓸수 있으니 다행입니다. 늦은 감이 있지만 다시 글도 쓰고 시도 쓰고 싶습니다. 부족한 점이 있으면 선생님께 지도 편달 구하오니 잘 격려해 주시면 감사하겠습니다. 그리고 평소 나름대로 열심히 운동하고 수행을 한다고 하는데 잘 발전이 없는 것 같습니다.

선생님께서는 한 달에 한 번씩이라도 정기적으로 수행을 하라고 하셨고, 좀더 많은 시간과 노력과 정성을 기울이라고 누차 말씀하셨습니다. 하지만 제 기문이 열리지 않은 상태에서는 선생님을 찾아뵈어도 별 효과가 없는 것 같습니다.

단전이 조금 따뜻해지기도 하고, 배에서는 가끔씩 내부 압력도 느끼고, 머리에도 가끔씩 시원한 압력감이 일기도 합니다. 그래서 기문이 열렸나 보다 하고 선생님을 찾아뵙고 막상 앞에 앉으면 전혀 어떤 기운을 느낄 수가 없었습니다. 다른 도우님들이 느끼는 열감, 진동, 청량감, 참신한 기운 등이 저에게는 전혀 없었습니다. 선생님 바로 앞에 앉아 있는

데도 말입니다.

그래서 선생님을 자주 찾아뵙고 싶어도 아무 소용이 없는 것 같습니다. 하루 2시간 정도 운동, 도인체조 하고 술, 담배도 거의 안 하고 마약 도박과는 물론 거리가 멀고 과색하지도 않고 하루 두 끼 생식하고 항상 독서하며 염념불망의수단전 하려고 노력하고 하는데도 별로 진전이 없습니다.

진도가 잘 나가는 다른 도우님들의 멜을 보면 실로 부러울 따름입니다. 제 정성과 노력이 부족하고 업장이 두텁고 하근기 중의 하근기가 아닌가 생각합니다. 하지만 실망하지는 않습니다.

열심히 쉬지 않고, 이 길을 갈 것입니다. 그리하여 확실하게 기문이 열렸다고 판단되면 선생님을 찾아뵙겠습니다. 오늘은 이곳 부산에도 날이 흐리고 비가 오락가락합니다. 선생님과 사모님께서도 항상 안녕하시고 건강하시기를 기도드립니다. 안녕히 계십시오.

2008년 6월 4일
부산에서 이도운 올립니다

【필자의 회답】

생식과 책은 오후 2시 반 경에 부쳤습니다. 『선도체험기』를 1권서 52권까지 컴퓨터화하는 작업은 나 혼자의 힘으로 하는 것이 아니라 삼공재 문하생들의 도움으로 이루어지고 있습니다. 나는 새로운 『선도체험기』를 지금도 매일 집필하고 있으므로 입력 작업을 할 여력이 없습니다.

이도운 씨는 내가 보기에도 글 쓰는 능력이 있으니 지금이라도 그 방면으로 노력하면 반드시 성공할 것입니다. 일기를 쓰든지 소설이나 시를 쓰든지 매일 글 쓰는 습관을 붙여야 합니다.

그리고 이도운 씨는 기를 느끼지 못해서 삼공재에 오지 못한다고 하는데, 그 생각은 근본적으로 잘못된 것입니다. 기를 느끼지 못하기 때문에 더욱 자주 와야 합니다. 삼공재는 불 꺼진 사람들이 불을 붙여 가는 용광로가 있는 곳이라고 생각해야 합니다. 만약에 이도운 씨가 기운을 느낀다면 삼공재에 오지 말라고 해도 기어코 오려고 할 것이고, 나는 그런 사람을 막으려고 하지 않습니다.

『선도체험기』를 네 번째나 읽는다면서 그 원리를 이해 못 한다니 참으로 딱합니다. 기공부는 깊은 산중에 숨겨진 보물찾기와도 같습니다. 신참들은 안내인을 따라가야 합니다. 왜냐하면 그 안내인은 보물을 찾아본 경험이 있기 때문입니다. 그런데 어떤 신참은 어떻게 하든지 혼자서 찾겠다고 고집을 부립니다. 이도운 씨는 바로 그 신참과 같습니다.

〈92권〉

다음은 단기 4341(2008)년 6월 30일부터 단기 4341(2008)년 9월 30일 사이에 있었던 필자의 수련 과정과, 필자와 수련생들 사이에 오고간 수련과 인생에 대한 대화 그리고 필자와 독자 사이의 이메일 문답을 수록한 것이다.

강하고 끈질긴 수령(獸靈)들

2008년 6월 30일 월요일 19~28 구름 많음

평소 같으면 토요일 아니면 일요일에 등산을 해야 했을 터인데, 토요일은 비 예보만 있고 오전 중엔 잔뜩 흐렸다가 오후에만 약간 비가 왔고, 일요일은 아침부터 비가 오는 바람에 등산을 못 하고 월요일인 오늘 하게 되었다.

아내는 다음 일요일에 하라고 했지만, 1979년 10월 19일부터 지금까지 꼭 30년 동안 습관화된 등산을 못 하면 내 생체 리듬이 난조를 일으키므로 어쩔 수 없었다. 5시 35분에 산에 붙었는데 2시간 50분이 지난 뒤에야 겨우 정상에 도달할 수 있었다. 그전 같으면 두 시간이면 충분히 도달할 수 있었을 터인데 꼭 50분이 늦은 것은 그전과 달리 중간에 쉬는 시간이 잦아졌기 때문이다. 나이 때문이니 어쩔 수 없는 일이다.

S바위 직벽 밑에서 오행젤리 13개로 아침 요기를 했다. 맛도 있고 간편해서 좋았다. 오행젤리는 각종 곡식과 채소와 한약재 등 42개 이상의 식품 종류가 들어간 젤리 형태로 된, 오행생식이 최근에 개발한 제품이다. 쫄깃쫄깃하고 맛이 있어서 등산, 여행, 출근 시 간단한 끼니 때우기에 적합한 음식이다.

정상에 거의 다 올라서야 60대의 남자 등산객 한 사람을 만나 볼 수 있었다. 두꺼비 바위에서 쉴 때부터 빙의령들이 집단으로 들어왔다. 살펴보니 늑대, 승냥이, 여우 같은 짐승들의 모습이 보였다.

영력(靈力)이 사람의 것보다 더 강하고 끈질겼다. 왜 하필이면 나한테 들어왔느냐고 물었더니 나와의 개인적인 업보(業報) 때문은 아니고 먼 곳에서 소문을 듣고, 구천(九天)에서 벗어나기 위해서 신세를 지려고 하니 널리 아량을 베풀어 달라고 했다.

등산이 거의 끝날 무렵이 되어서야 겨우 백회로부터 서서히 빠져나가기 시작했다. 그들을 천도하느라고 소모된 기운은 금방금방 보충이 될 정도로 강한 기운이 들어왔다.

총 4시간 50분 동안 등산을 하면서 내내 머리를 떠나지 않는 것은『선도체험기』였다. 지금까지 여러 해 동안『선도체험기』지면의 반은 독자와의 이메일 교신으로 충당할 수 있었다. 그런데 독자들로부터의 이메일 교신 회수가 최근에 부쩍 줄어들었다. 다른 때 같으면 A4 용지 50매 분량의 이메일이 쌓여 있어야 하는데 이번에는 단 한 장도 쌓이지 않았다. 선도에 관한 독자들의 관심이 그만큼 줄어들었다는 것을 말하는 것 같다.

그렇게 되면 갑자기 내가 집필해야 할 분량이 두 배로 늘어난다. 그전 같으면 이런 때 고전(古典)을 번역해서 채워 넣으면 되었었는데 이제는 그렇게 할 만한 고전도 바닥이 났으니 그럴 수도 없게 되었다. 아무래도 『선도체험기』 발행 빈도에 변화가 있어야 할 것 같다.

빙의령 대처법

5시 20분에서 산에 붙었다. 산속에 들어가자 습기가 꽉 차 있어서 꼭 안개비가 오는 것 같았다. 10분쯤 산길을 걷자 빙의령들이 떼를 지어 몰려 들어왔다. 등이 눌리고 가슴이 꽉 조여 왔다. 영안으로 보니 수많은 까투리, 꿩, 독수리, 매와 같은 야생 조류들과 함께 송아지만한 호랑이 한 마리가 어슬렁거리고 있었다.

비록 등이 눌리고 가슴이 조여 오기는 해도 걷는 데는 이상이 없었다. 내가 빙의령을 상대하여 온 지가 1986년부터니까 어느덧 22년이라는 세월이 흘렀다. 그동안 단련도 되고 수련도 향상되어 이제는 내 생활의 일부가 되어 불편을 느낄 단계는 지나 있어서 그런지 산을 오르는 데 전연 지장이 없었다.

등산 중, 두 시간쯤 지나자 야생 조류답게 하늘로 힘찬 날갯짓과 함께 훨훨 날아오는 것을 보니 수백 마리는 족히 되어 보였다. 호랑이 역시 천도되었다. 다행이었다.

대주천을 통과하여 현묘지도의 화두수련까지 마친 수련자들 중에는 수련이 향상되면서 빙의령도 엄청나게 들어온다고 그 괴로움을 하소연하는 사람들이 의외에도 많다. 얼마 전에도 수련생 중의 한 사람이 말했다.

"선생님, 수련이 향상되면서 엄청난 기운이 들어오는 것은 좋은데, 어떤 때는 수십 명씩 집단적으로 빙의령이 들어오는 경우가 있습니다. 그

럴 때는 더럭 겁이 날 때도 있습니다. 이들을 전부 천도시키고 나면 몸
이 파김치가 되어, 손가락 하나 까딱할 수 없을 정도로 기진맥진할 때도
있습니다. 그래도 괜찮을까요?"

"걱정할 필요 없습니다. 빙의령 때문에 수련자가 사망하는 일은 없으
니까요. 섭리를 믿어야 합니다."

"섭리라뇨?"

"수행자 자신이 감당할 수 없는 빙의령이 들어오도록 섭리(攝理)가 방
치하는 일은 없다는 말씀입니다. 숙제를 주되 감당할 만한 숙제를 준다
는 얘기입니다."

"제일 괴로울 때는 가까운 친지로부터 오래간만에 전화가 왔을 때입
니다. 여느 때 같으면 반갑게 전화를 받았을 터인데도, 요즘은 전화 건
사람들에게서 옮겨오는 빙의령으로 고생을 할 생각을 하면 끔찍해서 전
화 받기가 겁이 납니다. 그렇다고 해서 전화를 안 받을 수도 없고 난감
할 때가 한두 번이 아닙니다. 이런 때 무슨 좋은 대책이 없을까요?"

"그럴 때 가장 효과적인 대책은 수련에 더욱더 박차를 가하여, 빙의령
천도 능력을 높이는 것입니다. 물론 지금 당장은 괴롭겠지만 나에게 그
만한 능력이 있으니까 나를 의지해서 구천(九天)을 벗어나려는 중음신
(中陰神)들을 도와줄 수 있다는 자부심을 가져야 할 것입니다. 지금껏
상구보리(上求菩提)했으니까 하화중생(下化衆生)한다는 생각으로 수련
에 더욱더 전념하는 것 외에는 별 뾰족한 수가 없습니다."

질문을 하는 수련자들에게는 새롭게 만나는 수련상의 장애이지만 나
는 지난 20여 년간 숱하게 받아온 질문에 대한 대답이다. 그렇다. 수련
자에게는 오직 수련이 있을 뿐 그 밖에 무슨 뾰족한 수가 있을 수 있겠

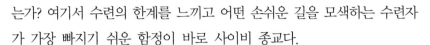

는가? 여기서 수련의 한계를 느끼고 어떤 손쉬운 길을 모색하는 수련자가 가장 빠지기 쉬운 함정이 바로 사이비 종교다.

바른길은 하나밖에 없는데, 쉽게 갈 수 있는 지름길을 찾는 수련자를 기다리는 것은 사이비 스승이다. 이미 정해진 코스를 이탈해 보았자 그를 기다리는 것은 가짜 스승들이 쳐 놓은 수많은 그물과 덫이 있을 뿐이다. 한 번 빠지면 이승에서는 다시 빠져나오기 어려운 덫이요 함정이다. 구도자가 구도 외에 다른 손쉬운 길이 있다고 상상하는 것은 스스로 멸망의 구렁텅이로 빠져 버리는 것만큼 어리석은 짓이 아닐 수 없다. 그 함정에 빠졌다가 나중에 잘못된 것을 알고 다시 빠져나오는 수련자들이 간혹 있기는 하지만 매우 드문 편이다.

이런저런 생각을 하면서 계속 산을 오르다 보니 어느덧 육부 능선에 접어들었다. 그때 밑에서부터 조금씩 불기 시작한 서풍이 점점 더 강하게 불어 왔다. 강풍에 휩쓸린 나무들이 파도처럼 너울댈 정도가 되었다. 날씨는 잔뜩 흐렸는데 세찬 강풍(强風)이 몰아치니 운신하기가 불편하여 더이상 등산을 하기가 어려웠다.

S바위 직벽 밑에서 오행젤리로 아침 요기를 하고 S바위 옆길로 겨우 정상까지 올랐다. 바람이 하도 세차고 음산하여 무리하면 사고가 날 것 같아서 더이상은 오를 수가 없었다. 아무래도 정상까지 오르는 것은 무리일 것 같아서 발길을 되돌려 내려오기 시작했다. 평소보다 30분 일찍 등산을 끝냈다. 집에 12시경에 도착했다.

한숨 쉬고, 오후 3시가 되자 수련생들이 모여들기 시작하여 8명이 좌정했다.

그중에 부산에서 2주에 한 번씩 올라오는 30대 중반의 오연식 씨가 물었다.

"선생님, 질문이 하나 있습니다."

"어서 말씀하세요."

"선생님께서는 『선도체험기』 40권부터 주로 동양 고전들을 번역해 오셨는데, 왜 동양 고전의 대표라고 할 수 있는 『주역(周易)』은 번역하시지 않으십니까?"

"『주역』은 흔히들 동양의 고전이라고는 하지만 좀 특이한 데가 있습니다. 『주역』은 역경(易經)이라고도 하는데, 그 뿌리는 배달국 제5세 태우의 한웅천황 때의 태호복희의 팔괘(八卦)에서 유래되었습니다. 이 팔괘가 64괘가 되었고 그것이 발전한 것이 『주역』입니다.

『주역』은 동양 철학의 심오한 면도 있지만 난해하고, 결국은 점치는 책이 되었습니다. 점을 쳐서 나오는 점괘를 믿는다는 것은 생사길흉화복(生死吉凶禍福)을 초월하여, 자기 자신의 힘으로 진리를 참구해 들어가야 할 구도자에게는 어울리지 않습니다. 그래서 제외했습니다."

"『손자병법(孫子兵法)』은 어떻습니까?"

"『손자병법』은 적과 싸워서 이기는 전략전술을 적은 책입니다. 요즘은 이 책이 라이벌 기업을 이기기 위한 방편으로도 이용되고 있다고 합니다. 구도란 어디까지나 자기 자신과의 싸움입니다. 거짓 나와의 싸움에서 참나가 이기자는 것이 구도입니다. 내공(內功)을 쌓자는 것이 구도(求道)인데 외부의 적과 싸워서 이기겠다는 『손자병법』과 같은, 외공(外功)을 쌓으려는 책이 구도자에게 어울리겠습니까?"

"『시경(詩經)』, 『서경(書經)』, 『예기(禮記)』는 어떻습니까?"

"이 책들 역시 내공을 위한 책이라기보다 사람과 사람과의 세속적인 관계와 나라 다스리는 법 등을 기술한 책입니다. 역시 마음공부, 몸공부, 기공부에 주력해야 할 선도 수련자에게는 별로 도움이 되지 않는다고 생각되어 제외했습니다."

"세속적인 인간관계를 위한 책이라면 『논어』와 『맹자』도 그 범주에 드는 것이 아닐까요?"

"물론 그런 면이 있습니다. 그러나 『논어』와 『맹자』는 수신(修身) 즉 마음공부와 내공(內功) 문제도 많이 다루었습니다. 실례로 조문도석사가의(朝聞道夕死可矣) 즉 아침에 도를 얻으면 저녁에 죽어도 여한이 없겠다는 공자의 말은 내공의 깊은 뜻을 전한 것입니다. 그 때문에 구도자의 귀감이 될 만한 구절들이 도처에 널려 있어서 구도자라면 꼭 읽어 보아야 할 귀중한 고전이라고 할 수 있습니다."

호랑이와 검객(劍客)의 영(靈)

2008년 8월 4일 월요일 23~31도 맑음

8월 2일 토요일, 8월 3일 일요일 내내 비와 비 예보 때문에 등산을 못하고 오늘 하게 되었다. 아침부터 무더운 날씨였다. 등산로 입구 숲속에 접어들면서부터 큰 황소만한 호랑이 한 마리가 들어왔다. 지난 7월 6일 등산 때는 까투리, 꿩, 독수리, 매 같은 조류들이 떼로 몰려 들어왔었고, 7월 13일 등산 때는 고라니, 사슴, 얼룩말, 면양, 노루 떼가 들어왔다. 아무리 생각해도 사슴과 면양은 남한에서는 서식하지 않는 동물이어서 내가 물었다.

"너희들은 어디서 왔느냐?"

그들이 이심전심(以心傳心)으로 말했다.

"시베리아와 몽골에서, 여기 가면 천도된다는 소식 듣고 왔습니다. 저희뿐 아니라 여기 모인 노루와 고라니들도 시베리아 아니면 만주에서 소식 듣고 왔습니다."

나에게는 새로운 정보였다. 그렇게 멀리서도 나를 찾아왔단 말인가? 그런데 오늘은 남한에서는 멸종된 지 오래된 황소만한 호랑이가 들어온 것이다. 영력(靈力)이 대단하여 솔직히 말해서 한여름 등산도 버거운 판인데 기운이 좀 달렸다. 나는 산길을 걸어 오르면서 호랑이에게 물었다.

"넌 어디서 왔느냐?"

"중부 시베리아서 왔습니다."

"멀리서도 왔구나."

"유럽이나 아프리카 남북미에까지도 맹수들 사이에 소문이 퍼져 있는 데요."

"그러냐? 네 영력(靈力)으로 보아 너에겐 대단한 사연이 있는 것 같은 데 도대체 무슨 일이 있었느냐?"

"제가 천도될 때쯤 자연히 아시게 될 것입니다."

"그러냐?"

어느덧 한 시간 남짓 시간이 흘렀다. 호랑이 영이 내 백회 위에 붕 떠 있었다. 천도가 임박해 있음을 알 수 있었다.

"이제 곧 떠날 터인데 어디 네 사연을 말해 보아라."

"네 말씀드리겠습니다."

10년 전 백두산에 갔을 때 만났던 백두산 산신령이었던 백호만한 몸 집이었지만 색깔은 거무튀튀했다. 바로 그 순간, 그 큰 호랑이 가죽 속 에서 웬 중년의 사내가 슬그머니 빠져나왔다.

"아니, 당신은 누구요?" 하고 내가 물었다.

"전 원래 검객(劍客)이었습니다." 이렇게 말하면서는 두 손 모아 허리 굽혀 인사하고 난 그는 화면으로 자기가 겪어온 사연을 나에게 차례로 보여 주었다. 그 사연은 이랬다.

검객이 산속을 걸어가다가 큰 호랑이를 한 마리 만났다. 그 호랑이가 검객에게 갑자기 달려들자 그는 지팡이로 위장했던 검을 재빨리 빼어 휘둘렀다. 호랑이는 피를 뿌리면서 땅바닥에 곤두박질쳤다. 순식간에 벌 어진 일이었다.

잠시 후 크고 작은 호랑이 떼가 어흥 소리를 지르면서 그를 공격해 오자 그는 또 검을 휘둘렀다. 호랑이 일가 아홉 마리가 검객에게 몰살을 당한 것이다. 한 번 피를 본 검객은 이성을 잃고 도망가는 새끼 밴 어미 호랑이와 어린 호랑이까지 뒤쫓아 가서 잔인하게 모조리 다 베어 버리고 말았다.

이런 인과로 그의 다음 생은 호랑이로 태어나게 되었다. 그 후 몇 생을 호랑이로 태어났는지 모른다. 화살, 총탄, 칼을 맞아 죽기도 하고 포획망에 사로잡히기도 하는 생들이 수없이 되풀이됐다. 그러다가 겨우 이제 와서야 다시 사람의 영으로 환원될 기회를 잡은 것이다.

이제 애초의 검객의 모습으로 되돌아간 그가 정중하게 두 손 모아 인사를 하고 하늘 높이 떠올랐다. 결국 사건의 발단은 과잉 살생이었다. 처음에 호랑이가 갑자기 달려들었을 때 검객이 물려 죽지 않기 위해서 칼을 휘두른 것과 그다음에 그 호랑이 가족들이 복수를 위해 달려들었을 때 검을 휘두른 것은 어디까지나 정당방위였다고 할 수 있다.

그러나 역부족으로 도망치는 새끼 밴 어미 범과 어린 새끼 범들까지 뒤쫓아 가서 모조리 도륙을 낸 것은 과잉 살생이요 잔인한 행동이 아닐 수 없었다. 검객은 바로 그 때문에 수많은 생을 호랑이로 윤회하면서 죄 갚음을 톡톡히 한 것이다. 천망회회소이불실(天網恢恢疎而不失)이다. 즉 하늘의 그물은 무척 느슨한 것 같으면서도 물샐 틈이 없다는 노자의 말이 생각났다.

어떤 사람은 동물과 인간 사이에는 넘기 어려운 이종(異種) 벽(壁)이 있어서 사람이 동물로, 동물이 인간으로 전생(轉生)하기는 하늘의 별따기라고 말한다. 그러나 이런 체험을 한 나에게는 그러한 이론은 도저히 납득이 안 된다. 그가 무슨 근거로 그런 말을 하는지 알 수 없지만 단지 어떤 사람의 이론을 인용한 것이라면 진실이 아닌 것만은 확실하다. 검객으로 돌변한 호랑이 영이 나에게 전하고자 한 메시지가 무엇인지 알 수 있었다. 그가 떠나자 나는 다시 원래의 기력을 되찾을 수 있었다.

우유부단한 수련 희망자

우창석 씨가 말했다.

"선생님, 『선도체험기』를 15권까지 읽은 제 친구가 한 사람 있는데요, 선생님을 꼭 뵙고 직접 수련을 좀 받고 싶다고 합니다."

"무슨 일을 하는 사람입니까?"

"저와 같은 봉급생활자죠 뭐. 나이는 40 가까이 되었는데 아직 결혼도 못 했습니다. 제가 『선도체험기』를 읽어 보라고 권했더니 요즘은 꽤 열심히 읽고 있는 것 같습니다."

"그럼 이왕이면 계속 읽도록 내버려두세요. 될 수 있으면 지금까지 나온 91권까지 다 읽으면 더욱더 좋고요."

"글쎄요. 그렇게까지 읽을 수 있을까 의문입니다."

"그 정도까지 읽을 수 없는 사람이라면 구태여 여기까지 데리고 올 필요가 없습니다."

"아니 왜 그렇게 생각하십니까?"

"수련에 대하여 그 정도의 열정도 의욕도 없는 사람이라면 우창석 씨가 구태여 이곳까지 데려올 필요가 있겠습니까? 그 얘기를 듣다 보니 바로 며칠 전에 있었던 일이 생각납니다."

"무슨 일이인데요."

"들어 보세요. 이메일이 왔습니다. 전문 직업을 가진 42세의 미혼 여성인데, 『선도체험기』를 10권까지 읽었다면서 '선생님한테서 직접 수련을 좀 받고 싶다'는 거예요. 그래서 나는 '이왕 읽기 시작한 『선도체험기』라면 적어도 60권까지 읽은 다음에 오시는 것이 좋겠다'라는 답신을 보냈습니다.

그러자 그녀는 '금년 10월에 미국 유학을 떠나는데 선생님한테서 직접 선도의 맛이라도 알고 떠났으면 한다'고 수련받기를 간절히 소망하는 답신을 보내 왔습니다. 그래서 나는 정 그렇게 수련을 하고 싶으면 오행생식을 해야 하는데 그럴 수 있겠느냐고 물으니까, 그러겠다고 하기에 그럼 일단 찾아오라고 했습니다. 그녀의 주소는 마침내 이웃 동네여서 금방 찾아왔습니다.

나는 그녀의 맥을 점검해 보고는 생식 처방을 해 주면서 생식 대금은 대학으로 말하면 등록금과 같은 것이라고 말해 주었습니다. 한 달분 생식을 처방 받아서 구입해 간 그녀는 며칠 후에 뚜껑을 연 한 통을 빼고는 세 통은 물러 달라면서 도로 가져왔습니다. 부모가 하도 반대를 해서 먹을 수가 없다는 것이 이유였습니다.

그 순간 나는 아직 때가 안 된 사람이 수련을 장난처럼 생각하고 찾아 왔었다는 것을 알아차렸습니다. 적어도 『선도체험기』를 60권까지 읽었더라면 이렇게까지 경솔하게 행동을 하지는 않았을 것입니다. 그녀는 삼공재를 백화점의 생식 대리점 정도로 생각한 것입니다.

짐짓 화난 소리로 나는 그녀의 우유부단을 꾸짖었지만, 그런 사람을 수련생으로 잘못 알고 받아들이려 했던 나에게 근본적인 잘못이 있었던 것입니다. 부모 슬하에서 생활하는 대학생이 구해 갔던 생식을 부모와 함께 와서 도로 물러간 일은 있었지만, 나이 42세나 된 어른이 그럴 줄은 미처 생각지 못한 것이 내 불찰이었습니다. 초발심(初發心)이 확고하

게 자리잡지 않으면 문제의 42세의 여자처럼 제 발로 찾아오고도 금방
손바닥 뒤집듯 변심을 하는 판국입니다."

"결국 그 여자는 생식 값이 아까워서 수련을 포기한 것이 아닙니까?"

"결과적으로는 그렇게 되었습니다. 수련할 준비가 된 사람이라면 누가
데리고 오지 않아도 제 발로 스스로 찾아오게 되어 있습니다. 우창석 씨
는 그때까지 느긋하게 기다리는 것이 좋을 것입니다. 마치 3년 가뭄에
샘물을 찾아 헤매는 목마른 사슴과 같은 갈급한 심정으로 수련을 받기
원할 때까지 기다리는 것이 좋습니다."

"교회에서 선교사들이 교인 쟁탈전을 벌이는 것과는 차원이 다르군요."

"교회에서는 전도사가 교인 한 사람 데려오는 데 수당이 얼마씩 붙는
다고 하지만, 우창석 씨에게는 그러한 인센티브 같은 것은 애당초 없고
나 역시 수련자를 한 사람 데려왔다고 해서 수고비나 차비 같은 것을 내
어줄 형편은 아닙니다. 나는 그저 오는 사람 막지 않고 가는 사람 잡지
않을 뿐입니다."

"그런데 선생님께서는 실제로 오는 사람은 무조건 다 받아들이시지는
않지 않습니까?"

"자격 미달자를 제한할 뿐입니다. 요즘은 학원에서도 시험을 치러서
자격 미달자는 걸러낸다고 합니다. 문제의 42세 여자의 경우처럼 우유
부단한 지망생을 또 받아들일 수는 없는 일이 아니겠습니까?"

"그런 엉터리 수련자가 또다시 접근하지 못하도록 심사 기준을 더욱
엄격히 하셔야겠군요. 예를 들면 구입해 간 생식은 반품이 불가능하다는
약속을 미리 받아내든가 해야 할 것입니다."

"그럴 생각입니다. 또『선도체험기』도 10권이나 15권 정도 읽은 사람

은 받아들이지 않을 것입니다. 처음부터 내가 내놓은 조건에 찬성하고 수련 의지가 확고한 사람이 아니면 수용하지 않을 것입니다. 그뿐만 아니라 양다리 걸친 사람도 받아들이지 않을 것입니다."

"양다리 걸친 사람이란 어떤 경우를 말하는데요?"

"일전에 어떤 중년이 찾아와서 자기는 교회에 나가는데 여기 와서 수련 좀 받을 수 없겠느냐고 하기에 안 된다고 했습니다."

"일단 받아들이시고 수련을 해 보게 한 뒤에 스스로 양자택일을 하게 하면 되지 않겠습니까?"

"선도란 전력투구해도 성공할지 말지 알 수 없는 고도의 집중력이 요구되는 수련 방식인데 양다리를 걸치면 우선 정신이 분산되어 아무것도 안 될 것입니다. 그러기보다 차라리 어느 한쪽을 선택하기로 확고한 결심이 섰을 때 찾아오라고 했습니다.

그렇게 말했는데도 계속 수련을 좀 받게 해 달라고 우기는 겁니다. 그래서 『선도체험기』는 몇 권이나 읽었느냐니까 겨우 7권까지 읽었다는 겁니다. 60권 이상 읽은 다음에 오라고 했더니 내가 너무 한다고 항의했습니다. 그래서 한 우물을 파야지 이쪽저쪽 왔다갔다하면 죽도 밥도 안 되니 어쩔 수 없다면서 돌려보냈습니다."

【이메일 문답】

생활행공(生活行功)

스승님 안녕하십니까? 부산의 박순미입니다. 스승님, 6월 6일 첫 화두를 받은 이후로 지금까지 몸과 마음을 괴롭게 하는 많은 일들이 한꺼번에 일어나고 있습니다. 우선 삼공재에 같이 갔던 동생이 아프기 시작한 일부터, 안 팔리던 아파트가 갑자기 매매되고, 첫아이가 놀다가 머리를 다쳐 응급실로 급하게 달려가고, 둘째아이가 이빨을 부러뜨려 계속 치과 치료를 받으러 병원을 들락날락한 일까지 어떤 일은 다행히 극적으로 해결되어 한시름 놓기도 하지만, 끊임없이 수련에 집중하지 못하도록 방해받고 있는 것이 사실입니다.

물론 제일 큰 문제는 동생이지만요. 동생을 그저께 정신과 병원에 입원시키고 왔습니다. 입원을 결정하면서 이제 정말 정신병자를 만들어 버린 것이 아닌가 하고 자책되기도 하고 그런 동생을 옆에서 지켜보는 심정은 이루 말할 수 없이 참담하였습니다. 시간이 지나자 진정이 되긴 했지만요.

시댁에 있으며 돌보아야 할 아이가 셋인데다가 저희 친정에도 동생을 옆에서 지켜줄 수 있는 사람이 없다 보니 제가 동생을 데리고 한동안 신경정신과 병원을 다니며 약물치료를 했습니다. 수련 중에 병원, 그것도 마음의 병을 앓고 있는 신경정신과 병동을 제집 드나들 듯하니까 손기는 물론 강한 빙의로 제 생활 자체가 휘둘릴 정도가 되고 보니 정신을 바짝 차리지 않으면 안 되었습니다.

스승님께 늘 미흡한 모습만 보여 송구스럽지만 몸 관리와 마음 관리를 소홀히 하면 한순간에 이전처럼 휩쓸려 버린다는 것을 새삼 깨달았습니다. 이제 백일 된 갓난아이를 업고 이리저리 동분서주하다 보니 늘 화두를 염두에 두고 있지만 저녁이면 너무 피곤해서 수련을 건너뛰는 날도 많았습니다. 그리고 이렇게 주변이 어지러운 가운데 제가 제대로 수련이 되고 있는 것인지도 잘 모르겠네요. 제 업장이 두꺼운 탓이겠지요.

어제는 화두 암송 중에 웬 서구 개척 시대쯤 되어 보이는 의상 차림의 여자가 보이는데 '헬렌 켈러'라는 이름이 이미지화되며 떠올랐습니다. 초등학교 시절 교과서에서 배운 바로 그 헬렌 켈러인지 아니면 동명이인인지, 그것도 아니면 일종의 잡생각의 끄트머리인지 잘 모르겠습니다. 저번 수련 중에도 '꽃분이'라는 생경한 이름이 떠올랐는데 스승님께서는 자성에 물어보라고 하셨지만, 아직 수련이 짧아 해답이 안 나옵니다.

아직 신경써야 할 문제들이 많이 남아 있지만, 화두수련 중에 일어나는 이런 복잡한 일상사들이 제 마음의 중심을 시험하는 일종의 시험 과정인 것만 같습니다. 부디 제가 슬기롭게 잘 이겨내어 제 자신의 본성에 더 가까이 다가갈 수 있도록 끊임없이 노력하겠습니다. 다음에는 더욱 주변과 마음 정리를 잘하여 메일 올리겠습니다. 안녕히 계십시오.

박순미 올림

【필자의 회답】

비구와 비구니들은 세속을 떠나 출세간에서 수련을 하지만 선도 수련자들은 부모형제와 이웃과 같이 사는 생활 현장이 바로 수련 도량입니다. 따라서 일상생활이 바로 수련의 연속입니다. 그 생활 속에서 부딪치는 난관들을 어떻게 슬기롭게 극복해 나가느냐가 항상 수련의 과제이기도 합니다.

내 생활이 바로 내 수련이라고 생각하면 어떤 어려움도 잘 이겨낼 수 있을 것입니다. 항상 그러한 각오로 임해 주시기 바랍니다. 훌륭한 생활자가 바로 훌륭한 수련자가 될 수 있을 것입니다. 생활과 수련이 별개라고 생각할 때는 괴롭기 짝이 없다가도 생활이 바로 수련이라고 생각하면 힘과 용기가 치솟게 될 것입니다.

헬렌 켈러와 꽃분이는 박순미 씨의 전생일 것입니다. 왜 그런 화면이 하필이면 지금 눈앞에 뜨는지 그 이유는 스스로 알아내야 할 것입니다. 수련은 잘 진행되고 있으니 안심하시고 계속 용맹정진하시기 바랍니다.

전생의 의미

스승님 평안하신지요. 부산에 박순미입니다. 저번 수련 중 정말 생뚱맞게도 '헬렌 켈러'라는 이미지가 떠올랐을 때, 그리고 그것이 내 전생이라는 것을 알았을 때는 정말 충격이었습니다.

그 충격은 내가 위인전기에 나오는 인물이었다는 것 하나와 무슨 업장이 그리 많아서 태어나서 얼마 안 되어, 눈멀고 귀멀고 말도 못 하는 업을 짊어지어야 했는가였습니다. 인터넷상에 헬렌 켈러를 찾아보니 제가 알고 있는 것보다 옛날 사람이 아니더군요.

　제가 1975년생인데 헬렌 켈러는 1880년에 태어나서 1968년에 사망하였으니 바로 내 앞의 전생이 되는 셈이구요. 인터넷상에 헬렌 켈러에 관련된 사진이 최근에 많이 공개되어 있어 찾아보니, 앤 설리반 선생님과 나란히 찍은 사진을 보는 순간 헬렌 켈러의 사진보다 더 찌릿하며 분명 지금 현생에 나와 가까이 있는 사람이라는 느낌이 들었습니다.

　그리고 헬렌 켈러라는 인물이 있게 하고 50여 년이라는 세월 동안 그녀의 곁을 지켜 주었던 앤 설리반 선생님의 인연을 좇아 지금의 내가 태어난 것 같기도 한 생각이 들기도 하구요. 그 의문의 해답이 어제 수련 중에 풀렸습니다.

　잔 다르크가 앤 설리반이라는 감응이 왔습니다. 물론 잔 다르크가 제 친구인 신지현의 전생임을 알고 있었습니다. 세상의 이치가 참으로 묘해서 헬렌 켈러가 사흘만 눈을 뜰 수 있다면 제일 먼저 앤 선생님의 얼굴을 보고 싶다고 간절히 염원했던 것이, 제가 인터넷상에 공개된 사진을 통해 얼굴을 보고 지금도 가까이에서 원하면 언제나 만날 수 있는 친구이기도 하니 말입니다.

　그리고 동생이 이상해져서 입원까지 한 현실이 다 인과응보이고 동생 자신이 짊어져야 하는 업연임을 머릿속으로 이해하고는 있었지만, 지켜보는 언니의 입장에서는 안타깝고 애처로워 마음이 무거웠던 것이 사실입니다.

그러나 눈멀고 귀멀고 말 못 하는 상황에서 짐승처럼 주위에 폐를 끼치며 쓰레기같이 살아갈 수도 있었지만, 끝내는 자신을 존귀한 존재로 탈바꿈시킨 헬렌 켈러의 삶을 통해 동생을 지켜봐야 하는 무거웠던 마음이 가벼워지며 가슴으로 알게 되었습니다. 모든 것이 인과임을 말입니다.

어제 수련 중에는 지폐 속의 인물 같은데 이황이라는 느낌이 들었습니다. 그리고 연이어 인물 하나가 분필로 얼굴 윤곽이 스케치되는데 턱이 뾰족하고 날카로운 인상의 서양 남자이고, 누구냐는 질문에 주저 없이 '쇼펜하우어'라는 대답이 나왔습니다.

이것이 만약 사실이라면 헬렌 켈러의 바로 앞 전생은 연도상 쇼펜하우어가 되는 셈이구요. 그런데 스승님. 이 글을 쓰면서도 이 모든 것들이 제 망상은 아닌지 모르겠습니다. 물론 수련 중에 자신의 전생을 아는 것도 의미 있는 일임을 알고 있지만, 단지 그 사실을 아는 것 자체가 중요한 것이 아니라는 생각이 듭니다.

계속해서 전생으로 보이는 이미지들이 떠오르는데 이러한 것들이 지금의 제 힘든 상황과 연관이 있는 듯 보입니다. 계속해서 수련에 정진할 것이며 제 주어진 현실에 최선을 다할 것을 다짐해 봅니다. 그럼 또 다음에 메일 올리겠습니다. 안녕히 계십시오.

2008년 7월 9일
박순미 올림

【필자의 회답】

박순미 씨는 지금 현묘지도 화두수련 중이라는 것을 잠시도 잊지 말아야 할 것입니다. 전생의 화면들도 그 수련과 관련이 있습니다. 그런 과정을 거쳐, 수련도 한 단계씩 상승해야 될 것입니다. 전생의 장면들은 바로 이런 데서 의미를 찾아야 합니다. 얽히고설킨 갖가지 인연에서도 구도자는 종국적으로 벗어나야 합니다. 그래야 완전무결한 자유인이 될 수 있습니다.

우리는 지금 그 방향으로 나가고 있다는 것을 잊지 마시기 바랍니다. 전생의 장면들에 행여 집착하게 되면 그만큼 수련도 정체된다는 것을 명심하시기 바랍니다. 화두수련 중에 이제 1단계는 끝났다는 신호가 떨어지면, 좀 어렵더라도 삼공재를 다시 찾아야 할 것입니다.

소복 차림의 여자

스승님 무더운 날씨에 평안하신지요. 부산의 박순미입니다. 다른 선배 도우님들의 현묘지도 체험기를 읽어 보면 각기 성품과 개성에 따라 같은 화두수련 중이라도 내용이 판이하게 다름을 알 수 있습니다. 그러나 궁극적으로 지향하고자 하는 바는 같을 것이라 생각됩니다.

계속해서 전생이라 여겨지는 장면들이 하나둘 나타나는데, 화두수련이 진척될수록 일상생활 또한 비슷한 맥락으로 갈등들이 터졌다가 해결되었다가 하는 식으로 급물살을 타며 진행되는 것 같습니다. 첫 화두수련 중 전생일 것으로 추정되는 장면들이 지금의 현실의 상황과 무슨 연관이 있는지 자성에 물어본 결과 모든 것이 인과라는 자성의 소리를 들었습니다.

동생은 10일 정도 입원한 후 퇴원해서 지금은 집에서 꾸준히 약을 먹으며 통원 치료를 하고 있습니다. 상태는 조금 우울해하는 증상은 남아 있지만 저번처럼 환청이 들린다든가 현실감이 떨어지는 망상 증상은 없어진 것 같아 다소 안도하고 있는 상태입니다. 아직 안심할 정도는 아니지만요.

동생을 병원에 입원시킨 후 며칠 뒤 수련 중에는 동생의 병실이 보이며 서 있는 동생의 곁에 머리를 풀어헤친 흰옷 입은 여자가 동생을 지켜보는 모습이 보였습니다. 흡사 요즘 상영되는 여름 공포영화의 한 장면 같았습니다. 우울증 내지 정신분열의 원인이 현대의학에서 말하는 병리

학적 측면도 있겠지만, 빙의로 인한 영병(靈病)인 경우가 많은 것이 사실이고 보니 제 수련 수준이 높아져서 동생에게 도움이 될 정도가 되었으면 좋겠다고 생각했습니다.

그래서 그런 것인지 모르지만 동생이 퇴원한 후 밤에 수련 중에 집에서 자는 모습이 떠오르기에 빙의로 인한 증상이라면 차라리 나에게로 와서 나를 괴롭히는 것이 어떠냐고 나도 모르게 강력하게 염원하게 되었습니다. 그리고 잠시 뒤 온몸이 저릿하며 연달아 세 번 정도 기운이 들어올 때랑 비슷하게 오싹한 느낌이 들었습니다.

그 다음날 아침에 일어났을 때는 그 전날 있었던 일을 까먹고 있다가 피곤하고 짜증나고 화나고 욕이 나오려고 하는 저 자신을 발견하였습니다. 그 상태는 그 다음날에 가서 좋아졌지만, 그 중간에 친구 신지현과 무슨 일로 통화를 할 일이 있었는데 나중에 듣고 보니 지현이 왈 자기가 여태껏 보았던 빙의령 중에 제일 엽기스러웠다고 하더군요.

웬만하면 화두수련 중에 오는 빙의는 내 숙제인 만큼 혼자 처리하려고 친구와의 통화를 자제하고 있는데 이렇게 또 폐를 끼치니 미안하고도 고마웠습니다. 화두수련 중에 괜한 짓을 했다고 꾸중하실 것 같아 말씀 안 드리려다가 결국 메일에 쓰네요.

최근 수련 중에는 부처님이 자주 보이고, 절벽 같은 곳에 새겨진 부처상도 보이면서 그 앞에서 합장하는 여승도 보였습니다. 그 외에 하얀 수염을 길게 기른 할아버지가 보이고 누구냐고 물어볼 사이 없이 조선 시대 임금 옷을 입은 면류관을 쓴 분이 보였습니다.

성종이라는 대답이 바로 나왔는데 전생의 저인지 아니면 나랑 관계있는 사람인진 잘 모르겠습니다. (요즘 텔레비전에서 하는 왕과 나라는 드라마가 각인되어 나온 장면인지 잘 모르겠습니다.)

첫 화두가 끝났다는 것은 어떻게 알 수 있는지 궁금합니다. 그럼 이만 두서없는 글을 맺으며 다음에 또 메일 올리겠습니다. 안녕히 계십시오.

2008년 7월 20일
박순미 올림

【필자의 회답】

수련 중에 나오는 화면 중의 인물은 반드시 자기 자성(自性)에게 물어야 정확한 해답을 얻을 수 있습니다. 동생의 병은 하루이틀에 끝날 질환이 아니니 장기전을 각오하고 마음을 느긋하게 가져야 할 것입니다. 동생에게 빙의된 영가들은 인연에 의해 박순미 씨에게 들어오게 될 것입니다.

지금 들고 있는 화두수련이 끝나면 반드시 신호와 증상이 있을 것입니다. 화두수련 중에 들어오던 기운이나 화면이 끊어지는 경우가 있을 것입니다. 아니면 천리전음으로 들려올 수도 있고 텔레파시로 올 때도 있습니다.

화면에 나타나는 인물들

스승님 답 메일 잘 보았습니다. 대부분 수련 중에 보이는 인물들이 진생인 경우가 많다는 사실을 인지하고 있어서인지 긴가민가하면서도 그런가 보다 했습니다. 지금껏 제가 첫 화두를 잡고 수련하는 중에는 인물과 그 인물의 이름인 꽃분이, 헬렌 켈러, 온몸을 금빛으로 칠한 부처의 모습을 한 여자, 쇼펜하우어, 이황(?), 비구니, 성종(?) 등이 비교적 명확히 떠올랐습니다.

그런데 그 인물들이 제 전생인지는 잘 모르겠고 이황과 성종에서는 정말 뜨악했습니다. 지금 생각해 보면 먼저 현묘지도 수련을 하신 선배 도우님들의 체험기가 너무 각인되어서 그런 것이 아닌가도 생각해 봅니다. 그러면 화두수련 중 인물이 떠오르면 제 자신인지 아니면 다른 누구인지 명확히 해답이 나올 때까지 의식을 집중해야 합니까?

그리고 며칠 전 모든 것이 인과라는 자성의 소리가 들린 이후로는 그전만큼 기운이 안 들어와서 첫 화두가 끝난 것이 아닌가 생각하고 있는 찰나 스승님께 메일을 띄웠습니다. 만약 끝난 것이라면 조만간 일정을 잡아 방문할까 합니다.

2008년 7월 21일
박순미 올림

【필자의 회답】

화면에 나타난 인물들이 누군지 알고 싶을 때는 바로 나타났을 그때 직접 물어보기 바랍니다. 만약에 그때를 놓쳤을 때는 자성에게 물어보면 됩니다. 나타나는 인물은 전생의 자신, 빙의령, 보호령, 지도령인 경우가 대부분입니다. 습관이 되고 이력이 붙으면 순간적으로 구분이 가게 되어 있습니다. 초조해하지 말고 그때까지 기다려도 됩니다. 화두 잡고 나서 잘 들어오던 기운이 끊어지면 다음 화두를 받으러 올라오시기 바랍니다.

단전이 뜨겁게 달아오릅니다

안녕하세요? 선생님. 대전에 조성용입니다. 작년 시월에 찾아뵌 후 며칠 지나지 않아 발병하여 입원한 지 벌써 8개월째 접어드네요. 현재 병원에서 음양식을 철저히 지키고 있으며, 체중도 60(키 170)을 유지하고 있습니다.

정좌하고 체험기를 읽고 있노라면 단전이 뜨겁게 달아오릅니다. 대맥이 유통되고 있으며 임맥과 대맥쪽으로는 목 바로 밑 부분까지 달아오릅니다. 그런데 단전에 기방이 형성된 것 같지는 않은데 그래도 상관이 없는 건지 아니면 기방이 형성될 때까지 단전으로 끌어내려야 하는 건지요?

빙의는 들어오고 나가는 것을 어렴풋하게나마 감지하고 있습니다. 어머니께서 2월에 편한 모습으로 돌아가셨는데 좋은 곳으로 가셨으리라 생각합니다. 이런 경우 좋은 곳에 계신 어머니 영을 모셔 더 좋은 곳으로 천도시킬 수도 있는 것인지요? 병원 측의 배려로 어렵게 메일을 보냅니다. 자세한 소식은 시간이 허락하는 대로 다시 전하겠습니다. 그럼 편한 밤 보내세요.

2008년 7월 13일
조성용 올림

【필자의 회답】

입원 중인데도 수련이 잘되고 있다니 참으로 다행입니다. 대주천이 될 때까지는 무조건 단전을 의식하고 호흡을 해야 합니다. 다시 말해서 무조건 단전으로 기를 끌어내려야 기방이 형성되게 되어 있습니다. 타계하신 어머님은 인과응보에 따라 그분의 갈 길을 가고 계실 것이니 지나치게 걱정하지 마시고 건강 회복에 더 주의를 집중하시기 바랍니다. 그것이 또한 자식을 생각하시는 어머님의 뜻일 것입니다.

생명의 실상

삼공 선생님 전 상서

늘 가르쳐 주심에 깊은 감사를 드립니다. 일본 북해도에 있는 도육입니다. 또한 오랜만에 인사를 드리게 되었습니다. 그동안 안녕하셨는지요? 저는 기본적으로 수련생활에서 벗어난 생활은 아니었지만, 그간의 활발한 동적인 변화들보다는 다소 내면의 여유로움을 감지하게 되는 정적인 생활로 변하게 되었습니다. 좀더 구체적으로 표현하자면, 일상생활에서 일어나는 상황들과 수련생활과의 갭이 크게 느껴지던 것들이 서서히 줄어들고 일련의 일일시호일(日日是好日)이 된 생활이 되어 버렸습니다.

즉, 주위에서 벌어지는 사람과의 관계며 결과물에 대하여 지금 제 앞에 보이고 주어진 일체의 것들에 주관적인 감정의 이입 없이 솔직하게 받아들일 수 있게 되었습니다. 사실 자연과학을 하는 연구 업종이라 타인의 연구 결과물에 대한 납득과 더불어 의문으로부터 시작하는 생활습관이라, 현재 보여지는 표면의 내면에는 어떤 것이 어떤 마음이 아니면 어떤 꿍꿍이속 등과 같은 세속적인 생각이 앞서가는 생활이었지만 그것들에 대한 의미는 없다는 것을 느꼈습니다.

설사 내면의 뜻과 표현형이 다를지라도 그 나름대로의 의미가 있고 그 결과물들이 제 자신을 변화시키지를 못한다는 것입니다. 즉 할일이 많은, 어떻게 하면 하루를 충실히 할 수 있을까가 숙제인 생활입니다.

그리고 1년여 전부터 읽어 보려고 구입해 두었던 다니구찌 마사하루 저 『생명의 실상』(두주판 전 40권)의 1권(실상편 상)을 살펴보았습니다. 전체적으로 진도가 잘 나가지는 않지만 신선한 충격이라 할까 즉시 흡수가 되는 내용이었습니다.

생명의 근원은 에테르 즉 기이고 단지 몸은 물체에 불과한 것이니 통증도 병도 생겨날 수가 없고, 설사 병을 가지고 있더라도 마음이 그 실상을 깨달음으로써 병마에서 벗어날 수 있다는 것 그리고 몇몇 예들을 들고 있습니다.

이러한 것들은 이미 우리 선조들의 이야기에서도 알려진 내용이듯이 즉, 독약을 마셔도 그리고 절절 끓는 무쇠 집에 앉아 있어도 이 몸은 단지 물체이기에 독도 뜨거움도 아픔도 느낄 수가 없다는 것과 상통하는 이야기이기도 합니다.

그러니 우리가 세속적인 삶 속에서 보고 느끼고 행하는 일상적인 것들에는 몸이라고 하는 물체 자체가 생명체라는 고정관념이 만들어낸 결과물에 불과한 것인데 그것에 현혹되어 살고 있었다는 것입니다. 이것을 체험해 보기 위하여 아침 조깅 시에 힘들고 숨이 헐떡거리는 것은 근본적으로 없는 것이야 하면서, 아무리 발을 빨리 옮겨도 입이 벌어진다든가 헐떡거림이 느껴지지 않음을 체험하면서 위와 같은 것들이 사실이라는 것을 깨닫게 되었습니다.

요컨대 모든 것은 마음먹기에 달렸다는 이야기입니다만, 생명의 근원이 기라는 것을 깨닫게 됨으로써 기존의 고정관념들을 과감히 부정할 수 있고, 한 발 한 발 생명의 근원으로 되돌아가는 것이 현생의 목적인 것 같습니다.

그리고 저자인 다니구찌 마사하루 씨의 집필 시에는 평상시와 다른 모습에서 써 나간다고 나와 있듯이, 생명의 실상은 저자 본인의 의도가 아닌 영혼의 계시에 의해 집필되었다는 점이 아직 납득이 가지 않는 부분입니다.

그리고 개개의 생명은 신의 아들이라는 표현이 있는데 이와 같은 종속적인 개념이 아닌 동등함인 신의 분신의 표현이 알기 쉬운 것이 아닌가 하는 생각도 들고 있습니다. 결과적으로는 같은 의미에서 통하지만 오해의 여지가 있는 것이 아닌가 합니다. 그리고 종속적인 개념에서 비롯되는 기복 신앙을 낳게 되는 것이 아닌가 하는 생각도 들었습니다.

왜냐하면 이 책에서는 생명의 실상을 깨닫게 하는 방법론을 제시하기보다는 읽기와 생장의 집에 합류하기를 권장하고 있는 느낌을 받았기 때문입니다. 물론 40권까지 읽으면 더 많은 것들을 체험하겠지만 우선 1권의 소감을 적어 보았습니다. 아마도 현묘지도 수련을 마치신 수련생의 보림에 도움이 될 만한 책 같습니다. 그럼 앞으로도 끊임없는 지도 편달을 부탁드리겠습니다. 안녕히 계십시오.

나요로에서 제자 도욱 올림

【필자의 회답】

다니구찌 마사하루의 생명의 실상은 나도 17년 전에 읽은 책입니다. 『선도체험기』에도 비교적 자세히 언급해 놓았습니다. 우선 그 책 40권을 다 읽고 나서 『선도체험기』에 그 책의 장단점에 대하여 언급된 부분도 읽고 난 뒤에 논해 보았으면 합니다.

좋은 의미에서의 접신

삼공 선생님 전 상서

늘 가르쳐 주심에 깊은 감사를 드립니다. 그리고 빠르신 답장도 고맙습니다.

생명의 실상에 대하여는 비록 1권을 읽고 언급하는 자체가 성급한 생각이라는 느낌이 들기도 합니다만, 저자이신 다니구찌 마사하루 씨가 일반인이 낼 수 없는 목소리를 수록한 것에 대한 내용으로 저로서는 공감을 받았습니다. 그러나 제가 이 책의 장단점을 논하려는 생각보다는 수련을 하면서 풀지 못한 숙제로 생각해 왔던 사항이 1권에 나왔기에 조금 언급한 것입니다.

문제는 평상시와 성인다운 목소리를 낼 때가 다르다는 것에 궁금증을 가져왔습니다. 책에도 나와 있듯이 제3자가 그분의 책 집필 시 변한 모습이며, 본인도 영감에 의해 쓴다고 동의하고 있습니다. 그렇다면 저자는 성인의 경지에 도달한 영혼의 계시에 의해 잠시 쓰여지고 있다는 말과 상통하는데, 흔히 말하는 이중인격적인 상태가 아닌지요? 좀더 부풀리면, 좋은 의미에서의 접신의 상태인 것과는 다를 바 없다는 생각이 들기 때문입니다.

수련의 목적이 늘 본모습이어야 한다는 관점에서 보면 이해가 안 되는 부분입니다. 아마도 제가 부족하기 때문에 일어나는 의문점이라고는 생각은 하고 있습니다. 그럼 몸 건강히 안녕히 계십시오.

나요로에서 제자 도육 올림

【필자의 회답】

다니구찌 마사하루는 내가 보기에는 그가 말하는 생명의 실상, 다시 말해서 존재의 실상에 도달한 성인입니다. 수련이 그 정도에 진입한 사람이라면 그와 비슷한 또는 그보다 상위 그룹에 속하는 신령들과도 파장이 일치하여 동조 현상을 일으킬 수 있습니다. 이런 현상을 저급령에 의한 접신과 동일시할 수는 없다고 봅니다.

있는 그대로

삼공 선생님 전 상서

늘 이끌어 주심에 깊은 감사를 드립니다. 결국 있는 그대로 받아들여야 한다는 생각입니다. 즉 진리가 중요한 것이지 누가 말했는지가 중요한 것이 아니라는 생각입니다. 왜냐하면 누구라고 하는 것은 그 진리에 대한 생명체가 아닌 단지 물체이니 진리 자체에 감사하고 배워 나가야 하는 것이라는 생각이 듭니다. 다시 말하면, 존경의 대상은 예수나 부처가 아니라 그들의 진리를 알리는 가르침이라는 생각입니다. 앞으로도 많은 가르침을 부탁드립니다. 안녕히 계십시오.

2008년 8월 27일
나요로에서 제자 도육 올림

【필자의 회답】

동감입니다.

나만의 천국

삼공 선생님 전 상서

늘 이끌어 주심에 깊은 감사를 드립니다. 인사가 늦었습니다만, 보내주신 생식은 지난주 잘 도착이 되었고, 체험기 91권도 살펴보았습니다. 그리고 한 가지의 체험을 하였기에 메일을 드립니다.

이곳에서도 매주 토요일이면 산행을 하고 있습니다. 한곳을 정해 놓고 날씨에 관계없이 다니고 있습니다. 코스는 왕복 5시간 30분 정도이며, 정상은 해발 약 2,700미터로 제가 살고 있는 곳에서 자동차로 편도 두 시간 남짓한 곳이기도 합니다. 제법 멀기도 하여 보통 새벽 2시 30분경에 출발하여 5시경에 도착, 산에 오르기 시작합니다.

그런데 그저께는 산행(山行)을 하면서 별로 피곤함을 느끼지 않고 정상에 도달을 하였는데도 성취감이라고 할까, 아니면 올라와서 좋다 등과 같은 감정이 전연 들지가 않는 것이었습니다. 또한 정상에 서 있으면서 출발점이나 정상이라는 의미가 없다는 생각이 들었습니다.

그리고 잠시 선정에 들고 난 후 사과를 한 개 먹고 하산을 하였습니다. 하산을 하면서 왜 흔히 느껴지는 성취감과 같은 사소한 생각이 들지 않을까? 그리고 정상에 있으면서도 산행의 목표였던 최고봉이라는 생각이 들지 않을까? 등등을 관하며 내려왔습니다.

그런데 거의 하산이 끝날 무렵 갑자기 정상도 없고 시작도 그리고 끝이 없다는 생각이 뇌리를 스치는 것이었습니다. 그렇다면 우리가 살면서 어떤 목표를 정해 놓고 달성했을 때의 성취감 등도 단지 한순간의 마스터베이션에 불과한 것이지 그 이상의 의미가 없다는 것입니다. 흔히 말하는 이만큼 노력했으니 거기에 걸맞는 보상(報償)은 기대하지 말아야 한다는 것입니다.

짧지 않은 동안 선도수련을 하면서 소주천을 하고 대주천을 하면서 그리고 현묘지도 수련을 하면서 늘 느껴왔던 긴장감과 기대감에 설레며 나름대로는 노력을 하였다 생각하고 달리고 있지만, 아직도 허한 마음이 드는 것은 결국 대가와 보상을 바라는 마음이 존재하기 때문이라는 생각이 들었습니다. 그리고 이러한 보상을 바라는 마음이 존재하는 한 설사 성통공완을 한다 할지라도 지금과는 조금도 다를 바가 없다는 것입니다.

그러니 정상이라고 생각하고 아무리 올라가 봐도 영원한 정상은 없는 것이요, 결국 지금 한발 한발 내딛는 곳이 바로 자기만의 정상이라는 생각입니다. 그러니 우리의 목표인 성통공완은 지금 우리가 보내고 있는 하루하루가 각각의 성통공완이요, 대가 없는 충실한 하루일수록 허한 마음에서 충만한 마음으로 변한다는 것입니다. 그러니 오늘도 천국인 하루를 맞이하고 즐기고 또한 수련을 통한 나만의 천국을 승화시켜가는 것이라는 생각이 듭니다. 그럼 다시 메일을 올리겠습니다. 안녕히 계십시오.

2008년 8월 5일
제자 도육 올림

266

【필자의 회답】

구도자가 자기 존재의 실상을 알고 나면 하나님과 나, 남과 나, 우주와 내가 하나임을 스스로 깨닫게 됩니다. 시간과 공간 그리고 물질의 구속에서 벗어나게 되는 것이죠. 자기 자신의 실상은 시공과 물질의 한계를 벗어난 무한하고 영원한 존재임을 알게 되니까 그럴 수밖에 없습니다.

그런데 내가 아는 어떤 구도자는 깨달음의 순간 무한한 해방감을 느끼고 일상생활까지 갑자기 바뀌어 버린 경우가 있습니다. 실례를 들면 생식을 하면서 산야를 헤매면서 노숙을 하던 구도자가 깨달음을 얻었다고 해서 갑자기 어느 암자에 좌정하여 그동안 터득한 초능력을 구사하기 시작했습니다.

소문을 듣고 찾아오는 신도들을 맞이하게 되었습니다. 병도 고쳐 주고 미래에 대한 예언도 해 주어 점차 수입도 늘어나게 됩니다. 매일 산야를 헤매던 그가 한자리에 앉아 운동은 전연 안 하고, 기름진 화식(火食)에 편안한 잠을 자게 되자 갑자기 체중이 무섭게 불어나기 시작하여 불과 한두 달 사이에 초비만 상태가 됩니다. 옆에서 시자(侍者)의 부축을 받지 않고는 앉고 일어서지를 못할 정도가 됩니다.

그는 비록 생불로 만인의 존경을 받건만, 하나의 생활인으로서의 그는 비만환자로밖에는 내 눈에 비치지 않습니다. 나는 이 사람이 무기공(無記空)에 빠졌다고 봅니다. 깨닫기는 했지만 실생활의 지혜가 뒷받침이 되지 못한 경우입니다. 그가 만약에 정상적인 구도자라면 비록 한 자리에 좌정하여 찾아오는 신도들을 상대로 하화중생(下化衆生)을 시작했다고 해도, 자신의 건강관리를 위해서는 그의 일상생활만은 그전의 페이스를 어느 정도 유지했어야 했습니다.

그랬더라면 적어도 그가 단시일 안에 초비만 상태가 되는 기현상은 면할 수 있었을 것입니다. 자기 몸 관리에 소홀한 대표적인 경우입니다. 의식이 바뀌었다고 해서 시공과 물질의 한계 속에 갇혀 있는 육체까지도 갑자기 바뀌는 것은 아닌데도 그는 그것을 미처 몰랐던 것입니다.

역시 산은 산이요 물은 물이건만, 그는 그것을 몰랐습니다. 입전수수(立廛垂手)의 겸손을 몰랐기 때문에 벌어진 비극입니다. 현묘지도를 수련한 구도자들 중에는 물론 그런 사람은 지금까지 한 사람도 없었고 앞으로도 없어야 할 것입니다.

현묘지도 수련 체험기 (17번째)

임 성 택

2007년 7월 5일 선생님께서 이제 대주천 수련을 할 때가 되었다고 하시며 백회를 열어 주셨다. 백회를 여는 작업을 하는 동안 감사하는 마음과 설레임에 몸과 마음에 묘한 전율이 파동친다.

내가 백회를 열게 된 것이 439번째라고 하며, 현묘지도 화두수련을 이제부터 해야 된다고 하시면서 1단계 화두를 주신다. 너무 갑작스런 진행 사항이라 내가 과연 이 현묘지도 수련을 받고 수련할 자격이 될 수 있는지 의문과 걱정이 앞서면서도, 한편으로는 그동안의 수련이 종결되고 또 다른 수련 세계로 발전·향상할 수 있는 기회가 주어지는 것이기에 감사할 뿐이다.

화두를 처음 받던 2007년 7월 5일부터 2008년 7월 30일까지의 수련 내용을 일과 중심이 아닌 화두수련 중심으로 하여 일기 형식으로 기록했다.

첫 번째 화두

2007년 7월 6일 금요일 16:00경

오후 16:20경 화두를 들고 수련에 들자 백회 부위가 송곳으로 찌르는 것처럼 아프다. 전신이 후끈 더워지면서 손과 발로 탁기가 많이 배출되자 손과 발이 엄청나게 시렸다. 그러고 보니 오늘 오전 등반 중 유난히도 손목이 나른하고 산행이 힘들었다. 명현반응인 것 같다.

2007년 7월 7일 토요일

머리 부위가 엄청 아프고 단전을 중심으로 좌우측 방향으로 기운이 계속 운기된다. 특히 좌측 방향이 더 심한 것 같다.

2007년 7월 8일 일요일

수련에 들자 백회에 기운이 들어오면서 명문에서 독맥, 백회, 임맥으로 기운이 연결, 운기된다. 백회에서 화산이 폭발하며 분화구처럼 백회로 불꽃놀이가 진행된다. 이어 우주선 모양의 비행접시가 백회에 안착되자 기운이 폭포처럼 백회와 온몸으로 내려온다.

기분이 이렇게 황홀할 수가 없다. 백회가 시릴 정도로 아리다. 인당에서 삼태극의 빛이 보이며 아스라한 우주공간에 수많은 별들 속에 나선형 모습의 은하계 모습이 보인다. 자리에서 일어나기가 싫다.

2007년 7월 11일 수요일

화두를 암송해도 뚜렷한 진전이 없고 화면 또한 보이지는 않으나, 여전히 백회로 기운이 들어오며 몸 여기저기 빙의가 감지된다.

2007년 7월 12일 목요일

삼공재를 방문하여 수련 중 기운과 호흡이 진행되면서 알 수 없는 여러 명의 사람들이 보이다가 더이상 화면이 전개되지 않는다. 여기까지의 내용을 말씀드리자 선생님께서 2단계 화두를 주신다.

두 번째 화두

2007년 7월 13일 금요일

아침부터 머리가 아프고 눈까지 욱신거린다. 빙의와의 전쟁인 것 같아 마음을 다잡아 본다. 16:00경 화두를 암송하자 기운이 백회에서 단전으로 연결되면서 기운의 기둥이 세워진다. 귀여운 누렁이가 혀를 내밀며 나를 보고 계속 웃는다.

우습기도 하고 또한 그 모습이 재미있다. 갑자기 화면이 바뀌며 커다란 피라미드 위로 지팡이를 들고 흰 수염을 기르신 도인 분께서 나를 보고 웃는다. 나도 따라 웃으며 쳐다보자 백회 위로 맑은 물을 투명한 병에서 계속 흘러내리신다. 저녁 20:00경 가슴 부위에 커다란 빙의가 느껴진다.

2007년 7월 14일 토요일

팔, 다리 등 온몸으로 잔잔하고 찌릿찌릿하게 삼매 피부호흡이 진행된다. 이 호흡의 특징은 호흡이 정지된 것 같으면서도 운기는 더욱더 활발한 것 같다. (화면은 뜨지 않았다.) 14:00부터 좌정하여 화두를 들자 공룡과 까치의 모습이 보인다. 하늘 끝으로 케이블카를 타고 내가 오른다. 19:00부터 빙의로 몸이 힘들다.

2007년 7월 16일 월요일

금요일, 토요일부터 힘들게 하던 빙의가 새벽에 나갔다. 내가 한용운이라며 하얀 한복을 입으신 분이 잠시 보인다.

세 번째 화두

2007년 7월 19일 목요일

삼공재를 방문하여 그동안의 수련 내용을 말씀드리자 3단계 무위 화두를 주신다. 너무 빠르게 화두 진행이 되는 것 같고 이렇게 수련을 해도 괜찮은지 의문이 든다. 무엇인가 미흡하기도 하고 아쉬운 마음이 든다. 화두를 암송하자 온몸이 다시금 더워진다.

2007년 7월 20일 금요일

화두를 암송하자 기운이 하단전, 중단, 천돌 등으로 호흡이 강하게 되면서 운기된다.

2007년 7월 20일 ~ 7월 26일

고속으로 진행되던 수련이 일주일째 답보 상태에 빠져 있다. 잘 들어오던 기운도 들어오지 않고 화면도 뜨지 않는다. 가슴 및 목, 어깨, 등 여기저기가 저리고 통증이 있다. 거기에 빙의까지 겹경사다. 현묘지도 수련 들어 처음 있는 일이라 당황스럽다. 그동안 너무 여기저기 다반사로 이 일 저 일에 매달려 수련에 집중하지 못한 게 아쉽다. 하늘의 경고라는 생각이 든다.

2007년 7월 28일 토요일

머리 둘레에 손오공 띠를 두른 것처럼 시원하게 기운이 계속 들어오며 운기된다. 오후에 도계 정무용 선배님과 전화 통화를 하였다. 단전이 아직도 약하고 또한 빙의 천도에 좀더 집중 관리하라고 한다. 앞서가는 선배님께서 힘든 내색 없이 후배에게 따뜻한 조언을 해 주신다.

2007년 8월 2일 목요일

삼공재의 현관문과 선생님께서 계신 서재의 문이 모두 활짝 열려 있다. 사모님께서 환한 미소로 반갑게 맞아 주신다. 요즘 수련 상태 답보에 큰 빙의로 고전하고 있던 몸과 마음에 청량한 에너지로 와닿는다.

닫지 말고 열어라 그러면 통한다. 닫힘과 막힘도 공부요, 수련의 방편이 아닌가. 모든 것을 수용하고 포용하는 자의 여여함이 열린 마음의 자유스러움이 아닐까? 선생님께서 화두수련에 좀더 전력투구를 하라고 하신다.

저녁에 처가에서 처남들과 대화 중에 많은 탁기와 사기가 몰려왔으나 견딜 만하다. 24:00경 집으로 귀가 중에 빙의와 탁기가 나가면서 기운이 활발하게 운기된다. 백회로 들어오는 기운이 단전으로 쌓이며 호흡이 진행된다.

2007년 8월 3일 금요일

오후 15:00경 화두를 암송하며 호흡에 집중하자 중단부터 단전으로 천천히 호흡이 전개된다. 금일도 여전히 화면은 뜨지 않는다. 『선도체험기』 87권을 보면서 다시금 전력투구를 다짐한다.

수련이 잘 진행되는 것도 좋지만 수련이 정지되었을 때도 실망하거나 좌절하지 않고 전화위복의 계기로 삼아 그동안의 과정과 진행 방향을 돌이켜 보는 것도 하나의 수련에 대한 방편이 아닐까 생각하며, 오늘도 집착하지 않고 무심으로 한 발 한 발 정진하기로 다짐해 본다.

2007년 8월 4일 토요일

시골에서 외삼촌 내외분과 사촌 형제들이 모처럼 모두 모였다. 전국 각지에 흩어져 살고 있던 관계로 10년 만에 보는 형님들과 동생들도 있다. 그중에서도 나와 동갑내기인 한 사촌은 몸 상태가 많이 나빠져 있음이 한눈에 들어온다. (비만에 고혈압, 당뇨)

건설업에 종사하는 관계로 장기간 지방 출장이 많고 유독 술자리가 많다고 한다. 다시금 건강한 몸으로 전환될 수 있다는 희망적인 이야기

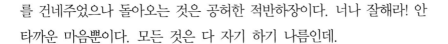

를 건네주었으나 돌아오는 것은 공허한 적반하장이다. 너나 잘해라! 안타까운 마음뿐이다. 모든 것은 다 자기 하기 나름인데.

2007년 8월 5일 일요일

화면은 뜨지 않으나 기운은 계속적으로 운기되고 있다. 특히 오른쪽 새끼손가락과 오른팔 새끼손 쪽으로 기운이 많이 운기되며 통증이 따른다.

2007년 8월 9일 목요일

비가 내린다. 삼공재를 방문하여 수련 중 케케한 냄새와 함께 빙의되었던 무당령들이 천도가 된다. 백회, 인당, 장심, 단전으로 기운이 다시 강하게 운기되고 있다. 자중자애하여 수련에 매진하자.

2007년 8월 10일 금요일

꿈에 선생님께서 여기저기 데리고 다니신다. 어떤 사람이 선생님께 그렇게 수련하면 안 된다고 하며 시범을 보인다. 갑자기 입으로 온갖 음식물, 피 등을 토해냈다. 남자, 여자 등이 계속적으로 시범을 보인다. 나와 선생님께서는 끝까지 흔들림 없이 그 모습을 지켜보았다. 17:00부터 갑자기 왼쪽 가슴에 매캐한 냄새와 함께 커다란 빙의가 감지된다.

2007년 8월 12일 일요일

아침 정좌 수련 중 가슴에 포착된 빙의가 보인다. 빙의에 집중하자 백회로 천도되어 나간다. 그 후 코스모스 같은 꽃이 백회에 피어나 우주를 향해 주욱 꽃날개를 편다. 무슨 송수신 안테나 같기도 하다.

2007년 8월 15일 수요일

집사람과 마니산 등반을 가기로 하고 집을 나섰다. 휴일이라 그런지 강화까지 가는 시간이 많이 지체되어 조금 서둘러서 암릉 초입에 오르자 장마철도 아닌데 비가 오락가락 내린다. 바위 중간 소나무 아래에 자리를 잡고 간단히 식사를 하며 비를 피하고 있는데, 하산하던 등산객 중 한 명이 돌부리에 걸려 5, 6m 정도를 슬립한 상태로 굴러떨어진다.

다행히 중간 나무에 걸려 큰 부상 없이 일어난다. (사고의 원인은 여러 명이 하산 중 집중하지 않고 옆 사람들과 떠들고 내려오다가 그렇게 되었다.) 항상 자연 앞에서는 겸손하고 그때그때 환경에 순응하는 지혜가 필요하다고 본다. 특히 오늘처럼 산행 중에 비가 올 때는 더욱더 조심해야 할 것이다.

2007년 8월 23일 ~ 9월 1일

삼공재를 방문하여 그동안 수련 내용을 말씀드렸다. 화두를 암송하여도 수련에 진전이 없고 또한 화면도 보이지 않는다고 말씀드리자 선생님께서 지금 빙의가 줄을 서 대기하고 있다고 하시며 지금이 수련에 커다란 위기라고 하신다. (빙의굴 통과 과정인가 보다.) 더욱더 열심히 수련에 정진토록 하며 앞으로는 일주일에 2회씩 방문하여 수련을 하라고 하신다.

2007년 9월 7일 금요일

화두를 암송하자 화면도 전개되지 않고 모든 것이 지지부진하다. 조금 더 화두에 집중해야 될 것 같다. 좋고 싫음이 없는 마음이란 무엇인가? 갑자기 화두로 떠오른다. 화두 속에 화두가 보인다고 해야 하는 것인지는 모르지만, 도(道)로 가는 길의 첫걸음은 좋고 싫음이 없는 마음 곧 깨어 있는 마음이요, 그것이 관이요 관이 곧 깨어 있는 상태라는 것 같다.

2007년 9월 10일 월요일 ~ 9월 11일 화요일

저녁 수련 중 천돌 및 목, 중단전 부위에서 계속적으로 간질간질하며 기침이 나온다. 그러면서도 호흡은 조금씩 더 깊고 편하게 진행되는 것 같다.

2007년 12월 20일 목요일

삼공재를 방문 수련하였다. 선생님께서 전생에 관계된 빙의가 크게 문제되고 있다고 하시면서 좀더 수련에 지극정성 몰두하도록 말씀하신다. 22:40경부터 정체되었던 빙의가 서서히 나가고 있다.

2008년 2월 1일 금요일

17:00경 빙의 때문인지 머리도 아프고 눈도 아프다. 정말로 힘이 들고 지친다. 저녁 20:00경 도저히 몸을 지탱할 수 없을 정도로 힘이 들어 매장 창고에 들어가 1시간 정도 누워 있었다. 요 근래에 빙의로 이처럼 고

전하고 몸이 지쳐 보긴 처음인 것 같다.

2008년 2월 2일 토요일

11:00경 수련 중 빙의령이 나가고 있다. 호흡도 편안하고 마음 또한 조금의 여유가 생겼다. 오후에 업무적인 약속으로 점심 식사 중 계속적으로 기침이 나오고 힘이 든다. 가급적이면 사람이 많은 곳은 피하고 싶다. 현실과 수련 사이에서 고민이다. 아직도 가야 할 길이 멀어만 보인다.

2008년 2월 5일 화요일 03:40 ~ 05:10

잠이 깨어 정좌 수련을 하였다. 단전을 응시하며 화두를 암송하자 기운이 움직인다. 왼쪽 귀로 기운이 이동되어 호흡과 같이 운기된다. 목이 도리도리되고 좌우 골반, 허리 등이 차례로 움직이며 진동이 되고 몸에서는 둔탁하고 요란한 소리가 들린다. 또한 왼쪽 가슴과 골반, 다리 쪽으로도 기운이 운기되며 꿈틀꿈틀거린다.

2008년 2월 12일 화요일 03:30 ~ 05:35

어제 선생님을 뵙고 수련 경과를 말씀드렸다. 지금까지 현묘지도를 29명에게 전수하였는데 15명이 통과되고 나머지 14명은 계속 진행 중인데, 그중에 몇 분께서는 더이상 진전이 없어 수련이 중단될 수도 있다고 하시며 나도 그중에 포함되어 있으니 더욱더 열심히 노력하라고 하신다.

그동안 안이하게 수련에 임했던 것은 아닌지 이런저런 생각에 화두가 집중이 되지 않는다. 『천부경』3독에 다시 화두에 집중하자 호흡과 함께

기운이 몸 이곳저곳을 폴록거리며 운기되면서 좌우 허리, 골반, 경추 등
이 진동과 함께 환골탈태(換骨奪胎)되는 듯싶다.

조금 더 화두에 집중하자 "자성구자강재이뇌(自性求子降在爾腦)"라는
전음이 들려오고 이번에는 "비워라 버려라" 하는 생각이 들며 "경천동지
(驚天動地)"라는 글귀가 화면과 함께 보이며 "부화뇌동(附和雷同)"이라
는 소리도 들린다. 좀더 화두에 집중하자 "깨어나라. 경천동지 만법귀일
(萬法歸一)"이라는 전음(傳音)과 함께 기운이 단전으로 내려와 쌓이기
시작한다.

2008년 2월 13일 수요일 04:50 ～ 06:45

어제 오늘 무언의 힘에 의해 새벽 수련으로 인도되는 느낌이 든다. 『
천부경』9독으로 좌정하여 화두를 들자 중단에 빙의가 감지되고 중단으
로 기운이 운기되기 시작한다. 이어 "성주괴공(成住壞空)"이라는 전음이
들리면서 3번째 화두수련이 끝났다는 느낌의 메시지가 온다.

정말 지루하고도 기나긴 수련의 터널을 지나왔다는 생각이 든다. 6개
월 넘는 긴 시간을 3단계 화두수련에 매진토록 한 이유가 무엇일까? 하
는 의문이 든다. 우주 삼라만상의 생성 소멸 과정을 의미하는 성주괴공
이라는 화두에 그 모든 것의 답이 있는 것은 아닐까?

이 현묘지도 수련의 성패는 얼마나 지극정성으로 화두수련에 매진하
였느냐에 따라 수련의 형태가 바뀐다는 생각이 든다. 정말로 기나긴 수
련의 터널을 빠져나온 것 같다.

2008년 2월 14일 목요일

요 며칠 매장 리뉴얼 관계로 업무에 바쁘다. 삼공재 현관에 붙어 있는 입춘대길이라는 글자에서 벌써 봄의 기운을 느끼게 한다. 6개월간 정체되었던 3단계 수련 내용을 말씀드리자 화두가 끝났다고 하시며 4단계 무념처 11가지 호흡 수련을 하도록 하신다.

얼마 후 4단계 호흡 수련 사항을 말씀드리자 5단계 공처 화두를 주신다. 6개월간의 정체되었던 화두수련에 마음고생이 많았는데, 선생님의 격려와 독려에 죄송한 마음과 해냈다는 자족감에 그저 모든 것이 감사할 따름이다.

다섯 번째 화두 (공처 수련)

2008년 2월 15일 금요일 11:10 ～ 11:30

가슴 부위에 큰 빙의가 포착된다. 화두를 암송하자 가슴으로부터 호흡의 반응이 온다. 무념처 수련의 11가지 호흡이 강도 높게 진행된다. 단전, 가슴, 좌우 허리, 머리 등 끄덕끄덕 도리도리 정신없이 진동과 호흡이 진행된다.

2008년 2월 16일 토요일 05:40 ～ 06:30

『천부경』, 『대각경』을 암송 후 화두를 들자 상단전 머리 전체로 시원하고 박하 같은 기운이 소나기처럼 들어온다. 백회와 중단, 단전으로 기운이 들어와 쌓이며 손끝으로도 부드럽고 화한 기운이 계속적으로 운기된다.

3단계 무위 수련에서 받았던 "성주괴공(成住壞空)"이라는 전음이 다시금 들려온다. 이 화두에 집중하자 백회, 중단, 단전으로 기운과 같이 화두가 돌아 들어간다. 또 새로운 천리전음(千里傳音)이 들려온다. "유일무이(唯一無二) 대덕(大德) 대혜(大慧) 대력(大力). 스승님께 감사하라. 모든 것을 받아들이라" 하신다. "이제부터 시작"이라며 "축하한다"는 노래와 보이지 않는 여러 사람들의 천상의 감사하는 마음이 전달된다.

마음속으로 대덕, 대혜, 대력을 암송하자 상단전 머리로부터 맑고 화한 기운이 쏴하며 상단전 전체로 내려온다. 모든 것을 수용하고 받아들이는 큰 사람이 되라고 한다. 할일이 많다고 하며 그저 감사함을 충만되게 하라고 한다. 이번 수련부터는 유독 전음(傳音)으로 화두수련이 진행되는 것 같다. 화두 속에 또 다른 화두가 진행된다는 느낌이 든다. 그저 감사할 뿐이다.

2008년 2월 16일 토요일 11:10 ~ 11:50

시원하고 화한 기운이 백회에서 단전으로 호흡과 기운이 운기된다. 중단에 걸려 있던 빙의도 감지된다. 12:13경 빙의 때문인지 중단 부위가 쓰리고 아프다. 계속 집중하며 화두를 암송하자 시린 듯한 찬 기운이 운기되고 백회로 계속 기운이 내려온다.

15:04부터 화두 암송 중 갑자기 도(道)란 무엇인가?라는 의문이 일어난다. 도란 막힘없고 정지되는 것이 아닌 그저 유유히 흐르는 것이 진정한 흐름이 아닐까? 도란 그저 흐름의 연속성일 뿐 자연지도(自然之道)라는 생각이 든다.

2008년 2월 17일 일요일 11:20

사기도 기운이고 탁기, 정기도 기운이다. 모든 것을 받아들이고 수용하라. 수용이란 내가 보듬어 녹이는 것이고 그것이 곧 자비이고 사랑이다. 모든 것은 공이고 무일 뿐, 너와 내가 따로 있는 것이 아닌 하나 속에 전체가 있고 그 속에 너와 내가 녹아 있을 뿐, 그 이상 그 이하도 아니라는 생각과 함께 가슴으로부터 벅찬 메아리가 들려온다.

15:30부터 화두를 암송하자 커다란 나선형의 은하계가 소용돌이 회전을 하며 나의 단전으로 같이 돌아간다. 16:19부터 가슴에 여자 빙의가 감지된다.

2008년 2월 19일 화요일 05:10 ~ 06:30

전날부터 빙의 때문인지 화두 집중이 잘되지 않는다. 10분간 걷기 후 『천부경』, 『삼일신고』를 암송 후 화두를 들자 왼쪽 가슴 부위에 통증과 함께 빙의가 감지된다. 고조선 시대인 듯한 시골 마을에 아낙으로 태어난 그 집 시어머니인 듯싶다.

좀더 화두에 집중하자 돌아가신 할아버지께서 보이신다. 감사하다고 하시면서 대견스럽다고 한다. 이젠 마음 편히 할머니와 함께 떠난다고 하며 자중자애 열심히 수련하라 한다.

2008년 2월 21일 목요일 04:20 ~ 06:10

11가지 호흡이 진행되고 몸 이곳저곳이 명현반응으로 아프고 시리다. 은하계의 모습이 스치고 지나간다. "만사형통(萬事亨通) 수용하라"는 전

음이 들려온다. 15:00부터 삼공재를 방문하였다. 그 자리에 이미숙 선배
님께서 현묘지도 수련을 끝냈다고 하시면서 선생님께서 축하한다고 하
신다. 나 또한 마음속으로 감사할 따름이다. 왠지 가슴이 찡하고 저린
다. 수련 중 '하심(下心), 공(空)'이라는 단어가 화두로 또 진행된다.

2008년 2월 22일 금요일 11:00

오늘은 아침부터 머리가 지끈지끈 아프다. 그래서인지 금일 새벽 수
련을 못 하게 되었다. 몸 따로 마음 따로는 전혀 수련에 도움이 되지 않
는다. 화두를 암송하자 백회에서 기운이 회전하면서 중단, 단전으로 위
아래로 돌아간다.

2008년 2월 22일 11:40

가슴에 커다란 빙의가 포착되고 가슴으로 기운이 집중된다. 사랑, 자
비, 평화, 기운과 같이 회전하며 감정의 탐진치에 매여 있던 주변 사람들
의 모습과 앙금이 보이면서 기운과 같이 중단전으로 회전하며 돌아간다.

2008년 2월 24일 일요일 21:00

오늘도 하루 종일 빙의에 시달리다 20:40부터 나가기 시작한다. 근 4
주 만에 마니산으로 등산을 가려고 들뜬 마음으로 나섰으나, 50분 정도
지난 후 뜻하지 않게 매장에서 일이 생겨 취소하게 되었다. (전등사 앞
까지 가서 다시 인천으로 방향 전환함) 아내한테 괜한 화풀이도 하게 된
다. 어쨌든 수련 중에 이유 없는 성냄은 없어야 할 것이다. 원인 없는

결과는 없는 것일 테니까.

2008년 2월 25일 월요일

『선도체험기』 15권을 읽고 있자니 가슴과 단전으로 기운이 운기된다. 좌정하여 화두를 암송하자 11가지 호흡이 시작된다. 단전에서 백회의 모습이 보이고 희미한 모습의 여러 사람들이 보인다. 빠른 속도로 질주하며 계속적으로 백회를 밀쳐낸다.

2008년 2월 26일 화요일

화두를 암송하자 흰 백마 및 하얗고 커다란 수달이 보인다. 군인 복장을 한 군인이 보이고 말을 탄 장수 모습도 지나간다. 요 며칠 수련 중에 계속 전쟁터 모습과 장수 및 군인들이 보인다. 아침 수련 중에 파란 창공이 보인다. 깊은 바닷속에 수많은 물고기 떼가 빠른 속도로 유영하며 지나간다.

2008년 2월 27일 수요일 08:10 ～ 08:40

좌정하여 화두를 암송하자 상단전부터 기운이 운기된다. 인당 앞머리속으로 터널이 보이고 둥근 터널 앞으로 파란 은하수 같은 하늘이 보이며, 머릿속에서 인당 앞 하늘로 하얀빛의 덩어리들이 계속 발사된다.

조금 후 닭과 같이 생긴 커다란 새 한 마리가 인당 앞머리 속 터널로 날아 들어와 앉는다. 백회에서부터 회오리 기둥이 일어나면서 회음으로 뚫고 지나가자 회음 밑으로 하얀 하늘이 보인다.

2008년 2월 28일 목요일

삼공재를 방문하였다. 공처 화두에서 꼭 전생의 나를 깨라고 하시며 열심히 수련하라고 하신다.

2008년 2월 29일 금요일 11:30 ~ 12:20

화두를 암송하지 않아도 먼저 기운이 움직인다. 몸 이곳저곳으로 기운이 운기 주천(周天)되자 불편한 기운이 계속적으로 느껴진다. 12시에 출근한 직원과의 사이에 몸과 마음이 불편하다. 계속적으로 관을 하자 호흡과 기운이 다시금 정상으로 운기되며 단전, 대맥, 명문, 임독 주천, 백회, 단전으로 기운이 흐르자 갑자기 직원이 즐거워한다. 나 또한 약간은 당황스럽다.

15:20 ~ 16:30 『선도체험기』 정독 중 오전에 운기되었던 경혈자리가 온통 사기로 꽉 막혀 있음이 감지된다. 정좌 후 화두를 들었다. 11가지 호흡 중 3~4가지의 호흡이 진행되면서 조금씩 경혈이 풀려나간다. 회음에서 독맥으로 큰 용이 백회로 올라오고 중단 앞에는 커다란 폭포수가 단전으로 시원하게 떨어져 쌓인다.

2008년 3월 1일 토요일 04:30 ~ 06:20

꿈인지 현실인지 비몽사몽간에 어두운 사령의 그림자가 창문으로 넘어 들어 나에게 순간적으로 들어온다. 얼른 일어나 시계를 보니 04:25분이다. 보통 빙의는 바로 몸으로 들어오는데 직접 창문을 통해서 들어오는 빙의는 처음이다.

화두를 암송하자 몸 이곳저곳이 아프고 운기도 잘되지 않는다. 단전에 계속 집중하고 호흡을 하자 서서히 화면에 여러 사람들이 보인다. 돌아가신 작은아버님, 작은어머님 모습도 보인다. 미안하다고 하시면서 고맙다고 인사를 한다. 『삼일신고』를 암송해 드렸다. 여기저기서 여러 사람들의 모습이 보이고 일렬로 서서 인사를 한다. 무슨 의미인지 모르겠다.

피곤하여 잠시 눈을 붙이려 자리에 누워 있자 화두가 먼저 암송이 된다. 화두를 따라 암송하니 단전, 중단, 인당으로 기운이 많이 들어온다. 특히 인당으로 시원한 기운이 많이 들어온다. 단전이 폴록거리며 부풀어 오르고 머리가 시원해진다.

2008년 3월 1일 14:00 ~ 15:00

오후에 마니산 등반을 하다가 휴식 중에 화두를 암송하자 개구리, 여우 등이 보인다.

2008년 3월 2일 일요일

여러 전각의 모습이 보이며 포도대장의 모습도 보인다. 그 안에서 여러 사람들이 분주히 왔다갔다한다.

2008년 3월 13일 목요일

매장 업무 관계로 서울 본사에 들렀다. 오후 15:00 삼공재에서 화두수련 중 커다란 누에고치 애벌레가 보인다. 또한 카우보이 복장의 말을 탄

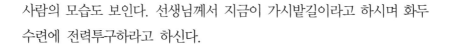

사람의 모습도 보인다. 선생님께서 지금이 가시밭길이라고 하시며 화두 수련에 전력투구하라고 하신다.

2008년 3월 15일 토요일 05:50 ~ 07:00

가슴으로 계속 호흡이 진행되다가 하단전으로 마음이 집중된다. 깜박깜박 화두 놓치기를 반복한다. 망상이 들면 잠깐씩 화두를 놓치고 만다. (잠시 잠이 든 것 같다.) 뱀의 머리가 보이고 맑고 까만 눈으로 나를 바라본다.

커다란 뿔이 달린 들소, 독수리, 학, 새들의 모습도 보인다. 비행접시 편대가 날아온다. 그중에서 커다란 비행접시 모양에서 메시지 감응이 온다. 나를 따르라는 감응이 오고 화면이 사라져 버린다. 아쉽다. 왼쪽 가슴 명치 아래로 시원하게 폴록거리며 기운이 지나간다.

2008년 3월 16일 일요일 06:30

아침 와공 수련 중 단전으로부터 여러 마리의 하얀 새들이 허공으로 날아 올라간다. 12:00 아무것도 아닌 일에 직원과의 대화 중 화가 치솟음을 느낀다. 순간적으로 관을 하는 찰나 몸속의 마음이 에너지로 바뀌어 치솟는 것이 보인다. 찰나지간이다.

2008년 3월 17일 월요일 06:20

가슴 및 천돌 부위가 계속적으로 거북하다. 화두를 들고 관을 하자 단전으로부터 기운의 기둥이 서서히 올라온다. 천돌 부위에 목을 맨 사람,

밑 물에 빠져 있는 사람의 모습이 보인다. 살려 달라고 애원한다. 조금 후 붉고 커다란 벼슬에 흰 모습의 닭들이 나타나 계속 천돌 부위를 쪼아대자 천돌 부위가 상처가 나서 썩은 상태의 모습이 보이면서 시원해진다.

12:10 마니산으로 등산을 간다. 새로 산 릿지화가 너무 꽉 끼인 듯 발가락이 아프다. 탁 트인 바위에 걸터앉아 바다를 내려다보며 잠시 화두를 암송하자 호흡과 함께 기운이 운기되자 "만사형통 천부지인"이라는 전음과 함께 커다란 전각들이 보인다. 한 전각 양쪽으로는 궁녀들이 도열해 있는 모습이 보인다. 화면이 바뀌며 커다란 흰 코끼리가 보이다가 화면이 사라져 버린다.

2008년 3월 19일 수요일

가슴에 커다란 공사가 진행되는 것 같다. 포크레인 모습도 보이고 여러 사람들이 분주히 왔다갔다한다. 그 이후로 가슴이 많이 시원하고 호흡과 운기도 원활하다.

2008년 3월 20일 목요일 07:40

좌정하여 화두를 들자 기운이 온몸으로 주천한다. 다리팔 끝으로 시원하게 운기됨을 느낀다. 기운이 먼저 운기가 되고 호흡이 바뀌고, 호흡에 마음이 가고 생각이 따라감을 알 수가 있었다.

내가 아닌 나, 나 아닌 나의 모습으로 생과 멸이 오고감을 그저 바라봄으로써 알 수 있는 것과 같이 이 모든 것이 절로 이루어진다는 생각이 든다. 화두에 좀더 집중을 하자 또다시 가슴에 큰 공사하는 모습과 발파하는 모습이 보인다.

오늘은 유난히도 천리전음이 생생히 들린다. 신명들이 유난히 힘들어 하면서도 즐거워한다. 천사들의 모습도 보인다. 풍악을 울리고 춤을 추고 있다. "용변부동본, 천, 지, 인, 다할 진(盡)"이라는 전음과 함께 여기까지 통과한 것을 축하한다고 하신다. 그저 감사할 따름이다.

2008년 3월 20일 08:10

잠깐 누워 눈을 붙인다. 상단전 머리로 기운이 계속 운기되며 호흡이 진행된다. 화두를 암송하자 "나는 자부선인이다" 하는 도인 한 분이 천, 지, 인 신명을 허락하신다고 한다. 이 또한 마음의 착에 의한 상이 부합된 것은 아닌지 모르겠다. 무엇을 쓰고 주고 한다는 것인지 혼란스럽다.

2008년 3월 20일 15:00

삼공재를 방문하여 그동안 진행된 수련 내용을 말씀드리고 6단계 식처 화두를 받았다. 조금더 화두에 전력투구를 당부하시며 앞으로 모든 의문사항은 본인의 자성에 스스로 답을 구하면 다 알게 된다고 하신다.

여섯 번째 화두 (식처 수련)

2008년 3월 21일 금요일

이번 식처 수련에서는 화두가 바뀌면서 바로 빙의로부터 수련이 시작되는 듯싶다. 이번 빙의는 지금까지의 빙의와는 질이 다른 것 같다. (빙의 수련의 종합편인 것 같다.) 콧물에 통증에 온몸 여기저기 많은 시련이 따른다.

15:00 『선도체험기』 15권 정독 중 화두에 들었다. 명치 부위와 오른쪽 방광 라인이 욱신욱신 아프다. 견딜 만하며 호흡이 온몸으로 되는 것 같다. 화두 암송 중 다시 전음이 들린다. "공(空), 공아(空我), 무(無)"라는 소리가 들린다. 이번 식처 수련에서는 천리전음이 많이 들리는 것 같다.

2008년 3월 22일 토요일 11:10

아침부터 하루 종일 왼쪽 코에서 계속적으로 콧물이 흐른다. 사람을 만남에 있어 나보다는 남을, 남보다는 전체를 생각하는 것을 기본 도리로 알아야 할 것 같다.

2008년 3월 23일 일요일 06:30

오른쪽 왼쪽이 번갈아 가며 콧물이 흐르고 천돌 부위가 간질거리며 마른기침이 심하다. 빙의와 명현반응으로 많이 힘들면서도 몸은 계속적으로 정화되고 있다. 호흡과 함께 태양혈 부위에서도 시원한 기운이 감지된다. 이번 화두수련에서는 빙의와 함께 개혈 정화 수련이 진행되는 듯하다. 몸과 마음이 힘들지만 그래도 조금씩 수련의 향상이 보이는 듯하다.

2008년 3월 24일 월요일 07:00

오늘도 여전히 기몸살이 심하다. 회음과 백회가 동시에 관이 되고 척

추 좌우 뼈들이 우두둑 요란한 소리를 내며 제자리를 잡아 가는 것 같
다. 백회 부위가 봉긋이 올라오며 독수리 및 여러 마리의 새들이 백회에
앉아 백회를 쪼아대자 하늘에서 백회로 커다란 폭포 물줄기가 내려온다.

2008년 3월 28일 금요일 16:30

화두를 암송하자 양팔이 큰 대자로 하늘을 향해 올라가고 내려가고
하면서 호흡과 함께 움직인다. 중단으로 기운이 회오리쳐 들어오고 휘젓
는다. 좌우로 몸이 돌며 우두둑 소리와 함께 움직인다.

잠시 고요한 가운데 흰옷을 입은 여자의 모습이 보인다. 빙의 모습이
다. "너는 박수로 태어나야 할 운명인데 왜 거역하냐?"고 하며 화를 낸
다. 이 또한 "자성구자 강재이뇌"라고 하자 조용해진다. "무자, 무공, 무
혜"라는 전음이 들려온다.

2008년 5월 1일 목요일

삼공재를 방문하였다. 11년차 수련생인 대구에서 오신 이재철 도우님
이 드디어 대주천 수련을 받았다. 마음속으로 진심어린 축하를 하자 온
몸으로 감응이 온다. 화두수련 중 목에 칼을 쓰고 산발한 여인 및 또 다
른 2명의 빙의 모습이 보인다. (재물 관계인 듯함) 한동안 수련이 정체
되었던 것이 금일에서야 조금씩 풀리고 있다.

2008년 5월 2일 금요일 04:50 ~ 07:00

화두를 들자 포근하고 따뜻한 기운이 조용히 움직인다. 백회에서 시

원한 기운이 단전으로 쌓인다.

2008년 5월 15일 목요일

오늘은 스승의 날이라 선생님께 인사 올리고 그동안 지도 편달해 주심에 감사함을 올린다. 『선도체험기』 90권이 출간되었다. 참으로 대단한 업적이요 큰 성과인 것 같다. 화두수련 중 부엉이의 모습이 잠깐 보인다.

2008년 5월 16일 금요일

상단전 머리 전체로 시원하고 화한 기운이 계속 운기된다.

2008년 5월 17일 토요일 06:00

수련에 들자 갈색 말이 나를 향해 웃으며 널따란 풀밭으로 뛰어간다. 나를 따라오라는 것 같다. 갑자기 머리가 도리도리 끄덕끄덕하며 몸이 곳곳에 진동이 온다. 몸과 마음이 시원하다.

"사랑, 믿음, 정열을 가지고 한, 한기운, 한의 원리를 온 세상에 널리 알려라"고 한다. 가슴으로 만물을 수용하고 포용하면 하나와 전체가 된다고 하는 원리를 상징하듯, 양손이 하늘을 향해 서서히 올라가며 경배의 춤이 환희심과 함께 추어진다.

2008년 5월 19일 월요일

오전에 마니산 등반 후 화두수련에 들자 안에서 밖으로 백회가 보이고 투명한 비행접시 모양의 벽사문도 보인다.

2008년 5월 22일 목요일

손끝 발끝으로 주천이 이루어지고 있다. 오늘은 호흡과 함께 상, 중, 하단전이 동시에 관이 되며 충맥으로 기운이 운기된다.

2008년 5월 23일 금요일 06:00 ~ 07:00

내가 나를 모르는데 네가 나를 알겠느냐는 유행가 가사가 나의 가슴으로 메아리쳐 오며 모든 것을 받아들이고 가슴으로 수용하라는 감응이다. 어제저녁에 감지된 빙의가 중단에서 힘들게 한다. 정말로 마음이 아프다.

2008년 5월 24일 토요일

전날 저녁에 고객님께 오해의 불편을 드렸나 보다. 금일 퇴근 무렵에 서운하다는 전화가 왔다. 집사람과 나는 미안하다고 사과했다. 평소부터 잘 아는 부부 고객인데 조그만 말 한마디가 무척 속이 상했나 보다.

큰 빙의에 결국은 같은 고리로 연결이 되나 보다. 피한다고 되는 것은 더더욱 아닌 듯싶다. 결자해지(結者解之), 인과응보(因果應報). 모든 것은 결국 하나로 돌아가는 느낌이다. 전날 저녁부터 눈에 통증과 가슴 부위의 아픔으로 몸이 파김치가 되었다. 영안에 마을 사람들이 태형을 당하는 모습이 보인다. 계속 집중하자 백회로 회오리치며 나가는 모습이다.

2008년 6월 2일 월요일

전신으로 기운이 운기되면서 충맥으로 기운의 기둥이 조금씩 느껴진다. 독수리가 보이고 2마리의 학도 보인다. 물가에서 이리저리 움직이며 물고기를 잡는 것 같다. 계속 주시하자 이번엔 나의 백회를 쪼아대자 하늘에서 기운이 내리꽂힌다.

2008년 6월 3일 화요일

오늘도 기운이 활발하게 운기되고 있다. 오후에 산행 중 인당에 계속적으로 사람의 눈이 보인다. 잠시 휴식 중에 바스락거리는 소리에 돌아보니 청설모가 10cm 이내까지 근접해서 나를 빤히 쳐다본다. 항상 느끼는 것이지만 동물들의 눈은 대다수가 맑고 깨끗하다. 이렇게 가까이서 살아 있는 동물의 눈을 보기 또한 처음이다.

2008년 6월 17일 화요일 06:00 ~ 07:00

기운이 전신으로 운기하면서 잠에서 깨어 화두를 들자 화면에 시골 고향집이 보인다. 시골 선산의 풍경 모습과 마을 사람들과 친척들의 모습도 보인다. 또한 성장해 오면서 보아 왔던 모습과 (건물/사람) 나와 관계되었던 자연과 거리와 사람들의 모습이 계속적으로 지나간다. 화두에 다시금 집중하자 과거에서 현재로 모습과 화면이 바뀐다. 현묘지도 수련 중에 다녀왔던 최근의 산행 모습과 주변 사람들의 모습도 다시금 스쳐 지나간다.

중단으로 기운이 운기되며 경추와 왼쪽 어깨로 진동이 온다. 직지인심(直指人心) 이라는 글자가 보이고 이어 백마를 탄 인디언 추장의 모습이 보인다. 전생의 내 모습인 것 같다. 인디언 부족 간의 전쟁하는 모습도 보인다.

일곱 번째 화두 (무소유처 수련)

2008년 6월 20일 금요일

무소유처 화두를 암송하자 기운이 운기되면서 잠에서 깬다. 중단으로 호흡이 집중된다. 답답하면서도 시원하다. 화두에 집중하자 커다란 고래가 바다에서 유영하고 굴속에서 담비처럼 생긴 동물이 들락거린다. 호흡은 중단과 하단전으로 깊고 부드럽게 운기되며, 오른쪽 폐경락으로도 강하게 기운이 흐르며 찌릿하게 감응이 온다.

2008년 6월 20일 16:30 ~ 17:00

기운이 장심, 가슴, 단전으로 부드럽고 포근하게 들어온다. 커다란 코끼리가 큰 코와 귀를 흔들고 있다.

2008년 6월 21일 토요일 16:00

독수리, 호랑이 등의 모습이 보이고 손, 발끝으로 차디찬 탁기가 냄새와 함께 빠져나간다.

2008년 6월 22일 일요일

정좌 수련 중 상단전으로 기운이 운기되더니 순간적으로 머리 전체가 해체되어 사라져 버리고 텅 빈 허공에 중단과 하단전만이 남아있다.

2008년 6월 23일 월요일

하루 종일 빙의에 고전하고 있다. 눈도 욱신거리며 머리도 아프다.

2008년 6월 24일 화요일 07:00

빙의에 고전하다 잠이 들었는데 기운이 운기되면서 잠이 깬다. 정좌하여 화두에 집중하자 아직도 가슴이 얼얼하다. 왼쪽 방광 경락에 기운이 강하게 흐르면서 가슴으로 기운이 집중된다. 백회에는 물엿 같은 물이 계속 흘러 들어오고 샤워기로 청소를 하더니 피라미드 접시 모양의 안테나가 세워지는 것 같다. 가슴에 넓은 허공 같은 연못에 한 송이의 커다란 연꽃이 피어오른다. 모든 것을 연꽃처럼 승화시켜 보라는 생각이 든다.

2008년 6월 25일 수요일 06:00 ~ 07:00

수련 중 장수풍뎅이, 여왕개미 등이 보인다.

2008년 7월 3일 목요일

수련 중 거위의 모습이 보인다. 나를 계속 주시하며 뒤뚱뒤뚱 걸어온다. 이어 메뚜기, 벌, 파리, 나비, 풍뎅이 등의 모습이 보이고 바닷속 바

위 틈 사이로 고기의 모습도 보인다. 가슴으로 여러 종류의 꽃들이 피어
나고 연꽃이 보인다.

인당과 중단으로 회오리의 기운이 운기된다. 포도대장 모습의 장수가
말을 타고 진두지휘하는 모습이 보이다. 안개 속으로 쭉 뻗은 고속도로
가 보이며 그 위를 계속 따라가다 터널 속으로 들어가더니 화면이 사라
진다.

2008년 7월 4일 금요일 15:00

수련 중 바위산 중턱에 전각이 보이고 하얀 백구가 나를 보고 꼬리를
흔든다. 굴속으로 앞장서서 들어가다 그만 놓쳐 버리고 화면이 사라진다.

2008년 7월 5일 토요일

이번 화두수련을 해 보니 몸이 무척이나 더워진다. 화두에 집중하면
몸이 서서히 달아오른다. 또다시 "자연지도"란 전음이 들려온다.

2008년 7월 7일 월요일 03:20 ~ 04:20

잠이든 지 두 시간 만에 잠에서 깨어난다. 비몽사몽간에 기운이 전신
으로 운기되면서 수련을 종용하는 것 같다. 화두에 집중하자 머릿속 중
앙에서 웅하는 전파음 소리가 지속적으로 들려온다. 그 소리에 집중하자
눈앞으로 밝은 빛들이 퍼져 나가면서 가슴이 편해지고 목이 도리도리,
끄덕여진다.

여덟 번째 화두 (비비상처 수련)

2008년 7월 9일 수요일

7단계 화두수련이 끝난 것 같다. 선생님을 찾아뵙고 수련 내용을 말씀드리니 마지막 8단계 화두를 주신다. 마지막 단계 수련이니 더욱더 지극정성으로 수련에 임하도록 하라고 말씀하신다. 화두를 들자 커다란 절의 모습이 나타나고 여러 스님들이 왔다갔다하는 모습이 보이고 화면이 바뀌면서 숲에서 여러 마리의 침팬지 모습이 보인다.

2008년 7월 10일 목요일

비가 오려는지 몸도 여기저기 무겁다. 화두수련을 다짐하기 위해 오늘은 마니산으로 등반을 하였다. 7월 더위가 만만치 않다. 등반 후 잠시 휴식 중 11가지 호흡이 일어나고 상단과 중단으로 기운이 집중되고 진동이 온다.

20:00 백회로 기운이 너무 강하게 내려오니 머리가 시원하면서 아프다.

2008년 7월 12일 토요일

오늘도 여전히 많은 빙의가 들어온다. 빙의는 자기가 피하고 싶어 한다고 오고가는 것이 아닌 줄은 알지만 힘이 부칠 때는 정말 힘이 든다. 처음 화두수련에 임했을 때를 돌아보면 지금의 나는 상전벽해처럼 변해버린 나 자신의 몸과 마음이 성숙해 가고 있음을 실감한다. 선계의 스승님과 선생님께 감사의 마음을 드린다.

2008년 7월 13일 일요일

마지막 화두수련에 임하고부터는 수련의 양상이 바뀌어 감을 느낄 수 있다. 이번 수련부터는 수동에서 능동으로 화두수련의 형태가 바뀌는 것 같다. 화두가 항상 내 안에 존재하고 있다가 필요하면 먼저 스스로 진행이 되고 있어 화두수련이 무척 수월해진 것 같다.

2008년 7월 14일 월요일 06:00

수련 중 독수리 모습이 보인다. 다시금 여러 동물들이 보이고 중단으로 회오리 기운과 함께 없어지면서 내 몸이 투명하게 보인다. 넓은 허공에 수많은 별들이 같이 떠 있는 모습이다.

2008년 7월 17일 목요일

기운이 전신으로 운기되며 단전으로 호흡이 더욱더 집중된다. 오늘은 마음이 조금 더 여유로워지고 관용의 힘이 배가되는 것 같다.

2008년 7월 23일 수요일

19:20 큰 빙의가 포착된다. 전에는 빙의가 들고 나서 한참 후에 알게 되었지만, 8단계 화두 마지막 수련에서는 진행되는 과정과 나의 마음 상태가 일목요연 정리되는 것 같다.

2008년 7월 24일 금요일

단전에 집중하자 전신으로 호흡과 함께 기운이 운기된다. 중완, 전중으로도 막혀 있던 기운이 시원하게 뚫리며 가슴까지 편안하게 호흡이 진행된다. 빙의가 천도되어서인지 몸과 마음도 매우 편안하다. 자중자애 해야 할 것 같다.

15:30 화두수련 중 절로 기운에 끌려 온몸으로 춤이 추어진다. 춤이 추어지며 이유 없는 눈물이 흘러내린다. 그렇게 울고 웃으며 한바탕 춤을 추자, "한 한 한이요 만물만생 무소불위(無所不爲)"라는 천리전음이 들린다.

2008년 7월 27일 일요일

마니산으로 등산을 다녀왔다. 오늘은 호흡 시 인당, 양 장심, 용천, 백회로 강하게 기운이 들어온다. 산행 후(15:40) 눈이 아프고 감기 기운처럼 몸이 처진다. 그래도 기운이 잘 운기되는 것으로 보아 명현 현상인 것 같다.

2008년 7월 29일 화요일

오늘은 빙의로 임독이 막히고 백회로 기운도 잘 들어오지 않는다.

2008년 7월 30일 수요일

기운이 전신으로 운기되고 좌정에 들자 삽살개가 나를 인도하듯 조그만 구멍으로 들어간다. 허공에 구멍이 생기고 블랙홀 모양의 현상이 보인다. 다시금 밖에서 안으로 똑같은 모양의 블랙홀 구멍이 생기고 커다란 용이 들어온다.

　　그렇게 들고 나는 모습을 보며 나의 몸은 동그란 우주공간의 빛과 허공과 같이 하나 되어 투명하게 하나로 존재하고 있는 것 같다. 하나의 판타지적인 아름다운 모습이다. 고요한 우주 속에 내가 존재하고 있고 그 중심에 나의 자성이 마음으로 연결되어, 들고 나는 생각의 모습이 하나가 둘이 되고 둘이 하나로 되는 이 모든 것은 공이요 무라는 것이 아닌가 하는 의문이 든다.

　　그것을 보고 있는 나를 보는 또 다른 나는 무엇인가 하는 생각에 "일체유심조"라는 자성의 전음과 더불어 탕하는 전류와 함께 온몸이 산산이 부서져 버리고, 우주도 허공도 나의 몸도 생각도 모든 것이 보이지도 들리지도 않는다.

　　그렇게 투영되던 그 몸마저도 빛과 함께 사라져 버리고 아무것도 없는 어둠의 허공에 기운의 파동만이 흐르고 있을 뿐이다. 이것이 나의 본래 모습인 듯싶다. 이것으로 현묘지도 8단계 비비상처 수련이 끝났다는 생각이 든다. 감사합니다.

현묘지도 수련을 마치며

　　상전벽해(桑田碧海)라는 말이 몸에 와닿았습니다. 이 현묘지도 수련을 통하여 지식이 아닌 체험을 통해 몸과 마음이 바뀌고 나를 알고 지혜를 배워, 근본을 바르게 알게 하여 주신 선계의 스승님들과 삼공 선생님께 진심으로 감사드립니다.

　　4년 전 처음으로 삼공재에 설레이는 마음으로 첫발을 디디던 그 초심

으로 돌아가 지감, 조식, 금촉하여 상구보리 하화중생을 실생활에서 실
천하는 자세로 새롭게 시작하겠습니다. 정말 고맙습니다.

【필자의 논평】

17번째로 현묘지도 화두수련을 통과한 임성택 씨가 삼공재에 나오기
시작한 것은 지금부터 4년 전인 2004년 9월 3일이었다. 그 후 그는 일주
일에 한 번씩 단 한 차례도 빠지지 않고 개근했다. 수련의 진도가 빠른
편은 아니었지만 소처럼 우직하고 꾸준하게 한 우물을 파고드는 지구력
과 인내력이 돋보이는 대기만성(大器晩成)형이다. 나이는 58년생이니까
금년에 만 50세, 노모와 아내와 대학 다니는 두 아들을 거느리고 인천에
서 의류 매장을 운영하는 평범한 생활인이다.

A4 용지 20매에 달하는 그의 체험기를 읽어 보면 그가 얼마나 화두수
련 중에 일어나는 자신의 심신의 변화를 집요하게 추적했는가를 잘 보
여 준다. 거기에는 수련 중에 일어날 수도 있는 관념과 상상의 세계와
같은 군더더기는 일체 배제되고 순전히 자기 심신에 일어나는 변화의
체험만을 집요하게 추구해 들어가고 있음을 생생하게 보여 준다.

수련 중에 일어나는 체험만이 누구에게 내놓아도 당당하고 자신 있게
말할 수 있는 유일한 자기 재산이다. 이제 그는 바로 이 체험을 통하여
'한'의 세계, 시간과 공간과 생사를 초월한 무한과 영원의 경지를 확실히
체득한 것이다.

구도자에게 이보다 소중한 것이 무엇이겠는가? 그는 마침내 도의 문

턱을 넘어선 것이다. 앞으로 넘어가야 할 첩첩 산들을 멀리 바라보면서도 대각(大覺)을 향한 발걸음이 조금도 위축되지 않는 것은 바로 이 때문일 것이다. 도호는 기암(起巖).

〈93권〉

다음은 단기 4342(2009)년 6월 30일부터 단기 4342(2009)년 1월 7일 사이에 있었던 필자의 수련 과정과, 필자와 수련생들 사이에 오고간 수련과 인생에 대한 대화 그리고 필자와 독자 사이의 이메일 문답을 수록한 것이다.

단동십훈(檀童十訓)

단동십훈이란 단군 조선 이래 우리나라에 전해 내려오는 일종의 놀이 육아법이다. '도리도리 짝짜꿍'이니 '곤지곤지', '잼잼'은 우리가 어릴 적에 남들이 다 하니까 멋모르고 따라서 즐겼던 것들이다. 그러나 가만히 살펴보면 거기에는 우리의 삼대경전(三大經典)의 한철학에서 유래된 세계관과 심오한 생활의 이치가 스며 있다. 어른들이 젖먹이 앞에서 '깍꿍'이라고 어르는 것도 마찬가지다. '깍꿍'은 '각궁(覺躬)'이기 때문이다. '너 자신을 깨달아라'는 뜻이다.

부와 명예에 파묻혀 화려하게만 인생을 살아오던 연예계 스타들이 악플에 시달리다가 어리석게도 자꾸만 자살로 한생을 마감하는 이 혼돈의 시대에, 2008년 10월 3일 개천절에 즈음하여 단군의 가르침인 단동십훈은 우리가 왜 살아야 하는지 그리고 어떻게 살아야 하는지 그 기본을 어릴 적부터 가르쳐 주고 있다는 데 주목하지 않을 수 없다.

텔레비전, 게임기, 전자 놀이기구에 정신을 빼앗기는 우리 아이들에게 단동십훈이 무엇이라는 것을 일깨워 주는 것은 인생살이에 크나큰 각성제가 될 수 있을 것이다.

(1) 불아불아(弗亞弗亞). 불(弗)이란 기운이 하늘에서 땅으로 내려오는 것이고, 아(亞)란 기운이 땅에서 하늘로 올라가는 형상이다. 이처럼 기운이 순환하는 무궁무진한 생명력의 구현체(具顯體)인 아이의 자존심을 키워 주려고 두 손으로 허리를 잡고 좌우로 몸을 흔들어 주면서 하는 말이 '불아불아'다. 자존심이야말로 사람이 스스로 독립해서 살게 하는 힘의 원천이다.

(2) 시상시상(侍想侍想). 사람의 형체와 마음은 태극에서 받았고, 기맥(氣脈)은 하늘에서 받았으며, 신체는 땅에서 받은 것이므로 아이의 한 몸은 작은 우주다. 이처럼 우주를 몸에 모신 것이니 매사에 조심하라는 뜻이다. 우주의 섭리에 순응하라는 뜻에서 아이가 앉아 몸을 앞뒤로 끄떡끄떡하는 것이다. 그만큼 몸을 소중하게 모시되 함부로 하지 말라는 뜻이 시상(侍想)이라는 단어 속에 들어 있다.

(3) 도리도리(道理道理). 머리를 좌우로 흔들 듯 이리저리 생각하여 하늘의 이치와 천지만물의 도리를 깨우치라는 것이다.

(4) 곤지곤지(坤地坤地). 오른손 집게손가락으로 왼 손바닥을 찍는 시늉을 하면서 땅 즉 곤(坤)의 의미를 깨닫게 하는 것이다.

(5) 잼잼(지암지암 : 持闇持闇). 두 손을 쥐었다 폈다 하면서 '쥘 줄 알았으면 놓을 줄도 알라'는 이치를 은연중에 일깨워 주고 있다. 손이 겨우

들어갈 만한 병목을 가진 병 속에 들어 있는 구슬을 쥐고 빼내려면 쥐고 있는 구슬을 내놓고 손을 펴지 않고는 좁은 병목을 통해 손을 빼낼 수 없다. 결국은 쥔다고 해서 다 내 것이 아니라는 것을 일깨워 주자는 것이다.

(6) 섬마섬마(서마서마 : 西摩西摩). 남에게 의존하지 말고 홀로 일어서서 굳세게 살아가라는 뜻에서 아이를 손바닥 위에 올려 세우는 시늉을 하는 것이다.

(7) 어비어비(업비업비 : 業非業非). 아이가 해서는 안 되는 것을 이를 때 하는 말로, 도리와 이치에 어긋남이 없어야 함을 강조한 말이다.

(8) 아함아함(亞숨亞숨). 손바닥으로 입을 막는 시늉을 하는 것으로, 두 손을 모아 입을 막은 아(亞) 자의 모양처럼 입조심하라는 뜻이 내포된 것이다.

(9) 짝짜꿍 짝짜꿍(작작궁 작작궁 : 作作弓 作作弓). 음양의 결합, 천지의 조화 속에 흥을 돋우라는 뜻에서 두 손바닥을 마주치면서 박수하는 것이다.

(10) 질라라비 훨훨(지나아비 활활의 : 支娜阿備 活活議). 아이의 팔을 잡고 영(靈)과 육(肉)이 골고루 잘 자라도록 기원하고 축복하며 함께 춤추는 모습이다. 결국 천지자연의 모든 이치를 담고 지기(地氣)를 받은 몸이 잘 자라나서 작궁무(作弓舞)를 추어 즐겁게 살라는 뜻이다.

제자가 따르는 지도자가 되려면

2008년 11월 4일 화요일 4~15 해, 구름

오후 3시 반경, 삼공재에서 명상을 하던 오연식이라는 수련생이 물었다.

"선생님, 세 가지 질문이 있습니다. 여쭈어보아도 되겠습니까?"

"좋습니다. 말씀해 보세요."

"구도자가 어느 정도의 수준이 되어야 제자들이 따를 수 있겠습니까?"

"제자가 따를 수 있는 스승이 되려면 적어도 자신의 독특한 목소리를 낼 수 있어야 합니다."

"그 말씀은 무슨 뜻입니까?"

"선배 성인(聖人)이나 조사(祖師)나 스승들이 이미 해 놓은 말이 아닌, 그 자신만의 독특한 목소리를 낼 수 있어야 비로소 제자들이 모여들 수 있습니다. 꽃으로 말하면 남들과는 다른 독특한 향기를 내뿜는 야생화라야 벌과 나비들이 먼저 알고 자연히 모여들 듯이 제자들도 그렇게 모여들게 될 것입니다."

"그러자면 적어도 견성은 해야 되는 것 아닐까요?"

"물론입니다."

"어떤 책을 보니까 그 정도로 수련이 된 구도자에게서는 오라가 그의 머리를 감싸고 있다고 하는데 그게 사실입니까?"

"그것은 오라 즉 후광(後光)을 볼 수 있을 정도로 개안(開眼)이 된 사람에게나 있을 수 있는 일입니다."

"오라가 생기는 이유는 무엇입니까?"

"수행이 일정한 정도에 이른 구도자에게서 자연히 발산하는 일종의 기의 보호막과 같은 것이라고 보면 됩니다. 현실 세계에서도 가령 대통령으로 선출된 사람은 그 즉시 경호대가 그의 신변을 호위하듯, 도계(道界)에서도 남을 지도할 수 있는 지위에 오른 구도자를 각종 사기(邪氣)들로부터 보호하는 기운이 그를 감싸게 되어 있습니다."

"잘 알겠습니다. 그럼 마지막으로 묻겠습니다. 만약에 어떤 구도자가 깨달음을 얻었다면 어떤 사유로 인하여 그 깨달음을 얻기 이전 상태로 되돌아갈 수도 있습니까?"

"그건 사실상 불가능한 일입니다. 알을 깨고 나온 병아리가 다시 알 속으로 들어갈 수 있겠습니까?"

"그건 불가능하겠죠."

"그렇습니다. 개구리보고 올챙이로 되돌아가라고 하면 그럴 수 있겠습니까?"

"그것 역시 불가능하겠는데요."

"결혼식을 올리고 첫날밤을 잘 치른 신혼부부를 보고 결혼 이전의 처녀 총각으로 되돌아가라고 하면 그럴 수 있겠습니까?"

"그것 역시 불가능하겠는데요."

"견성한 구도자를 보고 견성하기 전으로 돌아가라는 것은 어머니 자궁 속에서 열 달을 채우고 밖으로 나온 영아를 보고 다시 어머니 배 속으로 들어가라는 주문처럼 어리석은 일이 될 수밖에 없을 것입니다."

천계(天界) 이야기

브라질 교포인 중년 사업가인 김삼도 씨가 삼공재에서 수련을 하다가 말했다.

"선생님, 『선도체험기』에도 천계(天界)와 우주에 대한 이야기를 싣는 것이 어떨까 생각합니다. 그렇게 하면 요즘의 『선도체험기』가 초기보다는 다소 침체한 분위기를 일신하고 독자들에게 새로운 시야를 열어 주고 참신한 기운을 진작시켜 줄 수 있을 것 같은데요. 어떻게 생각하십니까?"

"천계나 우주 내의 다른 별세계 이야기를 누가 한다면, 그것은 우리의 지금의 과학 수준으로는 우주선을 타고 천계나 다른 별을 직접 방문할 수는 없는 일이고 순전히 초능력을 이용하는 길밖에는 없습니다. 초능력이라고 하면 천안통(天眼通)이나 숙명통(宿命通)이 열려야만 할 수 있는 일입니다. 그렇다면 그것은 내공(內功)으로 자기 존재의 실상을 추구하여 진리와 하나가 됨으로써 자성(自性)을 보고 우아일체(宇我一體)가 되어 생사일여(生死一如)의 경지에 들어야 할 구도자가 할 짓이 아닙니다.

그것은 마치 최고경영자 코스에 등록한 학생이 공부하기 따분하고 지루하다고 해서 중간에 공부를 그만두고 구멍가게 사장으로 만족하겠다는 것과 비슷한 발상입니다. 구도자가 한갓 초능력자가 되어 천계와 우주 이야기나 하는 것은 공부하기 싫다고 해서 무당이나 사이비 종교 교주로 만족하겠다는 것과 비슷하다고 할 수 있습니다."

"그럼, 이미 시중에서 판매되고 있는 천계 이야기는 전부 다 믿을 수

309

없다는 말씀인가요?"

"객관적으로 아무도 확인할 길이 없는 한 그것은 듣는 사람에게 따라 믿을 수도 있고 믿지 않을 수도 있는 것에 지나지 않습니다. 그러한 글을 쓴 사람을 믿는 사람은 사실로 믿을 수도 있지만 그렇지 않는 사람에게는 허황된 소리에 지나지 않습니다."

"그렇다면 선생님, 견성 해탈한 사람의 말은, 그것을 직접 경험해 보지 못한 사람들은 과연 어떻게 믿을 수 있을까요?"

"구도자가 성통공완하고 견성 해탈한 경우는 그의 제자나 그를 따르는 사람은 그의 인격과 능력으로 얼마든지 그를 알아볼 수 있습니다."

"구체적으로 실례를 들어 말씀해 주실 수 있겠습니까?"

"어떤 구도자가 그 사람에게서 수련을 받는 동안 막혔던 경혈이 열리고 단전이 달아오르고 소주천, 대주천, 연정화기(煉精化氣)가 된다면 그가 가짜가 아니라는 것은 최소한 알아낼 수 있을 것입니다. 이처럼 수련을 받는 동안 기공부뿐 아니라 건강도 좋아지고 마음씨도 넓어지고 자기 자신보다는 남을 생각하는 마음이 커졌다면 그는 가짜가 아니라 진짜 스승이라는 것을 알아챌 수 있을 것입니다."

"결국은 실체험을 통해서 진위를 알아내는 길밖에는 없겠군요."

"그렇습니다. 그러나 이러한 방법은 하근기(下根器)들이나 하는 짓입니다. 상근기(上根器)라면 그러한 방식으로 직접 체험하지 않고도 그 사람이 있는 근처에만 가도 순전히 기운으로 알아차릴 수도 있습니다. 그리고 그의 말과 행동을 보고도 금방 알아낼 수 있습니다. 만약에 그에게 저서가 있다면 그것을 읽어만 보아도 그의 수련의 수준을 금방 알아낼 수 있습니다."

킹메이커의 업장

2008년 11월 15일 토요일 9~13 구름

1995년에 삼공재에 왔던 브라질 교포 사업가인 오삼식 씨가 13년 만에 찾아왔다. 그때 그는 아내와 함께 왔었다. 그의 아내는 나를 찾아와 며칠 동안 수련을 하는 사이에 백회가 열렸건만, 그는 열리지 않아 며칠 더 다니면서 애를 썼지만 끝내 열리지 않아서 아쉬움을 안고 브라질로 돌아갔었다.

그는 브라질로 돌아간 뒤에도 『선도체험기』가 나올 때마다 구입하여 읽는가 하면 나에게 가끔 3개월분씩 오행생식을 주문하여 상식하면서 그 나름으로는 열심히 수련을 해 왔는데, 이번에 사업차 귀국한 길에 다른 무엇보다도 삼공재에 찾아와 백회를 여는 것을 최우선 과제로 삼았다고 말했다.

그를 앞에 앉혀 놓고 영안으로 보니 무수한 빙의령들이 그를 감싸고 있었다. 삼공재에서 수련하던 수행자들에게 흔히 있는 일이어서 그들 빙의령들이 천도되고 나면 수련이 잘 진행될 것으로 생각되었다. 그러나 며칠이 지나도 빙의령들의 기세는 줄어들기는커녕 도리어 늘어나는 판이었다.

전에도 나와 마주앉아 수련을 할 때에도 백회가 열릴 것 같은 신호가 와서 작업을 막 시작하고 나면 언제나 방해하는 강한 기운 때문에 그 일이 좌절되곤 했었는데 오늘도 그 일이 되풀이되었다. 심상치 않은 일이라 생각되어 나는 그의 전생을 집중해서 관찰하기 시작했다. 15세쯤 되는 이조선 시대의 복장을 한 소년이 나타났고 그의 배후의 넓은 마당에는 심한 고문으로 사망한 수백 명의 주검들이 즐비하게 누워 있었다.

나는 소년에게 물었다. 너는 누구고 이 주검들은 어떻게 된거냐고. 그러자 그 소년이 대답했다. 자기는 큰 세도 가문의 종손인데 임금의 막후 실력자인 오삼식의 전신의 중상모략으로 일가와 구족이 몰살당하는 참화를 당했지만 구사일생으로 살아남았다고 했다. 그 원한이 구천에 사무쳐서 그 원수를 갚으려고 한다는 것이었다.

기(氣)는 약한 데서 강한 데로 흐르는 이치에 따라 그 빙의령들은 나에게로 몰려 들어와서 그와 나 사이에 걸쳐 있게 되었다. 시간이 지나는 사이 빙의령들은 순차적으로 천도되어 나갔다. 그런데 특이한 것은 그 많은 영가(靈駕)들이 일시에 천도되는 것이 아니고 하루에 서너 명씩만 천도되어 나가는 것이었다. 나는 오삼식 씨에게 이처럼 내가 관찰한 것을 애기해 주면서 말했다.

"오삼식 씨는 비록 먼 브라질에 떨어져서 외롭게 선도수련을 하여 왔지만 수련에 대한 성의가 지극하여 반드시 지금의 난관을 극복해 나갈 수 있을 것입니다. 아마도 하늘이 장차 크게 쓰려고 남보다 힘든 수련 과정을 거치게 한다고 생각해 주기 바랍니다. 이 난관만 타고 넘으면 틀림없이 큰 성취가 있을 것입니다.

지금 오삼식 씨의 나이가 47세입니다. 이제 한창 일할 나이입니다. 수련도 그에 뒤지지 않게 미구에 정상 궤도에 오르게 될 것입니다. 지금의 의지대로 나아간다면 방금 겪고 있는, 어려운 빙의굴(憑依窟)도 곧 통과하게 될 것입니다. 그것은 수련에 대한 의지가 확고한 이상 시간문제에 지나지 않습니다. 그러니까 마음을 조급하게 먹지 말고 항상 느긋하게 가져야 합니다. 대기만성(大器晚成)형이니까요."

"이번에는 꼭 백회를 열고 가려고 했는데, 그럼 이번에도 힘들겠네요."

"언제 돌아가실 건데요?"

"일주일 후인 11월 22일입니다."

"아무래도 그 안에는 어려울 것 같습니다. 적어도 수개월은 걸려야 할 것입니다. 수련 의지가 확고한 이상 단지 시간문제일 뿐입니다. 오삼식 씨와 같은 수련자가 가끔 있습니다. 얼마 전에 『선도체험기』 애독자이면서 공무원인 50대 초반의 남편에게 이끌려 그의 부인이 찾아온 일이 있었습니다.

그녀의 전생은 왕조 시대 궁전에서 최고위 상궁(尙宮)으로 있으면서 수많은 궁녀들을 관리하였습니다. 자연 그녀에게 원한을 품고 쫓겨났거나 황천길을 간 수백 명의 궁녀의 원혼들이 빙의되어 있었는데, 하루에 서너 명씩밖에 천도되지 않았습니다.

그런데 그녀에게는 수련에 대한 성의도 의지가 전연 없었습니다. 『선도체험기』를 읽으라고 해도 눈이 아파서 전연 읽지 못하겠다고 합니다. 그녀는 남편과 함께 나에게 찾아오기 전에 그녀의 영병(靈病)을 고치려고 병원은 말할 것도 없고 무속인에게도 가 보고, 절에 가서 천도재도 지내보고, 교회 목사에게서 안수 기도도 받아 보고 안 한 일이 없었습니다. 하다 하다 안 되니까 『선도체험기』 독자인 남편에게 이끌려온 것입니다.

나는 그들 부부에게 말했습니다. 부인이 눈이 아파서 『선도체험기』를 읽을 수 없으면 이 책을 한 질 사다가 머리맡에 쌓아 놓고 취침할 때에는 일부는 베개로 베고 자라고 했습니다. 그들은 그렇게 하겠다고 약속했습니다.

며칠 후에 그들 부부가 또 왔길래 그렇게 했느냐고 물어보았더니, 갑자기 이사를 하는 바람에 읽고 난 『선도체험기』를 창고 속에 보관했는데 어디에 있는지 도저히 찾을 수가 없다고 남편이 말했습니다. 그래서 나는 어떻게 해서든지 약속을 지키라고 말했고 그들은 그렇게 하겠다고 재차 다짐했습니다.

며칠 후에 그들 부부가 또 왔습니다. 나는 그들 부부에게 내가 하라는 대로 했느냐고 물었더니 아직 그렇게 하지 못했다고 말했습니다. 며칠 후에 그들 부부가 또 왔습니다. 나는 약속을 이행했느냐고 물었더니 이행치 못했다고 대답했습니다. 그래도 그들 부부는 열심히 삼공재는 찾아왔습니다."

"아니 약속도 이행하지 않으면서 그렇게 열심히 찾아오는 이유가 무엇일까요?"

"우선 삼공재에 들어와 앉아 있으면 머리를 짓누르고 조이던 빙의령들이 천도가 되니까 그것이 좋아서 자꾸만 찾아오는 것입니다. 그러나 자구노력(自救勞力)은 전연 하지 않고 힘 안 들이고 빙의령을 천도하려는 속셈이었습니다."

"그렇다면 빙의된 부인은 무식해서 그렇다고 쳐도, 남편은 잘 알면서 약속을 이행하지 않으니 그 사람이 나쁩니다."

"옳은 지적입니다. 자구 노력은 하지 않고 열매만 따먹으려는 태도가 못마땅하여 나는 그렇게 약속을 지키지 않으려면 이곳에 더이상 찾아오지 말아 달라고 단호하게 말했습니다."

"그래서 어떻게 됐습니까?"

"자기네도 체면이 있었던지 이 이후로는 다시는 찾아오지 않았습니다. 『선도체험기』독자인 남편의 체면을 보아 그의 아내를 도와주려 했던 내 선의가 무참히 짓밟히는 것 같아 항상 뒷맛이 씁쓸했습니다. 그들 부부에게는 수련에 대한 정성도 열의도 없었지만 오삼식 씨에게는 그들에게는 없는, 수련을 하려는 지극한 정성이 있고 또 그것을 실천하려는 의지가 확고하니까 성공은 단지 시간문제일 뿐입니다. 그러니까 조금도 기죽지 마시고 계속 용맹정진하시기 바랍니다. 오삼식 씨와 같은 수련자를 돕는 것이 내 사명이므로 이런 말을 하는 것입니다."

"선생님, 정말 고맙습니다. 이번에 안 되면 다음에 어떻게 하든지 또 시간을 내어 다시 찾아오도록 하겠습니다."

"그렇게 작심(作心)을 하시면 반드시 인신(人神)의 도움이 있을 것입니다."

"고맙습니다. 저는 벌써 선생님으로부터 지금 도움을 받고 있는 걸요."

전생의 화면들

2008년 12월 9일 화요일 5 ~ 11 흐림

오후 3시 정각 초인종 소리가 울렸다. 누굴까 하고 나가 보니 부산에 사는 박순미 씨가 아이를 업고 종이백을 들고 서 있었다. 갑자기 영하 12도까지 내려갔던 기온이 좀 누그러졌다고는 하지만 겨울임엔 틀림없는 추운 날씨에 자그마한 체구의 그녀도 얇은 요때기로 등에 업힌 아이도 다 함께 퍼렇게 얼어 있었다. 나는 서둘러 그들 모자를 방으로 인도했다.

지금까지 삼공재를 찾은 여성 수련자들은 열심히 수련을 하다가도 임신을 하면 수련을 중단하는 것이 상례였는데, 박순미 씨는 전연 그렇지 않았다. 그녀는 셋째인 지금 태어난 지 9개월 된 아들을 임신했을 때도 평소와 다름없이 거르지 않고 삼공재를 찾았고, 끝내 대주천 수련을 통과했다. 산달을 보름 앞두고도 삼공재 찾는 것을 잊지 않았다. 그녀를 삼공재에 소개한 대학 동창인 부산에 사는 신지현 씨보다도 더 열심히 수련에 집중하고 있었다.

"이렇게 추운데도 아이까지 업고 그 먼 길을 오시다니 참 대단하십니다" 하는 말이 나도 모르게 나왔다. 빈말이 아니라 나는 그녀의 수련에 대한 열정에 감탄하지 않을 수 없었다.

그녀는 아이를 서재에 내려놓으면서 말했다.

"어디예. 그래도 선생님께서 받아 주시니까 염치 불고하고 이렇게 찾아왔습니다. 고속철도보다 시간을 좀 아끼려고 오늘은 항공편으로 왔습니다. 비행기 안에서 자려고 하는 아이를 억지로 깨웠습니다."

"왜요?"

"여기 와서 아이가 잠들면 수련 좀 하려고요."

"좌우간 그 지성이 보통이 아니니, 수련도 잘될 겁니다."

나는 진정으로 이렇게 말하지 않을 수 없었다.

"선생님, 이렇게 아이를 업고 와서 미안합니다. 시어머니는 오늘도 매장에 나가시고 친정어머니 역시 하는 일이 하도 바빠서 외손자 돌보아 주실 형편이 아니라서 어쩔 수 없이 염치 불고하고 이렇게 아이를 업고 왔습니다."

"괜찮습니다. 조금도 개의치 마세요. 나는 박순미 씨의 수련에 대한 열의에 그저 감복할 뿐이고 어떻게 하면 수련을 도와줄 수 있을까 하는 생각뿐입니다."

"그렇게까지 배려해 주시니 정말 고맙습니다."

그동안 방바닥에 내려놓은 그녀의 9개월 된 아들 재완이는 낯가림도 전연 하지 않고 벙긋벙긋 웃으면서 이리저리 정신없이 기어 다니면서 신나게 놀고 있었다. 생식 진열대에 가서는 오에스젤리 봉지를 꺼내어 흩어 놓으면서 혼자 웅얼대는가 하면, 책장에 가서는 책을 내려놓기도 하는 것이었다.

사제지간에 인사를 마친 그녀는 자리에 앉아 잠시 눈을 붙였다가 아무래도 불안한지 기어 돌아다니는 아이를 끌어안았다.

"사모님께서는 어디 가셨습니까?"

"밖에 볼일이 있어서 나간 모양입니다."

이윽고 밖에 나갔던 아내가 들어오는 기척이 들리자, 그녀는 재빨리 아이를 안고 나갔다. 잠시 후 아이를 아내에게 맡겨 놓고 다시 들어온 그녀가 반가부좌하고 한 30분 좌선을 하다가 눈을 뜨고 입을 열었다.

"선생님, 한 가지 의문이 있습니다."

"어서 말씀하세요."

"얼마 전에는 수련 중에 저의 전생이 헬렌 켈러(1880~1968)고 그녀의 선생인 설리번은 내 친구 신지현의 전생이라는 강력한 암시가 있었습니다. 그런데, 최근에는 또 제 전생이 장희빈(?~1701)이었다는 것이 암시로도 오고 화면으로도 떴습니다.

그런데 그 전생의 화면들이 또 최근에 본 장희빈의 티브이 드라마 장면들과도 겹치곤 합니다. 그래서 제 전생이 장희빈이라는 화면은 혹시 제가 감동 깊게 본 티브이 드라마 화면이 잠재의식 속에 각인되어 있다가 재현된 것이 아닌가 하는 의문이 입니다.

그러자 제가 혹시 잘못된 환상에 빠진 것은 아닌가 하는 생각이 들기도 하고요. 도대체 혼란이 일어나서 뭐가 뭔지 모르겠습니다. 어떻게 해석해야 좋을지 몰라서 이 문제를 집중 관찰해 보니, 드라마 화면에서 본 장희빈이 미천한 가문 출신으로 임금의 애첩이 되어 잔머리를 굴려 인현왕후를 모함한 장면들을 볼 때는 온몸이 감전이라도 된 듯 찡하기도 했습니다.

그러나 아직 그 장면들이 착각이나 환상인지 아니면 진짜 전생의 장면들인지 확실히 구분을 할 수 없습니다. 과연 저의 전생이 그런 유명한 역사의 주인공들이 될 수 있을까요? 아무래도 확신이 들지 않습니다. 이럴 땐 어떻게 하면 그 진위를 가릴 수 있겠습니까?"

"박순미 씨는 지금 대주천 수련을 통과하고 오늘부터 제3단계 현묘지도 화두수련에 들어가게 됩니다. 그 화면들은 바로 이 화두수련 중에 나타난 전생의 장면들입니다. 헬렌 켈러와 장희빈이라는 지극히 대조적인 두 인물이 박순미 씨의 전생이라는 암시를 받은 것은 다 그만한 이유가 있습니다."

"무슨 이유 말씀입니까?"

"현묘지도를 가르치는 선계의 스승님들이 유독 그 두 전생의 장면을 보여 준 것은 박순미 씨가 그것을 보고 무엇을 깨닫기를 바랐기 때문입니다. 시간적으로 볼 때 장희빈과 헬렌 켈러 사이에는 생존 연대로 볼 때 267년의 간격이 있습니다.

장희빈은 알다시피 임금의 비빈이 된 후에 인현왕후를 모함하여 폐출(廢黜)시키는 음모를 성사시켜 큰 물의를 일으켰습니다. 서포(西浦) 김만중(金萬重)의 『사씨남정기(謝氏南征記)』의 주인공이 장희빈을 모델로 쓰여진 것은 유명한 일화입니다.

그러한 인과응보로 다음 생에는 보지도 못하고 듣지도 못하고 말하지도 못하는 3중고를 겪는 장애인으로 태어났지만, 이에 굴하지 않고 이 모든 장애를 극복하여 세계적인 구도자가 되었습니다. 그러나 공부가 아직도 미진하여 금생에는 선도를 공부하고 있는 것입니다. 전생의 경험들을 살려 계속 앞으로 뻗어 나가라는 신호로 받아들여야 할 것입니다. 그런데도 불구하고 그렇게 하지 않고 만약에 실재냐 환상이냐의 수수께끼에 집착하여 그 수렁에서 헤어나지 못한다면 선계의 스승님들의 뜻과는 상반되는 것이 아닐 수 없을 것입니다."

그녀는 내 말을 심각하게 귀담아듣고 있었다. 어느덧 한 시간이 흘렀

319

다. 삼공재에 온 지 한 시간밖에 안 되었건만 그녀는 서둘러 아이를 찾아 업고 비행기 이륙 시간에 맞춰 나가야 한다면서 떠날 준비를 하면서 말했다.

"선생님, 고맙습니다. 이제 어려운 수수께끼는 다 풀렸습니다. 오늘 비행기 타고 부산에서 아이 업고 선생님 찾아뵈러 온 보람은 충분히 있었던 것 같습니다."

그녀가 돌아간 뒤에 아내가 말했다.

"방금 왔다 간 그 여자 말이예요. 수련을 하려는 정성이 지극한 것 같아요."

"왜 그런 생각이 들었어요?"

"아까는 글쎄, 내가 밖에 좀 볼일이 있어서 나갔다 들어오니까 아이를 안고 안방으로 들어 오더라구요. 아이를 재워 놓고 수련을 하려고 그러는지 아이를 잠재우려고 억지로 젖을 물리고 있는데, 아이는 잠이 들기는커녕 눈을 점점 더 말똥말똥 뜨고 두리번대면서 놀려고만 발버둥치지 뭐예요. 그래도 억지로 잠만 재우려고 애쓰는 것이 안쓰러워서, 그러지 말고 아이는 내게 맡기고 들어가서 수련이나 하라고 했죠. 수련을 하려고 그 먼 부산에서 비행기를 타고 아이를 업고 온 것이 어디 보통 정성이예요? 그랬더니 그 여자 말이 그래도 되겠느냐고 그럽디다. 그래서 어서 그렇게 하라고 했죠."

"자알 했소."

"그래 수련은 좀 했어요?"

"한 30분 좌선(坐禪)을 할 수 있었지. 당신이 오늘은 좋은 일 했군. 아이는 잘 놉디까?"

"잘 놀고말고요. 나는 에미가 아직 젊어 보여서 첫째 아인 줄 알았더니 셋째라고 합디다. 첫째는 아들이고 둘째는 딸이고 그 애가 막내랍니다."

"그래 아이는 잘 놉디까?"

"사내애가 얼마나 붙임성이 있고 똘망똘망하고 귀엽고 잘 노는지 아이 보기 힘드는 줄 몰랐어요. 떠날 때 아이 에미가 와서 아이 노는 거보고는 시어머니보다 더 아이가 나를 잘 따르는 것 같다고 합디다. 그래도 역시 아이는 아이예요. 어떻게 쓸쓸거리고 신나게 기어 돌아다니는지 전기 소켓 구멍에 손가락을 쑤셔 넣지를 않나, 잠시도 한눈을 팔았다간 무슨 사고를 저지를 모르겠더라고요."

"좌우간에 오늘 큰 수고했소."

"수고는 무슨?"

스승을 찾지 않아도 되려면

우창석 씨가 말했다.

"선생님, 기 수련생이 스승을 찾지 않아도 되려면 수행이 얼마나 되어야 할까요?"

"좌정(坐定)하면 금방 단전이 달아오르고 머리가 시원해지는 수승화강(水昇火降)이 절로 이루어지고, 곧바로 우주가 바로 자기중심 속에 들어와 있다는 자각이 있어야 합니다. 그래야 이 세상에 아무 부러움도 미련도 없게 될 것입니다."

"전 그렇게 되려면 아직 먼 것 같습니다. 그런 것은 저에게는 먼 장래의 이야기이고 저는 지금 당장 빙의령 때문에 고전을 하고 있는데, 스승을 찾지 않을 정도가 되려면 빙의령 천도는 어떻게 이루어져야 할까요?"

"어떤 경로로든지 일단 들어온 빙의령은 늦어도 세 시간 안으로는 천도가 될 정도로 실력을 쌓아야 할 것입니다. 그때쯤 되면 우창석 씨는 내가 오라고 간청을 해도 각종 이유를 달아 오려고 하지 않을 것입니다. 왜 그런지 알겠습니까?"

"모르겠는데요."

"수행자가 스승을 찾는 것은 다 이유가 있어서입니다. 그런데 이제 그 이유가 사라졌으니 올 필요를 느끼지 않기 때문입니다."

"무슨 말씀인지 이해가 되지 않는데요."

"지금은 물론 그렇겠지만 때가 되면 내가 지금 하는 말을 이해하게 될 것입니다. 한 가정에 자녀로 태어난 사람은 유아기를 거쳐 유치원, 초중고교를 마치고 대학을 졸업하여 취직을 하고 경제적 자립을 할 때쯤 결혼을 하여 적당한 시기에 분가를 하는 것과 같다고 할 수 있습니다. 그때쯤 되면 부모의 보호를 더이상 받을 필요를 느끼지 않게 되기 때문입니다."

"이젠 무슨 말씀인지 알아듣겠습니다. 그런데 그렇게 되려면 저는 아직도 먼 것 같습니다."

"지금은 비록 먼 것 같지만 막상 그때가 오면 우창석 씨도 슬그머니 찾아오는 횟수가 자기도 모르게 줄어들 때가 올 것입니다. 그런데 언제 떠나야 하는가 하는 문제에 있어서 스승이 생각하는 것하고 수행자가 생각하는 것 사이에는 현저한 간극이 있다는 것입니다."

"그게 무엇입니까?"

"내가 1990년 8월에 삼공재를 개설한 이래 지금까지 대주천 수련을 마친 사람만도 2008년 12월 18일 현재 442명이고, 이곳을 거쳐 간 수련생들만도 수천 명은 될 것입니다. 그런데 내가 만족할 정도로 수련이 되어 떠나간 사람은 아직 몇 사람 안 된다는 것입니다."

"그럼 거의가 다 선생님의 졸업장을 못 받은 채 삼공재를 그만두었다는 말씀입니까?"

"그렇다고 할 수 있습니다."

"왜 그런 일이 생겨났을까요?"

"수련자들이 자기 스스로 찾아왔다가 자기 나름으로 때가 되었다고 생각하고 떠났기 때문입니다. 삼공재를 거대한 우물이라고 가정할 때 우물물을 길러 오는 사람들은 각기 자기 나름의 용기를 들고 와서 물을 채워 가는 것과 같습니다. 큰 그릇을 가지고 온 사람은 많은 물을 담아 갈 것이고 조그만 그릇을 가지고 온 사람은 조금 담아 가지고 가는 것과 같습니다. 왜냐하면 삼공재는 학교나 학원처럼 어떤 보편적인 기준을 가지고 공부를 시키는 곳이 아니기 때문입니다."

【이메일 문답】

이번엔 아버님 차례인가?

스승님, 안녕하셨습니까? 부산에 박순미입니다. 진작에 메일을 올렸어야 하는데 풀리지 않는 마음의 실타래를 정리하느라 늦겨졌습니다. 8월 6일, 2단계 화두를 받고 한 달쯤 지난 뒤에는 온몸이 스캐닝되듯 기운이 훑고(?) 지나간 이후에 기운의 질이 바뀌었는데, 그 이후로도 계속 기운이 잘 들어오고 있어 계속 화두를 잡고 있는 중입니다. 그런데 친구 신지현은 기운이 바뀌었다고 하니 2단계가 끝난 것이 아니냐고 스승님께 물어보라 하였습니다.

스승님께 앞서 메일 보낸 이후로는 누르하치(청의 태조)의 초상화가 몇 번 보였는데 그것이 제 보호령인지 전생인지는 잘 모르겠습니다. 이후로 조선 시대 관복을 입은 관리도 여러 번 보였는데 어느 순간에 '성삼문'이라는 이름이 떠오르며 "이 몸이 죽어가서 무엇이 될고 하니~"로 시작하는 시조 한 편이 줄줄 떠올랐습니다. 물론 고등학교 국어 교과서에서 배웠던 시조이긴 하지만 그 작가와 전체 시조가 통째로 외어지니 신기했습니다.

그리고는 인당으로 강렬한 밝은 빛이 내리쪼이며 그리스 신화에나 나오는 상체는 인간이고 몸은 말인 형상의 천사가 인당으로 쏠려 들어오는 것을 느끼며 인당이 환해짐을 느꼈습니다. 그 이후로는 기운이 충만

해져서 수련에 들어가면 몸이 가벼워 뜨는 듯한 느낌도 자주 듭니다. 그 이외에는 기감이 좀더 좋아진 것 같습니다.

그런데 스승님, 문제는 수련이 진행될수록 저는 풀고 가야 할 인간관계가 너무나 많은가 봅니다. 분명 전생에 제가 너그럽게 대하지 못하고 불편한 관계에 있던 사람들이라는 생각은 듭니다만, 그러한 모든 관계들이 가족이라는 이름으로 뭉뚱그려져 제가 수련을 시작하자 풀고 가야 할 숙제인 양 갈등으로 다가옵니다.

첫 화두를 받았을 때는 동생이 정신이상 증세를 보여 거의 한 달 이상을 병원을 들락거리며 애를 썼는데, 다행히 동생은 언제 그랬냐는 듯 완전히 정상으로 돌아왔습니다. (다 스승님 덕분입니다.) 동생과 거의 동시에 시아버지께서 우울증 증상을 보이십니다.

요즘에 들어서 아버님에게서 빙의령이 굉장히 많이 들어오고 손기가 많이 됨을 느끼고는 있었는데, 약주를 드시고 오신 어느 날에는 제 앞에 아무 말씀 없이 앉으셨는데 제 몸이 부들부들 떨리고 너무 역하여 견디기 힘들었습니다. 동생 때문에 너무 힘들었기 때문에 마음속으로 조심스럽게 이번에는 아버님 차례인가? 하는 생각도 들었습니다. 아버님은 연세가 칠십이 넘으셨는데 아무 하시는 일이 없이 대부분 집에서 텔레비전을 보시는 것으로 하루 일과를 보내십니다.

그렇다고 친구분을 만나시는 것도 아니고 무엇을 배우고자 하는 의욕도 없으십니다. 어머님은 아침 일찍 장사를 하러 나가셔서 저녁 늦게 들어오시니, 하루 24시간 중 대부분의 시간은 며느리인 저와 마주하고 있는 셈입니다. 상황이 이렇고 저는 저대로 세 아이를 건사하고 살림하느라 아버님을 알뜰하게 챙기지 못하는 것도 사실이구요. 내심 치매 증상의 초기인가 싶은 생각도 듭니다.

며칠 전에는 아버님께 큰 실수를 저질렀습니다. 평소에 말씀이 없으시고 자기감정을 전혀 표현하지 않으시는 스타일이신데, 날씨가 추워져 옷장을 정리하려고 옷을 정리하고 있는 저에게 뜬금없이 옷을 모두 갖다 버리라고 화를 버럭 내시는 겁니다. 그러고는 제가 옷을 갖다 버리지 않아서 아버님 어머님 옷을 넣을 공간이 없다고 역정을 내시는 겁니다.

그런데 그 순간 저는 너무 당황되기도 했지만 순간 제정신이 아니었습니다. 빙의로 몸 컨디션도 정상이 아니었고 요즘 들어 계속 시댁을 나와서 따로 살아야겠다는 생각이 머릿속에 가득했는데, 그런 시아버지에게 제가 사춘기 소녀가 부모에게 반항하듯 큰소리로 대들었던 것입니다.

그 순간만큼은 수련을 하는 구도자고 뭐고 생각할 겨를 없이 아버님에 대한 분노로 정신을 차릴 수 없었습니다. 시간이 조금 흐른 뒤 저는 제정신 아니었고 빙의령에게 휘둘렸다는 사실을 알았고, 평소 체력 관리와 수련을 게을리한 결과라는 생각에 이르자 한없이 부끄럽고 자책이 되어 괴로웠습니다.

그날 밤에 아버님을 떠올리며 수련에 드니 빙의령이 천도되며 하염없이 눈물이 흘렀습니다. 아버님께 죄송해서 가슴이 죄어 왔습니다. 어디선가 읽은 불경인데 수억 겁의 누생을 살면서 한 번쯤은 내 부모, 내 형제, 내 아들딸이 아닌 관계가 어디 있느냐? 네 부모, 내 부모 할 것 없이 모두가 내 부모요 내 형제라는 글이 생각나며 이생에서는 시아버지지만, 지금 이러한 상황에 있는 것은 내가 그만큼 갚아야 할 빚이 있기 때문이라는 생각이 들었습니다.

그리고 시댁을 나가고 안 나가고의 문제는 제가 제 할 도리를 하고 나면 자연 순리대로 되어질 것이라고 몰락 놓아 버렸습니다. 정말 수련이라는 것이 쉽지 않고 저 자신을 버린다는 것 또한 쉽지 않습니다만, 제가 수련을 할 수 있다는 것이 얼마나 감사하고 행운인지 모르겠습니다. 그럼, 또 메일 올리겠습니다. 안녕히 계십시오.

2008년 10월 6일
부산에서 박순미 올림

【필자의 회답】

세 번째 화두를 받으려면 지금 들어오는 기운이 끝나고 공백 상태가 되어야 합니다. 그때까지는 계속 지금의 두 번째 화두를 참구해야 할 것입니다. 동생에 뒤이어 아버님 문제로 애를 쓰고 있는데, 박순미 씨는 그것 역시 피할 수 없는 인과라고 생각하고 자기 성찰에 임해야 할 것입니다, 그래야 아버님 심신도 좋아지고 박순미 씨의 수련도 계속 상향 곡선을 긋게 될 것입니다. 상부상조, 공생공영의 미덕을 발휘하시기 바랍니다.

그리고 수련 중에 나타나는 화면이나 그 밖의 현상들은 그때그때 상대에 물어서 그 정체를 알아내든가 그래도 안 될 때 자기 자성에게 물어야 할 것입니다. 그래야만 진짜 자기 공부가 될 것입니다. 박순미 씨에게 가장 소중한 스승은 언제나 자신의 참나임을 잊지 말아야 할 것입니다.

비녀 꽂은 미녀

청명한 가을 하늘이 집 앞 감나무에 매달린 감들과 묘한 색채 대비를 이루는 화창한 아침입니다. 스승님, 그간 평안하셨는지요? 부산의 박순미입니다. 한해를 정리하듯 제 몸의 잎사귀를 떨구어 내고 주홍빛 결실들을 만들어 내는 감나무를 보면서 "비워지지 않으면 얻을 수 없다"는 소박한 진리를 알게 됩니다.

첫 화두에서부터 내내 보이고 있는 비녀 꽂은 미모(?)의 여인은 족히 사극을 한 편 찍을 분량이 되는 것 같습니다. 계속해서 누구인지에 대해서 열심히 물어보고는 있지만 이렇다 할 명쾌한 대답이 없습니다. 다만, 느낌으로 미천한 신분이었다가 큰 권세를 휘두르는 인물인 것 같은데 그 업장이 몹시 두터운 것 같습니다. 흡사 옛날에 TV에서 방영했던 여인천하의 난정이 같은 이미지인데, 제가 알고 있는 배경 지식과 섞이면서 이것이 수련 중의 영상인지 TV에서 봤던 이미지인지 구분이 안 갈 때가 많습니다.

며칠 전 수련 중에는 두꺼운 철로 된 여러 개의 문(아니면 뚜껑)이 보이고, 문 앞에 상형문자로 무언가 쓰여 있는데, 나머진 잘 모르겠고 확실히 알 만한 것은 하나가 '王'이라고 새겨져 있었습니다. 그 외에 '分' 자가 크게 확대되며 저에게 다가왔는데 아마도 베풀면서 살아야 한다는 메시지 같습니다.

두 번째 화두를 계속 외우고 있지만 이전만큼 기운이 들어오지는 않는 것 같습니다. 그래도 기운이 완전히 끊어질 때까지 암송할 생각입니다. 이상이 최근 저의 수련 상황입니다. 그럼 다음에 또 메일 올리겠습니다. 늘 건강하시고 평안하십시오.

2008년 11월 4일
박순미 드림

【필자의 회답】

지금 두 번째 화두수련하면서 들어오는 기운이 완전히 끊기면 세 번째 화두수련으로 들어가야 하니 그렇게 알고 준비하시기 바랍니다.

사이비에 현혹되었습니다

안녕하세요? 울산에 오영숙입니다. 삼공재에 자주 가지를 못 하니, 이메일 쓰기도 쑥스럽습니다. 문장 쓰는 재주도 없고요. 저는 『선도체험기』를 91편까지 읽고도 마음공부가 안 되고 관찰력도 부족하여 지난 7, 8월에 엉뚱한 짓을 했습니다. 『선도체험기』속에 사이비에 현혹되지 말라고 수없이 쓰여 있는데, 너무 어리석고 듣는 귀도 솔깃하여 말려들고 말았습니다.

잠깐 사이에 두 달 정도 빠졌었고, 천만다행으로 정신을 차렸습니다. 두 번 다시는 실수 없는 구도자가 되기 위해서 『선도체험기』를 다시 읽고 있습니다. 강한 기운이 많이 들어오면서 새로운 기분이네요.

수련 사항을 말씀드리겠습니다. 단전에는 항상 따뜻하면서 달아오르고 등줄기(독맥), 중단전에는 뜨거운 열기가 퍼지면서 백회 쪽에는 뭉실뭉실 따끔따끔하며 아프기도 합니다. 요즘에는 빙의가 심합니다. 깊어가는 가을 날씨에 몸 건강히 계세요. 이번 주말에 삼공재에 가겠습니다.

2008년 11월 7일
오영숙 올림

【필자의 회답】

『선도체험기』는 선도 수행자들이 직접 겪은 뼈아픈 시행착오의 경험들을 솔직하게 털어놓아, 다른 도우들이 비슷한 잘못을 저지르지 않게 하는 역할을 해 왔습니다. 물론 당사자의 사생활이 침해당하지 않도록 인적사항을 일절 밝히지 않는 조건하에서입니다. 그러므로 오영숙 씨도 사이비에게 구체적으로 어떻게 현혹을 당했는지 알려 주신다면 많은 도우들에게 큰 도움이 될 수 있을 것이며 그것이 또한 오영숙 씨에게는 공덕이 될 수도 있을 것입니다.

지금껏 『선도체험기』를 읽으시면서 남들이 시행착오를 겪은 얘기들은 숱하게 들어 왔을 것이며, 그로 인해 많은 공부가 되었을 것입니다. 이번에는 오영숙 씨가 그 얘기를 할 차례라고 생각합니다. 오영숙 씨는 지금의 수련 상태로 보아 멀지 않아 백회가 열릴 것 같습니다. 수련에 좀더 박차를 가해 주시기 바랍니다. 11월 8, 9일 오후 3시에 기다리겠습니다.

천도비(薦度費) 2백만 원

안녕하세요? 울산의 오영숙입니다. 답장 반갑게 잘 받았습니다. 감사합니다. 기 수련이 벌써 그렇게 진전이 되었다니 너무나 기쁩니다. 항상 행주좌와어묵동정 염념불망의수단전하며 수련을 열심히 하겠습니다.

책을 좋아하다 보니 체험기 속에 '내가 읽어 본 책'에 소개된 책 중에서 한 책을 재미있을 것 같아 읽어 보았습니다. 망설임 끝에 작가에게 전화를 걸게 되었습니다. 처음 그는 저를 좋지 않게 생각하며, 화를 내고 탁기가 심하다고 했습니다. 그리고 귀신이 와글와글한다고 해서 그럼 어떡하면 되는지 물었습니다. 그는 수련원을 찾아오지 말고 일단 전신환으로 돈을 부치라기에 여러 번 돈을 부쳤습니다.

대구 수련원에 오라고 하기에 호기심에 천도비를 준비해서 갔습니다. 우리집에 딸이 아파서 대학을 마치고 집에 있다고 이야기를 했더니, 딸애한테 영가가 들어 있어서 애가 아프다고 했습니다. 결국은 200만 원 정도 돈을 냈습니다. 지금은 딸애가 운동으로 몸이 전보다 좋아졌습니다. 모든 게 다 제 수련이 모자란 탓입니다.

잠깐의 큰 실수였습니다. 막상 그를 만나 보니 책과 너무나 달라 '내가 지금 여기서 뭘 하고 있지?' 생각이 들며, 정신을 차려 다시는 오지 않겠다고 나와 버렸습니다. 앞으로 이런 일이 없을 것입니다. 9일 도우님과 함께 삼공재 3시에 가겠습니다. 안녕히 계세요.

2008년 11월 8일
울산에서 오영숙 올림

【필자의 회답】

그 사람은 지금의 오영숙 씨처럼 삼공재에서 1994년 11월부터 1996년 7월까지 열심히 공부하던 분이고, 그 후에 책을 냈다 하기에 한때 문하생이었던 인연으로 『선도체험기』에 소개하여 주었는데, 지금은 그 일로 인하여 뜻밖의 피해자들이 발생하고 있습니다.

수행자나 수행자였던 사람이 수련 중에 얻은 자신의 초능력을 이용하여, 돈을 받고 빙의령이나 접신령을 천도해 주면 백발백중 그 자신에게는 물론이고 그를 찾는 사람들에게도 불행한 사태가 일어날 수 있다는 것이 내가 체험으로 깨달은 결론입니다. 동시에 이것은 동서고금을 막론하고 모든 선배 구도자들과 성현들의 한결같은 가르침이기도 합니다.

나는 그 책의 저자에게 돈을 받고 빙의령을 천도해 주면 안 된다고 『선도체험기』에도 여러 번 알렸건만, 끝내 듣지 않아서 이제는 서로 연락이 끊어진 상태입니다. 그리고 그러한 사실을 『선도체험기』에도 수없이 밝혔는데도, 오영숙 씨는 그분을 찾아가다니 참으로 뜻밖입니다.

좌우간 지금은 그분과의 관계를 끊고 제정신을 차렸다니 불행 중 다행입니다. 지금 수련에 열중하고 있는 오영숙 씨에게도 그 사람과 같은 초능력이 생길 수도 있으니 각별히 조심해야 할 것입니다. 그리고 앞으로도 혹시 그러한 사람을 찾아가야 할 일이 생기면 반드시 사전에 나에게 상의해 주신다면 도움이 될 것입니다.

요즘 같은 불황기에 2백만 원은 우리 같은 서민에게는 결코 적은 돈이 아닙니다. 비싼 수업료 지불하고 좋은 실습 공부했다고 생각하고 오직 수련에만 집중하여 반드시 생사를 초월한 자성(自性)을 깨달아야 할 것입니다. 수행자의 최종 목표는 오직 생사일여(生死一如)의 참나를 깨닫는 것이지 돈 받고 빙의령 천도해 주는 것이 아니라는 점을 깊이 명심해야 할 것입니다.

머리 조임 현상

선생님, 안녕하세요? 정용성입니다. 지난주 11/23(일) 삼공재 들렀을 때 OS볼과 젤리를 신청을 할까 하다가 현금 준비하지 못한 관계로 그냥 집으로 돌아왔습니다. 사실 이유는 다른 데 있었습니다. 말을 해야 하는 데 소리가 제대로 나오지 않아서 다른 사람이 알아듣기 힘들 정도여서요. 그래서 말도 못 꺼내고 돌아올 수밖에 없었습니다. 다행히 오늘 11/24(월)에서야 정상적으로 돌아오게 된 것 같습니다.

이야기를 거슬러 올라가면 이렇습니다. 제 생각으로는 아마도 빙의령이 들어왔다가 나간 것이 아닌가 합니다. 사단의 시작은 11/09(일) 잠자리 들기 직전에 정수리 쪽으로 강하게 밀려오면서 머리 짓눌림 현상이 있었고, 다음날 새벽까지 잠을 제대로 이루지 못하고 비몽사몽간에 꿈까지 꾸고 가슴이 벌렁거렸습니다. 이러다 어떻게 되는 거 아닌가 했습니다.

너무도 머리가 답답하고 예전에 전혀 겪어 보지 못한 강력한 거라서 조금은 두려웠습니다. 며칠간 이런 현상은 계속되었고 조깅하다 보면 조금 나아지는 듯싶었고 지나면 다시 답답함의 연속이다가, 11/14(금)일 점심 되기 전 다른 사람과 통화 중에 갑자기 정수리 부위에 강한 물줄기처럼 밀고 들어오는 기운을 느꼈습니다.

아, 이 부위 쪽에 혈이 열리려고 하는 모양이다 이렇게 생각했는데 모르겠습니다. 이것도 빙의령이었는지... 그리고 11/16(일)에 삼공재 다녀오고 나서 이제는 괜찮겠지 했는데, 11/17(월)일부터 몸 컨디션이 안 좋아지다 결국은 목소리가 제대로 나오지 않았고 오늘에서야 회복이 되었습니다.

회복되고 나서 단전 부위가 따뜻해지고 몸 앞쪽과 뒤쪽(임·독맥)으로 따뜻한 온기를 느끼고 좋습니다. 한 가지 알고 싶은 게 있는데 혹시 머리 주위를 짓누르는 것이 앉아 있는 자세와 상관관계가 있는 것인지요? 이런 머리 짓눌림 현상이 어떤 때는 자세를 풀면 해소되는 경우가 있어서요. 예를 들면 목뼈를 돌리거나 등뼈를 풀다 보면 굉장히 시원해지는데 과연 뼈에 문제가 있는지 의심이 갈 정도입니다.

항상 그런 건 아니지만 그럴 때가 있습니다. 어떤 때는 아무리 몸을 풀어도 답답한 것은 풀어지지 않고 오히려 더 답답해지고 어느 정도 시간이 지나야 풀리는 경우도 있구요. 이게 자세 때문에 머리 조임 현상이 풀리는 것인지 아니면 빙의령이 나가서 그런 것인지요?

머리 조임 현상이 저에게는 자주 있는 현상입니다. 토요일이나 일요일에 삼공재 갈려고 준비하다 보면 오전 11시쯤부터 답답함을 느끼는데, 빙의령이 들어와서 그런 건지 아니면 자세가 오랫동안 계속되어서 그런 건지 알고 싶습니다.

4341(2008)년 11월 24일 (월)
정용성 올림

【필자의 회답】

머리 짓눌림 현상과 머리 조임 현상은 빙의 때문입니다. 수련자가 삼 공재에 가려고 할 때 흔히 빙의령이 들어옵니다. 빙의령들이 삼공재에 가면 쉽게 천도된다는 것을 그야말로 귀신처럼 알고 있습니다. 삼공재에 와서 수련을 하다가도 간혹 빙의된 수련자가 필자에게 빙의 사실을 말 하지 않으면 천도가 되지 않는 수도 있습니다. 메일 내용을 보면 백회가 열린 것 같기도 한데 다음에 올 때에 점검해 보도록 합시다.

합곡혈과 대추혈

선생님, 안녕하세요? 정용성입니다. 보내 주신 택배 잘 받았습니다. 고맙습니다. 수련 관련 문의입니다. 오른손 합곡 부위가 며칠 전부터 뜨 듯하게 온기가 느껴졌다 잠시 후 휙 사라지곤 합니다. 다른 부위는 아무 렇지 않은데 꼭 그 부위만 그렇습니다. 오른쪽 어깨를 타고 물줄기 같은 게 몇 차례 흘러 내려간 적이 있었습니다.

폐, 대장경 쪽으로 옷이 착 달라붙는 느낌이랄까 그런 게 있었는데 이 거 합곡혈 자리가 열리려고 하는 것인지요? 요새는 목 대추혈 아래 등줄 기하고 어깨 쪽에서 많은 느낌을 받습니다. 아마도 그쪽 부위가 편안해 지는 걸 보니 풀리려고 하는 게 아닌가 생각해 봅니다.

전에는 대추혈 부위가 늘 눌리는 느낌이었는데 어느 때부턴가 그걸 못 느끼고 있었습니다. 조금씩이나마 수련이 진행되었던 것 같습니다. 그리고 가끔씩 몸의 불특정 부위가 엄청나게 따끔거리며 몸이 움찔거릴 때가 있는데, 그때마다 정수리 쪽에 찡하면서 묵직한 게 내리누르면서 등줄기 쪽으로 흘러내립니다. 몸이 덜컥하고 움직이는데 혹시 빙의령이 들어올 때 일어나는 현상인가요? 어떨 때는 이것 땜에 깜짝 놀라기도 합니다.

요즘은 전에 비해서 더 몸에 변화가 오는 것 같습니다. 전반적으로 몸이 부드럽고 편안해진 느낌입니다. 저는 이제야 수련이 시작이 되지 않았나 하고 생각해 봅니다. 천천히 가더라도 한번 끝까지 포기하지 않고 가 봤으면 하는 바람입니다. 그럼 안녕히 계십시오. 항상 건강하시길 기원합니다.

4341(2008)년 11월 28일 (금)
정용성 올림

【필자의 회답】

이제야 선도수련이 본격적인 궤도에 진입한 것 같습니다. 합곡혈과 대추혈뿐 아니고 온몸에 퍼져 있는 365개의 경혈들이 하나하나 순차적으로 열리게 될 것입니다. 모두가 경혈이 열리는 현상이지 빙의는 아닙니다. 이럴 때일수록 항상 심신을 정결하게 유지하고, 일거수일동작에 신중을 기해야 합니다.

심한 진동

선생님 안녕하세요? 정용성입니다. 다름이 아니라 2008년 12월 12일
(금)부터 진동이 좀 심하게 와서 문의합니다. 12월 12일 오후 5시 조금
넘어서 허리 뒤쪽 명문 근처 같은데 엄청난 기운이 느껴지고 정수리에
서도 함께 반응이 왔습니다.

그리고 나서 8시경 평상시는 반가부좌하면 고개만 몇 차례 도리도리
하다가 그치는데, 이날은 앉은 자세에서 가만히 있다가 몸이 휙 돌아가
기를 몇 차례 하더니 갑자기 마주잡은 손이 좌우로 왔다갔다하고 몸이
마구 흔들리기까지 했습니다. 도리질을 너무 심하게 하다 보니 머리가
아플 정도가 되었습니다. 이날은 몇 번 더 진동이 되다가 멈추었습니다.

다음날은 12월 13일 토요일이라 삼공재로 갔는데 자리잡을 때 혹시나
옆 사람한테 피해 줄까 봐 좀 넓게 자리를 잡았습니다. 아니나 다를까
그날도 시간이 좀 지나자 전날 했던 것처럼 똑같이 마주잡은 손이 좌우
로 흔들리고 몸이 흔들흔들하고 도리질이 심해서 머리도 좀 아팠습니다.

그리고 어제도 그랬습니다. 12월 15일 오늘은 오전 10시 30분 이후 오
른쪽 어깨 부위가 없는 것처럼 느껴지고 어깨, 목, 팔이 전체적으로 너
무 부드러워졌습니다. 좀 뻑뻑한 것이 기름칠했을 때 어떤 마찰도 느끼
지 못할 정도로 부드럽게 돌아간다는 느낌처럼 말이죠.

오전 내내 이러다 오후 1시 이후 정수리, 인당, 그리고 앞가슴, 천돌
부위까지 기운이 몰리더니 가슴이 벌렁벌렁하면서 요동을 쳤습니다. 조
금 지나자 벌렁벌렁하던 상태는 진정이 되었습니다. 오늘은 특이하게도
반가부좌 자세도 아닌, 회사 사무실 의자에 앉아 다소곳이 있는데 갑자

기 마주잡은 손과 팔이 좌우로 마구 흔들리고 그렇습니다. 남이 이걸 보면 좀 이상하게 생각할 것도 같습니다. 그래서 지금은 일부러 가만히 있지 않고 자꾸 몸을 움직입니다.

지금 보면 운기는 활발하게 이루어지고 있는 것 같은데 제대로 가고 있는 게 맞는지요? 답답하고 그런 건 없는 걸로 봐서 빙의 같지는 않은데 왜 그런지 모르겠습니다. 답변 부탁드립니다. 감사합니다. 항상 건강하시길 기원합니다.

2008(4341)년 12월 15일
정용성 올림

【필자의 회답】

기수련이 잘될 때 일어나는 현상이니 걱정할 일은 아닙니다. 다만 주변 사람들에게 심하고 이상한 진동이 일어나더라도 놀라지 않도록 미리 잘 알려 주어야 할 것입니다. 그리고 수련할 때는 주위에 혹시 건드리면 위험한 물건이 없나 조심하고 그러한 것들이 없는 데서 수련을 해야 합니다.

심할 때는 수련 중에 기절하거나 졸도하기도 하고 인사불성이 될 때도 있습니다. 이때도 식구들이나 주변 사람들이 당황하여 병원에 실려 가는 일이 없도록 해야 합니다. 병원 의사들은 선도수련에 대하여 아무것도 아는 것이 없으므로 무조건 응급조치한다고 긴급 수술을 한다든가 척추에서 물을 뽑아낸다든가 강심제 같은 주사를 놓는다든가 하면 위험한 일이 발생할 수도 있으니 조심해야 할 것입니다.

아무리 심한 진동도 한고비 넘기면 잠잠해질 것입니다. 주변 사람들에게 이것을 꼭 주지시켜야 할 것입니다. 비록 수련 중에 쓰러지는 일이 있어도 조용한 곳에 눕혀 놓으라고 일러두어야 합니다. 너무 걱정하지 말고 수련에 계속 용맹정진해야 할 것입니다.

『선도체험기』의 내공

선생님 그동안 안녕하셨습니까? 사모님도 편안하신지요. 저는 부산 이도운입니다. 그동안 자주 찾아뵙지도 못하고 문안 인사도 못 드려서 죄송합니다. 방금 『선도체험기』 92권을 정독하였습니다. 현 정치 사회적 실상을 예리하고 냉정하게 잘 풀어 주셔서 많은 도움이 되었습니다.

'금언과 격언들' 부분도 감명 깊게 읽었습니다. 한 구절 한 구절이 다 가슴 깊이 새겨들어야 할 말씀 같습니다. 특히 마음에 드는 부분은 메모해서 지갑에 넣었습니다. 어려운 국내외 경제 여건으로 인하여 저에게도 여파가 있었습니다. 상당한 자금의 손실이 예상되는 바, 마음이 심란하여 아내와 많은 대화가 오고갔습니다.

여태껏 열심히 읽고 닦아 온 『선도체험기』의 내공을 이용하여 슬기롭고 든든하게 이겨 나가고자 노력하고 있습니다. 아내에게도 선생님의 좋은 말씀을 몇 구절 읊었는데 의외로 반응이 좋았습니다. 아내의 표현에 의하면 섬광처럼 무슨 전율 같은 걸 느끼면서 마음이 편안해졌다 합니다. 아주 다행스러운 일이라 하겠습니다. 이번 일을 계기로 『선도체험기』를 읽어 보겠다 합니다. 평소에는 그렇게도 무심하던 사람이 말입니다.

얼씨구나 하고 저는 십몇 년 전에 구입했던, 이미 종이도 누렇게 변해 버린, 하지만 제가 빨간 밑줄까지 그어 가며 읽고 또 읽어 오던 『선도체험기』 1권 바로 그 책을 주었습니다. 아내는 원래 오래된 책들은 보기 싫어하는 습관이 있는 걸 제가 잘 알거든요.

　속으로는 과연 읽을까 하는 의구심과 함께 말입니다. 하지만 의외였습니다. 아내는 열심히 그 책을 읽으면서 시키는 대로 호흡도 따라 하기 시작했습니다. 그리하여 책을 읽은 지 일주일, 그리고 본격적으로 단전호흡하기 시작한 지 일주일도 채 안 되어 진동을 일으키기 시작했습니다.

　오늘로써 3일째 진동을 하고 있으며 책은 7권째 열심히 읽고 있습니다. 많이 신기해하고 있으며 저에게 여러 가지 질문을 합니다. 옆에서 봐도 마음이 많이 안정된 듯하며 말하는 데도 상당히 차분하고 지성미가 넘치는 듯합니다.

　사실 아내는 명문대 출신에다가 용모도 그럴듯하여 평소 좀 도도한 자부심이 있는 신세대 여성의 이미지이거든요. 저도 희한하게 생각하며 아는 대로 대답해 주고, 잘 모르는 부분은 선생님께 직접 메일을 띄우라고 했습니다.

　저는 단(丹)을 만난 지가 24년 전 대학원을 다닐 때 김정빈의 『단』을 통해서였습니다. 그동안 온갖 단서(丹書)들을 다 읽고 내 나름대로 노력은 했지만 일가를 이루지 못하고 아직 헤매고 있으며 진동다운 진동도 제대로 한 번 못 해 봤는데, 아내는 벌써 단전에 뜨거운 열감을 느끼며 진동까지 하게 되니 저로서는 아주 신이 나서 축하를 해 주면서도 한편으로는 은근히 질투심도 일어나더군요.

　대체 사람의 근기가 이다지도 차이가 난단 말인가 하고 회의감도 일고요. 여하튼 아내에게는 계속 분발하여 열심히 읽고 수행하여 한소식하기를 바란다며 격려해 주고, 매일매일 일어나는 몸과 마음의 변화를 절대 놓치지 말고 기록하여 둘 것을 당부하였습니다.

　아내는 요즘 저를 따라 열심히 산에 다니고 평일에도 몸공부에 여념이 없습니다. 저는 이제 아내가 아니라 한 사람의 든든한 도반이 생긴 느낌입니다. 이번 주에는 생식도 구입하고 선생님도 한 번 뵈어야겠는데 서울로 가 보지 않겠느냐고 권유해 보았습니다.

참고로 10여 년 전에 제가 선생님을 방문할 때 제 아내도 한 번 따라 가서 선생님을 뵌 적이 있습니다. 그때는 선생님께서 이사하시기 전의 옛집이었습니다. 그때만 해도 아내는 도와 단전호흡에 전혀 관심이 없을 때였습니다.

그냥 남편이 단전호흡인지 뭔지 한다고 서울로 들락거리니까 혹시 이상한 곳이 아닌가 하고 호기심에 따라와 봤다고 했습니다. 저의 권유에 아내는 아직 안 가겠다고 합니다. 책도 더 읽어야겠고 운동과 기공부를 더 열심히 한 후에 찾아뵙겠다고 합니다. 그래서 좋을 대로 하라고 했습니다.

선생님 이번 주 일요일 3시에 찾아뵈어도 될까요? 허락해 주시면 감사하겠습니다. 다음에는 아내와 함께 선생님을 찾아뵐 날을 기대하겠습니다. 날씨가 제법 추워지고 있습니다. 항상 건강하시길 바라며 부디 오랫동안 존재하시어 이 땅의 선도 후학들에게 희망의 등불이 되어 주시길 진심으로 바랍니다. 안녕히 계십시오.

2008년 12월 2일, 입동지절에 부산에서 미거한 제자 도운 올립니다.

【필자의 회답】

부인께서 『선도체험기』를 읽으시고 진동까지 하신다니 참으로 듣던 중 반가운 소식입니다. 근 20년 동안 수련생들을 지도해 온 내 경험에 따르면 초기에 진동을 많이 한 수련자일수록 큰 성취를 이루는 경우를 많이 보아 왔습니다. 부산에는 특히 중년 여성 수행자들이 많은데 때가 되면 소개해 드려야겠습니다. 모두가 수련이 많이 된 분들이라 좋은 도반이 될 수 있을 것입니다. 그럼 12월 7일 오후 3시에 기다리겠습니다.

관을 하게 되었습니다

스승님 그간 평안하신지요. 안동의 못난 제자 이재철입니다. 참으로 오랜만에 스승님께 메일을 드리게 되었습니다. 9월 9일 회사의 인사이동이 있어 대구 안동 간의 주말부부 생활을 청산하고 다시 식구들과 함께 생활하게 되었습니다.

결혼 후 10여 년 동안 지지부진하며 퇴보만 되던 수련이 지난 1년 이상 주중에는 혼자 떨어져 생활하다 보니, 저녁 시간에 수련을 위한 시간을 좀더 많이 가질 수 있는 여건이 되어서인지 다시 결혼 전 수준의 기수련이 진행되고, 긴가민가하는 사이 대주천 수련에 현묘지도 수련도 시작하게 되었습니다.

5월 1일 1단계 화두를 받고 9월 6일 2단계 화두를 받았는데 9월 9일부터 다시 가족과 함께하는 생활로 돌아가게 되었습니다. 상황은 아시다시피 저희 집에 세 번째 아이가 태어나게 되어 집사람이 힘들다며 같이 있기를 희망하였고 어쨌든 그리되었습니다. 새로운 생명이 태어나서 참 축복할 일이고 새로운 식구에게 사랑을 다해야 할 것이지만, 나로서는 이게 참 뭐라고 해야 할지 사실 그리 즐거운 것만은 아닙니다.

요즈음은 애들이 돈으로 큰다고 해도 과언이 아닌데 혼자 벌어 쓰는 가정경제라는 것도 신경이 쓰이지만, 부모의 손이 많이 필요한 나이의 애가 셋이나 되니 집사람에게 경제활동해 주기를 바라는 것도 애들에게 좋은 일이 아닐 것입니다. 사실 집사람이 경제활동을 한다고 해도 애들

3명을 어디다 맡길 경우 집사람이 벌게 될 돈보다 나가는 게 더 많을 게 뻔하니 애들 건사를 잘하는 것이 오히려 돈 버는 길이 아니겠습니까?

그러나 그런 경제적인 것보다 나에게는 다시 애기를 돌보는 생활로 수련에 전념하기 힘들어져 이전과 같은 퇴보로 이어지지 않을까 하는 심려가 더욱 많이 생기고 있었습니다. 아니나 다를까 인사이동 3일 전에 받은 두 번째의 화두는 한 달이 지나도록 정성껏 외어 보지 못했고, 결국 9월 30일 삼공재에서 스승님은 조금 더 외어 보고 더이상 진전이 없으면 선계에서 허락하지 않는 것이니 중단하고, 축기에 전념하며 다음 기회를 기다리도록 하라는 말씀을 듣게 되었습니다.

이후 약 3개월이 지나가는 지금까지 정말 아무런 진전도 없었고 이제는 백회의 기운도 느껴지는 둥 마는 둥 해서 백회가 다시 막힌 것이 아닌가 생각되는 정도가 되었습니다. 물론 제가 남 탓, 상황 탓하느라 열성을 다하지 않아 그리된 것임을 알고는 있습니다.

그리고 수련 중 나타나는 빙의로 추정되는 상황을 잘 극복하지 못해 그런 점도 있는 듯하구요. 저는 언젠가부터 한 달에 한두 번 정도는 꼭 두통으로 고생을 하고 있습니다. 대게는 편두통이며 한 번 두통이 오면 길게는 3일간을 내리 아픈 경우도 있는데 선도수련 한답시고 약을 먹지 않고 버티는 게 대부분입니다.

물론 수련이 잘될 때는 두통이 오는 빈도가 줄어들기도 하는데 어쨌든 두통이 오면 그 통증에 휘둘려 수련을 할 수 없었습니다. 몸살림 운동으로 한때 줄어드는 듯했지만 여전히 없어지지 않았고 대주천 수련을 한 이후에도, 화두수련을 시작한 후에도 한 달에 한두 번은 월중행사처럼 늘 따라다녀 여간 괴로운 것이 아니었습니다.

　그러나 『선도체험기』 92권의 현묘지도 수련기를 읽다 보니 제가 경험하고 있는 두통이 빙의에 의한 것이 아닌가 하는 생각이 듭니다. 영안이 뜨여 있지 않아서 빙의령을 화면으로 확인할 수 없었으나, 이유 없이 등이나 어깨와 허리가 아픈 경우 이것이 빙의인가라고 의심해 보고 관을 통해 해소한 적은 있었으나 이전부터 두통에 대하여는 특별하게 빙의를 의심해 보지 않았던 듯합니다. 아니 두통이 생기면 수련 자체가 중단되고 말았지요. 그냥 깡으로 버티거나 얼음주머니 대고 너무 괴로우면 머리를 싸매고 잠을 자서 해소하곤 했습니다.

　얼마 전에는 한 삼 일 두통을 앓고 이제 되었나 했는데 이틀도 못 가서 다시 발생하는 두통에 괴로워하는 저를 보고 집사람이 "뭐 수련이다 뭐다 좋은 것은 맨날 다 하면서 자신보다 나은 게 없네. 맨날 아프고" 하며, 같이 살게 되면 제가 애도 봐 주고 해서 훨씬 편해질 줄 알았더니 맨날 남편 아픈 것만 보게 된다며 빈정대는 바람에 두통약을 먹고 견디기까지 했지요.

　그러던 지난 토요일 다시 두통이 생기기 시작하였는데 이것이 내가 느끼는 빙의 증상이 아닐까라는 생각에 두통을 관하기 시작했습니다. 우정 그래서 그랬는지 심해지지 않고 은근하게 있다 하루 만에 사라졌습니다. 그러나 또 다음날 새롭게 두통이 생기기 시작했고 다시 관을 시작하자 하루 만에 사라졌습니다. 이전에는 두통이 오면 수련을 중단하고 두통을 견디느라 끙끙거렸으나 이번에는 오히려 관을 하며 2단계 화두를 암송하였더니 이전보다 더욱 쉽게 두통이 사라진 것이지요.

　생각해 보니 수련이 좀 된다 싶으면 어김없이 두통이 찾아오곤 했던 것이 아닌가 생각되는군요. 그런데 이제까지 일말의 의심은 있었지만 영안이 뜨이지 않아 이것이 빙의라고 생각하지 못하고 수련에 더욱 집중하기보다는 오히려 수련을 중단하고 말았으니 불이 붙다 꺼지고, 붙다 꺼지고 한 것이 아닌가 생각됩니다.

예, 그랬던 것 같습니다. 두통을 한 삼일 겪고 나면 피부도 푸석해지고 몸속이 텅 빈 것같이 느껴질 때도 있었는데 이것이 바로 빙의령에게 그동안 쌓은 기운을 헌납해서 그런 것이 아니었는지요? 물론 제가 빚이 있으니 손님이 와서 받아가는 것인데 아까울 것은 없고 오히려 빚이 청산되어가는 것이니 감사할 따름입니다만, 그동안 나는 이리도 관이 잡혀 있지 않았나 생각하니 스승님께도 죄송하고 저 자신이 한심할 지경입니다.

아무튼 9월 9일 식구들과 다시 합친 후, 한 3개월이 흐르니 생활의 리듬에도 어느 정도 적응이 되어가는 때문인지 다시 수련에 대한 열망이 일어나고 있습니다. 그동안 스승님의 은혜에도 불구하고 노력이 부족하여 지지부진했음을 알기에 스승님을 뵈러 가기가 부끄러워 지난 2개월간 삼공재에 들리지도 못했습니다만, 이제 심기일전하여 수련에 대하여 오로지 제 자신의 탓만을 하며 다시 한 번 열심히 할 것을 다짐해 봅니다. 모든 것을 넘어선 평화가 스승님과 함께하시길 기원합니다.

2008년 12월 19일
안동에서 이재철 올림

【필자의 회답】

이재철 씨는 삼공재에 나오기 시작한 것이 1997년 2월 23일이니까 무려 11년이나 지나서야 내가 그렇게도 책과 말로 강조하던 관을 알게 된 것 같습니다. 그러나 뒤늦게라도 확실히 관이 무엇이라는 것을 체험으로 확실히 깨닫게 되었으니 다행한 일이고 축하할 일이 아닐 수 없습니다.

반드시 수련뿐만 아니라 자기 자신과 관련이 있는 어떠한 문제든지 관을 통하여 해결하는 지혜를 일상생활화 하기 바랍니다. 그것이 일상생활화 되면 비록 가족과 함께 생활을 한다고 해도 수련에 지장을 받는 일은 없게 될 것입니다.

번갯불에 콩을 구워 먹는다는 말이 있고, 호랑이에게 물려가도 정신만 똑바로 차리고 있으면 살길이 열린다는 속담도 있습니다. 관이라는 것은 발등에 불이 떨어졌을 때 정신 똑바로 차리고 살펴보는 것을 말합니다. 관이 습관화되면 아무리 바쁘고 힘겨운 생활 속에서도 여유를 찾을 수 있을 것이고 그것은 곧 수련으로 이어지게 될 것입니다. 수행자가 깨달음을 얻는 것도 바로 관을 통해서임을 명심하기 바랍니다.

저자 약력

경기도 개풍 출생
1963년 포병 중위로 예편
1966년 경희대학교 영어영문학과 졸업
코리아 헤럴드 및 코리아 타임즈 기자생활 23년
1974년 단편 『산놀이』로 《한국문학》 제1회 신인상 당선
1982년 장편 『훈풍』으로 삼성문학상 당선
1985년 장편 『중립지대』로 MBC 6.25문학상 수상

저서로는 단편집 『살려놓고 봐야죠』(1978년), 대일출판사, 민족미래소설 『다물』(1985년), 정신
세계사, 장편 『소설 한단고기』(1987년), 도서출판 유림, 『인민군』 3부작(1989년), 도서출판 유림,
『소설 단군』 5권(1996년), 도서출판 유림, 소설선집 『산놀이』 ①(2004년), 『가면 벗기기』 ②(2006
년), 『하계수련』 ③(2006년), 지상사, 『선도체험기』(1990년~2020년), 도서출판 유림 및 글터, 한
국사 진실 찾기(2012), 도서출판 명보 등이 있다.

약편 선도체험기 20권

2022년 06월 07일 초판 인쇄
2022년 06월 15일 초판 발행

지 은 이   김 태 영
펴 낸 이   한 신 규
본문디자인   안 혜 숙
표지디자인   이 은 영
펴 낸 곳   글터
주   소   05827 서울특별시 송파구 동남로 11길 19(가락동)
전   화   070 - 7613 - 9110 Fax02 - 443 - 0212
등   록   2013년 4월 12일(제25100 - 2013 - 000041호)
E-mail geul2013@naver.com

ISBN   979 - 11 - 88353 - 47 - 7   04810   정가 20,000원
ISBN   979 - 11 - 88353 - 23 - 1(세트)